北京師範大學圖書館藏

程乙本

紅樓夢

【三】

曹雪芹／著

無名氏／續

程偉元　高鶚／整理

人民文学出版社

紅樓夢第四十一回

賈寶玉品茶櫳翠菴　劉老老醉卧怡紅院

話說劉老老兩隻手比着說道花兒落了結個大倭瓜衆人聽了鬨堂大笑起來於是吃過門盃因又鬥趣笑道今兒寔說罷我的手脚子粗又喝了酒仔細失手打了這磁盃有木頭的盃取個來我就失了手掉了地下也無礙衆人聽了又笑起來鳳姐兒聽如此說便忙笑道果真要木頭的我就取了來可有一句話先說下這木頭的可比不得磁的那都是一套定要吃遍一套纔算呢劉老老聽了心下敁敠道我方纔不過是趣話取笑兒誰知他果真竟有我時常在鄉紳大家也赴過席金盃銀

盃倒都也見過從没見有木頭盃的哦是了想必是小孩子們使的木碗兒不過誆我多喝兩碗别管他横豎這酒蜜水兒似的多喝點子也無妨想畢便說取來再商量鳳姐因命豐兒前面裡間書架子上有十個竹根套盃取來豐兒聽了纔要去取鴛鴦笑道我知道你那十個杯還小况且你纔說木頭的這會子又拿了竹根的來倒不好看不如把我們那裡的黄楊根子整刓的十個大套杯拿來灌他十下子鳳姐兒笑道更好了鴛鴦果命人取來劉老老一看又驚又喜驚的是一連十個挨次大小分下來那大的足足的像個小盆子極小的還有手裡的杯子兩個大喜的是雕鏤奇絶一色山水樹木人物並有草字

以及圖印因忙說道拿了那小的來就是了鳳姐兒笑道這個杯沒有這大量的所以沒人敢使他老老旣要好容易找出來必定要挨次吃一遍纔使得劉老老嚇的忙道這個不敢好姑奶奶饒了我罷賈母薛姨娘王夫人知道他有年紀的人禁不起忙笑道說是說笑是笑不可多吃了只吃這頭一杯罷劉老老道阿彌陀佛我還是小杯吃罷把這大杯收着我帶了家去慢慢的吃罷說的衆人又笑起來鴛鴦無法只得命人滿斟了一大杯劉老老兩手捧着喝賈母薛姨媽都道慢些別嗆了薛姨媽又命鳳姐兒佈個菜兒鳳姐兒笑道老老要吃什麽說出名兒來我夾了喂你劉老老道我知道什麽名兒樣樣都是好的

賈母笑道把茄鯗夾些喂他鳳姐兒聽說依言夾些茄鯗送入劉老老口中因笑道你們天天吃茄子也嚐嚐我們這茄子弄的可口不可口劉老老笑道别哄我了茄子跑出這個味兒來了我們也不用種糧食只種茄子了衆人笑道真是茄子我們再不哄你劉老老詫異道真是茄子我白吃了半日姑奶奶再喂我些這一口細嚼嚼鳳姐兒果又夾了些放入他口內劉老老細嚼了半日笑道雖有一點茄子香只是還不像是茄子告訴我是個什麽法子弄的我也弄着吃去鳳姐兒笑道這也不難你把纔下來的茄子把皮鑤了只要淨肉切成碎釘子用雞油炸了再用雞肉脯子合香菌新笋蘑菇五香豆腐乾子各色

乾菓子都切成釘兒拿鷄湯煨乾了拿香油一收外加糟油一拌盛在磁礶子裏封嚴了要吃的時候兒拿出來用炒的鷄瓜子一拌就是了劉老老聽了搖頭吐舌說我的佛祖倒得多少隻鷄配他怪道這個味兒一面笑一面慢慢的吃完了酒還只管細玩那盃子鳳姐笑道還不足興再吃一盃罷劉老老忙道了不得那就醉死了我因為愛這樣兒好看虧他怎麼做來着鴛鴦笑道酒喝完了到底這盃子是什麼木頭的劉老老笑道怨不得姑娘不認得你們在這金門繡戶裏那裏認的木頭我們成日家和樹林子做街坊困了枕着他睡乏了靠著他坐荒年間餓了還吃他眼睛裏天天見他耳朶裏天天聽他嘴兒裏

天天說他所以好歹真假我是認得的讓我認認一面說一面細細端詳了半日道你們這樣人家斷沒有那賤東西那容易得的木頭你們也不收着了我掂着這麼體沉這再不是楊木一定是黃松做的衆人聽了鬨堂大笑起來只見一個婆子走來請問賈母說姑娘們都到了藕香榭請示下就演罷還是再等一會兒呢賈母忙笑道可是倒忘了就叫他們演罷那婆子答應去了不一時只聽得簫管悠揚笙笛並發正值風清氣爽之時那樂聲穿林度水而來自然使人神怡心曠寶玉先禁不住拿起壺來斟了一盃一口飲盡復又斟上纔要飲只見王夫人也要飲命人換煖酒寶玉連忙將自己的盃捧了過來送到

王夫人口邊王夫人便就他手內吃了兩口一時煖酒來了寶玉仍歸舊坐王夫人提了煖壺下席來衆人都出了席薛姨媽也站起來賈母忙命李鳳二人接過壺來讓你姨媽坐了大家纔便王夫人見如此說方將壺遞與鳳姐兒自己歸坐賈母笑道大家吃上兩盃今日實在有趣說着擎盃讓薛姨媽又向湘雲寶釵道你姐妹兩個也吃一盃你林妹妹不大會吃也別饒他說着自己也乾了湘雲寶釵黛玉也都吃了當下劉老老聽見這般音樂且又有了酒越發喜的手舞足蹈起來寶玉因下席過來向黛玉笑道你瞧劉老老的樣子黛玉笑道當日聖樂一奏百獸率舞如今纔一牛耳衆姐妹都笑了須臾樂止薛姨

嫣笑道大家的酒也都有了且出去散散再坐罷賈母也正要散散於是大家出席都隨着賈母遊玩賈母因要帶著劉老老散悶遂攜了劉老老至山前樹下盤桓了半晌又說給他這是什麼樹這是什麼石這是什麼花劉老老一一領會又向賈母道誰知城裡不但人尊貴連雀兒也是尊貴的偏這雀兒到了你們這裡他也變俊了也會說話了衆人不解因問什麼雀兒變俊了會說話劉老老道那廊上金架子上站的綠毛紅嘴是鸚哥兒我是認得的那籠子裡的黑老鴰子又長出鳳頭兒來也會說話呢衆人聽了又都笑起來一時只見丫頭們來請用點心賈母道吃了兩杯酒倒也不餓也罷就拿了來這裡大家

隨便吃些罷丫頭聽說便去擡了兩張几來又端了兩個小捧盒揭開看時每個盒內兩樣這盒內是兩樣蒸食一樣是藕粉桂花糖糕一樣是松瓤鵝油捲那盒內是兩樣炸的一樣是只有一寸來大的小餃兒賈母因問什麼餡子婆子們忙回是螃蟹的賈母聽了皺眉說道這會子油膩膩的誰吃這個又看那一樣是奶油炸的各色小麵菓子也不喜歡因讓薛姨媽薛姨媽只揀了塊糕賈母揀了個捲子只嘗了一嘗剩的半個遞給丫頭了劉老老因見那小麵菓子兒都玲瓏剔透各式各樣又揀了一朵牡丹花樣的笑道我們鄉裡最巧的姐兒們剪子也不能鉸出這麼個紙的來我又愛吃又捨不得吃包些家去給

他們做花樣子去倒好衆人都笑了賈母笑道家去我送你一磁罈子你先趁熱吃罷别人不過揀各人愛吃的揀了一兩樣就算了劉老老原不曾吃過這些東西且都做的小巧不顯堆垛兒他和板兒每樣吃了些個就去了半盤子剩的鳳姐又命攢了兩盤並一個攢盒給文官兒等吃去忽見奶子抱了大姐兒來大家哄他頑了一會那大姐兒因抱着一個大柚子頑忽見板兒抱著一個佛手大姐兒便要丫鬟哄他取去大姐兒等不得便哭了衆人忙把柚子給了板兒將板兒的佛手哄過來給他纔罷那板兒因頑了半日佛手此刻又兩手抓著些菓子吃又見這個柚子又香又圓更覺好頑且當毬踢著頑去也就

不要佛手了當下賈母等吃過了茶又帶了劉老老至櫳翠庵來妙玉相迎進去衆人至院中見花木繁盛賈母笑道倒底是他們修行的人没事常常修理比別處越發好看一面說一面便往東禪堂來妙玉笑往裡讓賈母道我們纔都吃了酒肉你這裡頭有菩薩冲了罪過我們這裡坐坐把你的好茶拿來我們吃一杯就去了寶玉留神看他是怎麼行事只見妙玉親自捧了一個海棠花式調漆填金雲龍獻壽的小茶盤裡面放一個成窰五彩小蓋鍾捧與賈母賈母道我不吃六安茶妙玉笑說知道這是老君眉賈母接了又問是什麼水妙玉道是舊年蠲的雨水賈母便吃了半盞笑着遞與劉老老說你嚐嚐這個

茶劉老老便一口吃盡笑道好是好就是淡些再熬濃些更好了賈母衆人都笑起來然後衆人都是一色的官窰脫胎填白盖碗那妙玉便把寶釵黛玉的衣襟一拉二人隨他出去寶玉悄悄的隨後跟了來只見妙玉讓他二人在耳房內寶釵便坐在榻上黛玉便坐在妙玉的蒲團上妙玉自向風爐上煽滾了水另泡了一壺茶寶玉便輕輕走進來笑道你們吃體巳茶呢二人都笑道你又赶了來撒茶吃這裡並沒你吃的妙玉剛要去取杯只見道婆收了上面茶盞來妙玉忙命將那成窰的茶杯別收了擱在外頭去罷寶玉會意知爲劉老老吃了他嫌腌臢不要了又見妙玉另拿出兩隻杯來一個傍邊有一耳杯上

鐫着𤫩瓟斝三個隸字後有一行小真字是王愷珍玩又有宋元豐五年四月眉山蘇軾見於秘府一行小字妙玉斟了一斝遞與寶釵那一隻形似鉢而小也有三個垂珠篆字鐫着點犀盉妙玉斟了一盉與黛玉仍將前番自已常日吃茶的那隻綠玉斗來斟與寶玉寶玉笑道常言世法平等他兩個就用那樣古玩奇珍我就是個俗器了妙玉道這是俗器不是我說狂話只怕你家裡未必找的出這麼一個俗器來呢寶玉笑道俗語說隨鄉入鄉到了你這裡自然把這金珠玉寶一概貶爲俗器了妙玉聽如此說十分歡喜遂又尋出一隻九曲十環一百二十節蟠虬整雕竹根的一個大盞出來笑道就剩了這一個你

可吃的了這一海寶玉喜的忙道吃的了妙玉笑道你雖吃的了也沒這些茶你遭塌豈不聞一杯爲品二杯即是解渴的蠢物三杯便是飲驢了你吃這一海更成什麼說的寶釵黛玉寶玉都笑了妙玉執壺只向海內斟了約有一杯寶玉細細吃了果覺輕淳無比賞讚不絕妙玉正色道你這遭吃茶是托他兩個的福獨你來了我是不能給你吃的寶玉笑道我深知道我也不領你的情只謝他二人便了妙玉聽了方說這話明白黛玉因問這也是舊年的雨水妙玉冷笑道你這麼個人竟是大俗人連水也嚐不出來這是五年前我在元墓蟠香寺住着收的梅花上的雪統共得了那一鬼臉青的花甕一甕總捨不得

吃埋在地下今年夏天纔開了我只吃過一回這是第二回了你怎麽嘗不出来隔年蠲的雨水那有這樣清淳如何吃得寶釵知他天性怪僻不好多話亦不好多坐吃過茶便約着黛玉走出來寶玉和妙玉陪笑說道那茶盃雖然腌臢了白撂了豈不可惜依我說不如就給了那貧婆子罷他賣了也可以度日你說使得麽妙玉聽了想了一想點頭說道這也罷了幸而那盃子是我沒吃過的若是我吃過的我就砸碎了也不能給他你要給他我也不管你只交給他快拿了去罷寶玉道自然如此你那裡和他說話去越發連你都腌臢了只交給我就是了妙玉便命人拿来遞給寳玉寶玉接了又道等我們出去了我

叫幾個小么兒來河裡打幾桶水來洗地如何妙玉笑道這更好了只是你囑咐他們抬了水只擱在山門外頭墻根下別進門來寶玉道這是自然的說著便袖著那杯遞給賈母屋裡的小丫頭子拿着說明日劉老老家去給他帶去罷交代明白賈母已經出來要回去妙玉亦不甚留送出山門回身便將門閉了不在話下且說賈母因覺身上乏倦便命王夫人和迎春姐妹陪着薛姨媽去吃酒自已便往稻香村來歇息鳳姐忙命人將小竹椅抬來賈母坐上兩個婆子抬起鳳姐李紈和衆丫頭婆子圍隨去了不在話下這裡薛姨媽也就辭出王夫人打發文官等出去將攢盒散給衆丫頭們吃去自已便也乘空歇着

隨便歪在方纔賈母坐的榻上命一個小丫頭放下簾子來又命他搥着腿吩咐他老太太那裡有信你就叫我說着也歪着睡着了寶玉湘雲等看著丫頭們將攢盒擱在山石上也有坐在山石上的也有坐在草地下的也有靠着樹的也有傍着水的倒也十分熱鬧一時又見鴛鴦來了要帶着劉老老逛衆人也都跟着取笑一時來至省親別墅的牌坊底下劉老老道嗳呀這裡還有大廟呢說着便爬下磕頭衆人笑彎了腰劉老老道笑什麼這牌樓上的字我都認得我們那裡這樣廟宇最多都是這樣的牌坊那字就是廟的名字衆人笑道你認得這是什麼廟劉老老便抬頭指那字道這不是玉皇寶殿衆人笑的拍

手打掌還要拿他取笑兒劉老老覺的肚裡一陣亂響忙的拉着一個丫頭要了兩張紙就解裙子衆人又是笑又忙喝他這裡使不得忙命一個婆子帶了東北角上去了那婆子指給他地方便樂得走開去歇息那劉老老因喝了些酒他的脾氣和黃酒不相宜且吃了許多油膩飲食發渴多喝了幾碗茶不免通瀉起來蹲了半日方完及出厠來酒被風吹且年邁之人蹲了半天忽一起身只覺眼花頭暈辨不出路徑四顧一望都是樹木山石樓臺房舍却不知那一處是往那一路去的了只得順着一條石子路慢慢的走來及至到了房子跟前又找不着門再找了半日忽見一帶竹籬劉老老心中自忖道這裡也有

扁豆茄子一面想一面順著花障走來得了個月洞門進去只見迎面一帶水池有七八尺寬石頭鑲岸裡面碧波清水上面有塊白石橫架劉老老便踱過石去順着石子甬路走去轉了兩箇灣子只見有個房門於是進了房門便見迎面一個女孩兒滿面含笑的迎出來劉老老忙笑道姑娘們把我丟下了叫我磞頭磞到這裡來了說了只覺那女孩兒不答劉老老便赶來拉他的手咕咚一聲却撞到板壁上把頭磞的生疼細瞧了一瞧原來是一幅畫兒劉老老自忖道怎麼畫兒有這樣凸出來的一面想一面看一面又用手摸去却是一色平的點頭嘆了兩聲一轉身方得了個小門門上掛著葱綠撒花軟簾劉老

老掀簾進去抬頭一看只見四面墻壁玲瓏剔透琴劍瓶爐皆貼在墻上錦籠紗罩金彩珠光連地下踹的磚皆是碧綠鑿花竟越發把眼花了找門出去那裡有門左一架書右一架屏剛從屏後得了一個門只見一個老婆子也從外面迎着進來劉老老吃異心中恍惚莫非是他親家母因問道你也來了想是見我這幾日沒家去虧你找我來那位姑娘帶進來的又見他戴着滿頭花便笑道你好沒見世面見這裡的花好你就沒死活戴了一頭說著那老婆子只是笑也不答言劉老老便伸手去羞他的臉他也拿手來擋兩個對鬧着劉老老一下子却摸著了但覺那老婆子的臉冰涼挺硬的倒把劉老老唬了一跳

猛想起常聽見富貴人家有種穿衣鏡這別是我在鏡子裡頭嗎想畢又伸手一抹再細一看可不是四面雕空的板壁將這鏡子嵌在中間的不覺也笑了因說這可怎麽出去呢一面用手摸時只聽硌磴一聲又嚇的不住的展眼兒原來是西洋機括可以開合不意劉老老亂摸之間其力巧合便撞開消息掩過鏡子露出門來劉老老又驚又喜遂走出來忽見有一副最精緻的床帳他此時又帶了七八分酒又走乏了便一屁股坐在床上只說歇歇不承望身不由已前仰後合的朦朧兩眼一歪身就睡倒在床上且說衆人等他不見板兒沒了他老老急的哭了衆人都笑道別是掉在茅廁裡了快叫人去瞧瞧因命

兩個婆子去找囘來說沒有衆人納悶還是襲人想道一定他醉了迷了路順着這條路往我們後院子裡去了要進了花障子打後門進去還有小丫頭子們知道若不進花障子再往西南上去可彀他遶會子好的了我瞧瞧去說着便囘來進了怡紅院叫人誰知那幾個小丫頭已偷空頑去了襲人進了房門轉過集錦槅子就聽的鼾齁如雷忙進來只聞見酒屁臭氣滿屋一瞧只見劉老老扎手舞脚的仰卧在床上襲人這一驚不小忙上來將他沒死活的推醒那劉老老驚醒睁眼看見襲人連忙爬起來道姑娘我該死了好歹並沒弄腌臢了床一面說用手去撣襲人恐驚動了寶玉只向他摇手兒不叫他說話忙

將當地大鼎內貯了三四把百合香仍用罩子罩上所喜不曾嘔吐忙悄悄的笑道不相干有我呢你跟我出來罷劉老老答應着跟了襲人出至小丫頭子們房中命他坐下因教他說道你說醉倒在山子石上打了個盹兒就完了劉老老答應是又給了他兩碗茶吃方覺酒醒了因問道這是那個小姐的繡房這麽精緻我就像到了天宮裡的是的襲人微微的笑道這個麽是寶二爺的卧房啊那劉老老嚇的不敢做聲襲人帶他從前面出去見了衆人只說他在草地下睡着了帶了他來的衆人都不理會也就罷了一時賈母醒了就在稻香村擺晚飯賈母因覺懶懶的也沒吃飯便坐了竹椅小敞轎回至房中歇息

命鳳姐兒等去吃飯他姐妹方復進園來未知如何且看下回分解

紅樓夢第四十一回終

紅樓夢第四十二回

蘅蕪君蘭言解疑癖　瀟湘子雅謔補餘音

話說賈母王夫人去後姐妹們復進園來吃飯那劉老老帶著板兒先來見鳳姐兒說明日一早定要家去了雖然住了兩三天日子却不多把古往今來沒見過的沒吃過的沒聽見的都經驗過了難得老太太和姑奶奶並那些小姐們連各房裡的姑娘們都這樣憐貧惜老照看我我這一回去沒別的報答惟有請些高香天天給你們念佛保佑你們長命百歲的就筭我的心了鳳姐兒笑道你別喜歡都是爲你老太太也叫風吹病了躺著嚷不舒服我們大姐兒也着了凉了在那裡發熱呢劉

老老聽了忙嘆道老太太有年紀了不慣十分勞乏的鳳姐兒道從來不像昨兒高興往常也進園子逛去不過到一兩處坐坐就來了昨兒因爲你在這裡要叫都逛逛一個園子倒走了多半個大姐兒因爲我找你去太太遞了一塊糕給他誰知風地裡吃了就發起熱來劉老老道妞妞兒只怕不大進園子比不得我們的孩子一會走那個墳圈子裡不跑去一則風拍了也是有的二則只怕他身上干净眼睛又净或是遇見什麽神了依我說給他瞧瞧祟書本子仔細撞客着一語提醒了鳳姐兒便叫平兒拿出玉匣記來叫彩明來念彩明翻了一會子念道八月二十五日病者東南方得之有縊死家親女鬼作祟又

遇花神用五色紙錢四十張向東南方四十步送之大吉鳳姐兒笑道果然不錯園子裡頭可不是花神只怕老太太也是遇見了一面命人請兩分紙錢來着兩個人來一個與賈母送祟一個與大姐兒送祟果見大姐兒安穩睡了鳳姐兒笑道到底是你們有年紀的經歷的多我們大姐兒時常肯病也不知是什麼原故劉老老道這也有的富貴人家養的孩子都嬌嫩自然禁不得一些兒委屈再他小人兒家過於尊貴了也禁不起已後姑奶奶倒少疼他些就好了鳳姐兒道也是有的我想起來他還沒個名字你就給他起個名字借借你的壽二則你們是庄家人不怕你惱到底貧苦些你們貧苦人起個名字只怕

歷的佳劉老老聽說便想了一想笑道不知他是幾時養的鳳姐兒道正是養的日子不好呢可巧是七月初七日劉老老忙笑道這個正好就叫做巧姐兒好這個叫做以毒攻毒以火攻火的法子姑奶奶定依我這名字必然長命百歲日後大了各人成家立業或一時有不遂心的事必然遇難成祥逢凶化吉都從這巧字兒來鳳姐兒聽了自是歡喜忙謝道只保佑他應了你的話就好了說着叫平兒來吩咐道明兒偺們有事恐怕不得閒兒你這會子閒著把送老老的東西打點了他明兒一早就好走的便宜了劉老老道不敢多破費了已經遭擾了幾天又拿著走越發心裡不安了鳳姐兒笑道也沒有什麽不過

隨常的東西好也罷歹也罷帶了去你們街坊隣舍看着也熱鬧些也是上城一輌說着只見平兒走來說老老過這邊瞧瞧劉老老忙跟了平兒到那邊屋裡只見堆着半炕東西平兒一一的拿給他瞧着又說道這是昨日你要的青紗一疋奶奶另外送你一個實地月白紗做裡子這是兩個繭紬做襖兒裙子都好這包袱裡是兩疋綢子年下做件衣裳穿這是一盒子各樣內造小餑餑兒也有你吃過的也有沒吃過的拿去擺碟子請人比買的強些這兩條口袋是你昨日裝菓子的如今這一個裡頭裝了兩斗御田粳米熬粥是難得的這一條裡頭是園子裡的菓子和各樣乾菓子這一包是八兩銀子這都是我們

紅樓夢　第四二回　三

奶奶的這兩包每包五十兩共是一百兩是太太給的叫你拿去或者做個小本買賣或者置幾畝地已後再別求親靠友的說着又悄悄笑道這兩件襖兒和兩條裙子還有四塊包頭一包絨線可是我送老老的那衣裳雖是舊的我也沒大狠穿你要棄嫌我就不敢說了平兒說一樣劉老老就念一句佛已經念了幾千佛了又見平兒也送他這些東西又如此謙遜忙笑道姑娘說那裡話這樣好東西我還棄嫌我就有銀子沒處買這樣的去呢只是我怪臊的收了不好不收又辜負了姑娘的心平兒笑道別說外話咱們都是自己我纔這麼着你放心收了罷我還和你要東西呢到年下你只把你們曬的那個灰條

菜和豇豆扁豆茄子乾子葫蘆條兒各樣乾菜帶些來我們這裡上上下下都愛吃這個就算了別的一概不要別罔費了心劉老老千恩萬謝的答應了平兒道你只管睡你的去我替你收拾妥當了就放在這裡明兒一早打發小廝們僱輛車裝上不用你費一點心兒劉老老越發感激不盡過來又千恩萬謝的辭了鳳姐兒過賈母這邊睡了一夜次早梳洗了就要告辭因賈母欠安衆人都過來請安出去傳請大夫一時婆子回大夫來了老嬤嬤請賈母進幔子去坐賈母道我也老了那裡養不出那阿物兒來還怕他不成不用放幔子就這樣瞧罷衆婆子聽了便拿過一張小棹子來放下一個小枕頭便命人請一

時只見賈珍賈璉賈蓉三個人將王太醫領來王太醫不敢走甬路只走傍堦跟着賈珍到了台堦上早有兩個婆子在兩邊打起簾子兩個婆子在前導引進去又見寶玉迎接出來見賈母穿着青縐紬一斗珠兒的羊皮褂子端坐在榻上兩邊四個未留頭的小丫鬟都拿著蠅刷漱盂等物又有五六個老嬤嬤雁翅擺在兩傍碧紗厨後隱隱約約有許多穿紅着綠戴寶揷金的人王太醫也不敢抬頭忙上來請了安賈母見他穿着六品服色便知是御醫了含笑問供奉好因問賈珍這位供奉貴姓賈珍等忙回姓王賈母笑道當日太醫院正堂有個王君效好脈息王太醫忙躬身低頭含笑因說那是晚生家叔祖賈母

聽了笑道原來這樣也算是世交了一面說一面慢慢的伸手放在小枕頭上嬤嬤端著一張小杌子放在小桌前面略偏些王太醫便盤著一條腿兒坐下歪着頭胗了半日又胗了那隻手忙欠身低頭退出賈母笑說勞動了珍哥讓出去好生看茶賈珍賈璉等忙答應了幾個是復領王太醫到外書房中王太醫說太夫人並無別症偶感了些風寒其實不用吃藥不過畧清淡些常煖著點兒就好了如今寫個方子在這裡若老人家愛吃便按方煎一劑吃若懶怠吃也就罷了說着吃茶寫了方子剛要告辭只見奶子抱了大姐兒出來笑說王老爺也瞧瞧我們王太醫聽說忙起身就奶子懷中左手托着大姐兒的手

右手胗了一胗又摸了一摸頭又叫伸出舌頭來瞧瞧笑道我要說了妞兒該駡我了只要清清凈凈的餓兩頓就好了不必吃煎藥我送點丸藥來臨睡用薑湯研開吃下去就好了說畢告辭而去賈珍等拿了藥方來回明賈母原故將藥方放在案上出去不在話下這裏王夫人和李紈鳳姐兒寶釵姐妹等見大夫出去方從樹後出來王夫人畧坐一坐也回房去了劉老老見無事方上來和賈母告辭賈母說閑了再來又命鴛鴦來好生打發劉老老出去我身上不好不能送你劉老老道了謝又作辭方同鴛鴦出來到了下房鴛鴦指炕上一個包袱說道這是老太太的幾件衣裳都是往年間生日節下衆人孝敬的

老太太從不穿人家做的收著也可惜却是一次也没穿過的
昨日叫我拿出兩套來送你帶了去或送人或自巳家裡穿罷
這盒子裡頭是你要的麵菓子這包兒裡頭是你前兒說的藥
梅花點舌丹也有紫金錠也有活絡丹也有催生保命丹也有
每一樣是一張方子包著總包在裡頭了這是兩個荷包帶着
頑罷說着又抽開繫子掏出兩個筆定如意的錁子來給他瞧
又笑道荷包你拿去這個留下給我罷劉老老巳喜出望外早
又念了幾千佛聽鴛鴦如此說便忙說道姑娘只管留下罷鴛
鴦見他信以為真笑着仍給他裝上說道哄你頑呢我有好些
呢留著年下給小孩子們罷說着只見一個小丫頭拿着個成

窑鍾子來遞給劉老老說這是寶二爺給你的劉老老道這是那裡說起我那一世修來的今兒這樣說着便接過來鴛鴦道前兒我叫你洗澡換的衣裳是我的你不棄嫌我還有幾件也送你罷劉老老又忙道謝鴛鴦果然又拿出幾件來給他包好劉老老又要到園中辭謝寶玉和衆姊妹王夫人等去鴛鴦道不用去了他們這會子也不見人回來我替你說罷閒了再來又命了一個老婆子吩咐他二門上叫兩個小厮來幫着老老拿了東西送去婆子答應了又和劉老老到了鳳姐兒那邊一併拿了東西在角門上命小厮們搬出去直送劉老老上車去了不在話下且說寶釵等吃過早飯又往賈母處問安回園至

分路之處寶釵便叫黛玉道顰兒跟我來有一句話問你黛玉便笑着跟了來至蘅蕪苑中進了房寶釵便坐下笑道你還不給我跪下我要審你呢黛玉不解何故因笑道你瞧寶丫頭瘋了審我什麼寶釵冷笑道好個千金小姐好個不出屋門的女孩兒滿嘴裡說的是什麼你只實說罷黛玉不解只管發笑心裡也不免疑惑口裡只說我何曾說什麼你不過要捏我的錯兒罷咧你倒說出來我聽聽寶釵笑道你還裝憨兒呢昨兒行酒令兒你說的是什麼我竟不知是那裡來的黛玉一想方想起昨兒失於檢點那牡丹亭西廂記說了兩句不覺紅了臉便上來摟着寶釵笑道好姐姐原是我不知道隨口說的你教給

我再不說了寶釵笑道我也不知道聽你說的怪好的所以請教你黛玉道好姐姐你别說給别人我再不說了寶釵見他羞的滿臉飛紅滿口央告便不肯再往下問因拉他坐下吃茶欵欵的告訴他道你當我是誰我也是個淘氣的從小兒七八歲上也彀個人纏的我們家也筭是個讀書人家祖父手裏也極愛藏書先時人口多姐妹弟兄也在一處都怕看正經書弟兄們也有愛詩的也有愛詞的諸如這些西廂琵琶以及元人百種無所不有他們背着我們偷看我們也背着他們偷看後來大人知道了打的打駡的駡燒的燒丟開了所以偺們女孩兒家不認字的倒好男人們讀書不明理尚且不如不讀書的好

何况你我連做詩寫字等事這也不是你我分內之事究竟也不是男人分內之事男人們讀書明理輔國治民這纔是好只是如今並聽不見有這樣的人讀了書倒更壞了這並不是書誤了他可惜他把書遭塌了所以竟不如耕種買賣倒沒有什麽大害處至於你我只該做些針線紡績的事纔是偏又認得幾個字既認得了字不過揀那正經書看也罷了最怕見些雜書移了性情就不可救了一夕話說的黛玉垂頭吃茶心下暗服只有答應是的一字忽見素雲進來說我們奶奶請二位姑娘商議要緊的事呢二姑娘三姑娘四姑娘史姑娘寶二爺都等著呢寶釵道又是什麽事黛玉道偺們到了那裡就知道了

說著便和寶釵往稻香村來果見衆人都在那裡李紈見了他兩個笑道社還沒起就有脫滑兒的了四丫頭要告一年的假呢黛玉笑道都是老太太昨兒一句話又叫他畫什麼園子圖兒惹的他樂得告假了探春笑道也別怪老太太都是劉老老一句話黛玉忙笑接道可是呢都是他一句話他是那一門子的老老直叫他是個母蝗虫就是了說着大家都笑起來寶釵笑道世上的話到了二嫂子嘴裡也就盡了幸而二嫂子不認得字不大通不過一槩是市俗取笑兒更有顰兒這促狹嘴他用春秋的法子把市俗粗話撮其要刪其繁再加潤色比方出來一句是一句這母蝗虫三字把昨兒那些形景都畫出來了

虧他想的倒也快衆人聽了都笑道你這一註解也就不在他
兩個以下了李紈道我請你們大家商議給他多少日子的假
我給了他一個月的假他嫌少你們怎麼說黛玉道論理一年
也不多這園子蓋就蓋了一年如今要畫自然得二年的工夫
呢又要研墨又要蘸筆又要鋪紙又要着顏色又要剛說到這
裡黛玉也自己掌不住笑道又要照著樣兒慢慢的畫可不得
二年的工夫衆人聽了都拍手笑個不住寶釵笑道有趣最妙
落後一句是慢慢的畫他可不畫去怎麼就有了呢所以昨兒
那些笑話兒雖然可笑回想是沒趣的你們細想顰兒這幾句
話雖沒什麼回想却有滋味我倒笑的動不得了惜春道都是

寶姐姐讚的他越發逞強這會子又拿我取笑兒黛玉忙拉他笑道我且問你還是單畫這園子呢還是連我們衆人都畫在上頭呢惜春道原是只畫這園子昨兒老太太又說單畫園子成了房樣子了叫連人都畫上就像行樂圖兒纔好我又不會這工細樓臺又不會畫人物又不好駁回正爲這個爲難呢黛玉道人物還容易你草虫兒上不能李紈道你又說不通的話了這上頭那裡又用草虫兒呢或者翎毛倒要點綴一兩樣黛玉笑道別的草虫兒罷了昨兒的母蝗虫不畫上豈不缺了典呢衆人聽了都笑起來黛玉一面笑的兩隻手捧着胸口一面說道你快畫罷我連題跋都有了起了名字就叫做攜蝗大嚼

圖眾人聽了越發鬨然大笑的前仰後合只聽咕咚一聲响不知什麼倒了急忙看時原來是湘雲伏在椅子背兒上那椅子原不曾放穩被他全身伏着背子大笑他又不防兩下裡錯了笋向東一歪連人帶椅子都歪倒了幸有板壁擋住不曾落地眾人一見越發笑個不住寶玉忙赶上去扶住了起來方漸漸止了笑寶玉和黛玉使個眼色兒黛玉會意便走至裡間將鏡袱揭起照了照只見兩鬓畧鬆了些忙開了李紈的粧奩拿出抿子來對鏡抿了兩抿仍舊收拾好了方出來指著李紈道這是叫你帶着我們做針線教道理呢你反招了我們來大頑大笑的李紈笑道你們聽他這刁話他領着頭兒鬧引着人笑了

倒賴我的不是眞眞恨的我只保佑你明兒得一個利害婆婆
再得幾個千刁萬惡的大姑子小姑子試試你那會子還這麼
刁不刁了黛玉早紅了臉拉着寶釵說偺們放他一年的假罷
寶釵道我有一句公道話你們聽聽藕丫頭雖會畫不過是幾
筆寫意如今畫這園子非離了肚子裏頭有些邱壑的如何成
畫這園子却是像畫兒一般山石樹木樓閣房屋遠近踈密也
不多也不少恰恰的是這樣你若照樣兒往紙上一畫是必不
能討好的這要看紙的地步遠近該多該少分主分賓該添的
要添該藏該減的要藏要減該露的要露這一起了稿子再端
詳斟酌方成一幅圖樣第二件這些樓臺房舍是必要界劃的

一點兒不留神欄杆也歪了柱子也塌了門窗也倒豎過來堦
磯也離了縫甚至桌子擠到墻裡頭去花盆放在簾子上來豈
不倒成了一張笑話兒了第三要安插人物也要有疎密有高
低衣摺裙帶指手足步最是要緊一筆不細不是腫了手就是
瘸了腳染臉撕髮倒是小事依我看來竟難的狠如今一年的
假也太多一月的假也太少竟給他半年的假再派了寶兄弟
幫着他並不是為寶兄弟知道教着他畫那就更悞了事為的
是有不知道的或難安插的寶兄弟拿出去問問那會畫的先
生們就容易了寶玉聽了先喜的說這話極是詹子亮的工細
樓臺就極好程日興的美人是絕技如今就問他們去寶釵道

我說你是無事忙說了一聲你就問他去也等着商議定了再去如今且說拿什麽畫寶玉道家裡有雪浪紙又大又托墨寶玉冷笑道我說你不中用那雪浪紙寫字畫寫意畫兒或是會山水的畫南宋山水托墨禁得皴染拿了畫這個又不托色又難烘畫也不好紙也可惜我教給你一個法子原先盖這園子就有一張細緻圖樣雖是畫工描的那地步方向是不錯的你和太太要出來也比着那紙的大小和鳳姐姐要一塊重絹交給外邊相公們叫他照着這圖樣刪補着立了稿子添了人物就是了就是配這些青緑顏色並泥金泥銀也得他們配去你們也得另攏上風爐子預備化膠出膠洗筆還得一個粉油大

紮鋪上毡子你們那些碟子也不全筆也不全都從新再弄一分兒纔好惜春道我何曾有這些畫器不過隨手的筆畫畫罷了就是顏色只有赭石廣花籐黄胭脂這四樣再有不過是兩支着色的筆就完了寶釵道你何不早說這些東西我却還有只是你用不著給你也白放着如今我且替你收着等你用著這個的時候我送你些也只可留著畫扇子若畫這大幅的也就可惜了今兒替你開個單子照着單子和老太太要去你們也未必知道的全我說着寶兄弟寫寶玉早已預備下筆硯了原怕記不清白要寫了記着聽寶釵如此說喜的提起筆來靜聽寶釵說道頭號排筆四支二號排筆四支三號排筆四支大

染四支中染四支小染四支大南蟹爪十支小蟹爪十支鬚眉十支大着色二十支小着色二十支開面十支柳條二十支箭頭珠四兩南赭四兩石黃四兩石青四兩石綠四兩管黃四兩廣花八兩鉛粉十四匣胭脂十二帖大赤二百帖青金二百帖廣勻膠四兩淨礬四兩礬絹的膠礬在外別管他們只把絹交出去叫他們礬去這些顏色偺們淘澄飛跌着又頑了又使了包你一輩子都彀使了再要頂細絹籮四個粗籮二個担筆四支大小乳鉢四個大粗碗二十個五寸碟子十個三寸粗白碟子二十個風爐兩個沙鍋大小四個新磁缸二口新水桶二隻一尺長白布口袋四個浮炭二十觔柳木炭一二觔三屜木箱

一個實地紗一丈生薑二兩醬半觔黛玉忙笑道鐵鍋一口鐵鏟一個寶釵道這做什麼黛玉道你要生薑和醬這些作料我替你要鐵鍋來好炒顏色吃啊衆人都笑起來寶釵笑道顰兒你知道什麼那粗磁碟子保不住不上火烤不拿薑汁子和醬預先抹在底子上烤過一經了火是要炸的衆人聽說都道這就是了黛玉又看了一回單子笑着拉探春悄悄的道你瞧瞧畫個畫兒又要起這些水缸箱子來想必糊塗了把他的嫁裝單子也寫上了探春聽了笑個不住說道寶姐姐你還不擰他的嘴你問問他編派你的話寶釵笑道不用問狗嘴裡還有象牙不成一面說一面走上來把黛玉按在炕上便要擰他的臉

黛玉笑著忙央告道好姐姐饒了我罷顰兒年紀小只知說不知道輕重做姐姐的教導我姐姐不饒我我還求誰去呢衆人不知話内有因都笑道說的好可憐見兒的連我們也軟了饒了他罷寶釵原是和他頑忽聽他又拉扯上前番說他胡看雜書的話便不好再和他鬧了放起他來黛玉笑道到底是姐姐要是我再不饒人的寶釵笑指他道怪不得老太太疼你衆人愛你今兒我也怪疼你的了過來我替你把頭髮籠籠黛玉果然轉過身來寶釵用手籠上去寶玉在傍看著只覺更好不覺後悔不該令他抿上鬓去也該留着此時叫他替他抿上去正自胡想只見寳釵說道寫完了明兒叫老太太去若家裡有

的就罷若没有的就拿些錢去買了來我幇着你們㐫寶玉忙收了单子大家又說了一回閑話兒至晚飯後又往賈母處來請安賈母原没有大病不過是勞乏了兼着了些凉温存了一日又吃了一兩劑藥發散了發散至晚也就好了不知次日又有何話下回分解

紅樓夢第四十二回終

紅樓夢第四十三回

閒取樂偶攢金慶壽　不了情暫撮土爲香

話說王夫人因見賈母那日在大觀園不過着了些風寒不是什麽大病請醫生吃了兩劑藥也就好了命鳳姐來吩咐他預備給賈政帶送東西正商議着只見賈母打發人來叫王夫人忙引着鳳姐見過來王夫人又請問這會子可又覺大安些賈母道今日可大好了方纔你們送來野鷄崽子湯我嚐了一嚐倒有味兒又吃了兩塊肉心裡很受用王夫人笑道這是鳳丫頭孝敬老太太的算他的孝心虔不枉了素日老太太疼他賈母點頭笑道難爲他想着若是還有生的再炸上兩塊鹹浸浸

的喝粥有味兒那湯雖好就只不對稀飯鳳姐聽了連忙答應命人到大廚房傳話這裡賈母又向王夫人笑道我打發人找你來不爲別的初二日是鳳丫頭的生日上兩年我原想着替他做生日偏到跟前又有事就混過去了今年人又齊全料着又沒事偺們大家好生樂一天王夫人笑道我也想着呢旣是老太太高興何不就商議定了賈母笑道想我往年不拘誰做生日都是各自送各自的禮這個也俗了也覺太生分今兒我出個新法子又不生分又可以取樂兒王夫人忙道老太太怎麼想着好就是怎麼樣行賈母笑道我想着偺們也學那小家子大家湊個分子多少儘着這錢去辦你說好不好王夫人道

這個狠好但不知怎麽個湊法兒賈母𢙣說一發高興起來忙遣人去請薛姨媽邢夫人等又叫請姑娘們並寶玉和那府裡的尤氏和賴大家的及有些頭臉管事的媳婦也都叫了來衆丫頭婆子見賈母十分高興也都高興忙忙的各自分頭去請的請傳的傳没頓飯的工夫老的少的上的下的烏壓壓擠了一屋子只薛姨媽和賈母對坐邢夫人王夫人只坐在房門前兩張椅子上寶釵姐妹等五六個人坐在炕上寶玉坐在賈母懷前底下滿滿的站了一地賈母忙命拿幾張小杌子來給賴大母親等幾個高年有體面的嬷嬷坐了賈府風俗年高伏侍過父母的家人比年輕的主子還有體面呢所以尤氏鳳姐等

只管地下站着那賴大的母親等三四個老嬤嬤告了罪都坐在小杌子上賈母笑着把方纔一夕話說與衆人聽了衆人誰不湊這趣兒呢再也有和鳳姐兒好情愿這樣的也有怕鳳姐兒巴不得奉承他的况且都是拿的出來的所以一聞此言都欣然應諾賈母先道我出二十兩薛姨媽笑道我隨着老太太也是二十兩邢夫人王夫人笑道我們不敢和老太太並肩自然矮一等每人十六兩罷了尤氏李紈也笑道我們自然又矮一等每人十二兩罷賈母忙和李紈道你寡婦失業的那裏還拉你出這個錢我替你出了罷鳳姐忙笑道老太太别高興且算一算賬再攬事老太太身上已有兩分呢這會子又替大嫂

子出十六兩說着高興一會子又想又心疼了過後兒又說都是爲鳳丫頭花了錢使個巧法子哄着我拿出三四倍子来暗裡補上我還做夢呢說的衆人都笑了賈母笑道依你怎麽様呢鳳姐笑道生日没到我這會子已經折受的不受用了我一個錢也不出驚動這些人實在不安不如大嫂子這分我替他出了罷我到那一日多吃些東西就享了福了邢夫人等聽了都說狠是賈母方允了鳳姐兒又笑道我還有一句話呢我想老祖宗自己二十兩又有林妹妹寶兄弟的兩分子姨媽自己二十兩又有寶妹妹的一分子這倒也公道只是二位太太每位十六兩自己又少又不替人出這有些不公道老祖宗吃了

虧了賈母聽了呵呵大笑道到底是我的鳳丫頭向着我這說的狠是要不是你我叫他們又哄了去了鳳姐笑道老祖宗只把他哥兒兩個交給兩位太太一位占一個派每位替出一分就是了賈母忙說這狠公道就是這樣賴大的母親忙站起來笑道這可反了我替二位太太生氣在那邊是兒子媳婦在這邊是內姪女兒倒不向着婆婆姑姑倒向着別人這兒媳婦倒成了陌路人內姪女兒倒成了外姪女兒了說的賈母和衆人都大笑起來了賴大的母親因又問道少奶奶們十二兩我們自然也該矮一等了賈母聽說道這使不得你們雖該矮一等我知道你們這幾個都是財主位雖低些錢卻比他們多你

們和他們一例纔使得衆嬤嬤聽了連忙答應賈母又道姑娘們不過應個景兒每人照一個月的月例就是了又回頭吩咐鴛鴦來你們也湊幾個人商議湊了來鴛鴦答應着去不多時帶了平兒襲人彩霞等還有幾個丫頭來也有二兩的也有一兩的賈母因問平兒你難道不替你主子做生日還入在這裡頭平兒笑道我那個私自另外的有了這是公中的也該出一分賈母笑道這纔是好孩子鳳姐又笑道上下都全了還有二位姨奶奶他出不出也問一聲兒儘到他們是理不然他們只當小看了他們了賈母聽說忙說可是呢怎麽倒忘了他們只怕他們不得閒兒叫個丫頭問問去說著早有丫頭去了半日回

來說道每位也出二兩賈母喜歡道拿筆硯來算明共記多少尤氏因悄悄的罵鳳姐道我把你這沒足彀的小蹄子兒這麼些婆婆嬸子凑銀子給你做生日你還不彀又拉上兩個苦瓠子鳳姐也悄悄的笑道你少胡說一會子離了這裡我纔和你算賬他們兩個為什麼苦呢有了錢也是白塡還別人不如拘了來偺們樂說着早已合了共凑了一百五十兩有零賈母道一天戲酒用不了尤氏道既不請客酒席又不多兩三日的用度都彀了頭等戲不用錢省在這上頭賈母道鳳丫頭說那一班好就傳那一班鳳姐道偺們家的班子都聽熟了倒是花幾個錢叫一班來聽聽罷賈母道這件事我交給珍哥媳婦了越

發叫鳳丫頭別操一點心兒受用一日纔算尤氏答應着又說了一回話都知賈母乏了纔漸漸的散出來尤氏等送出邢夫人王夫人二人散去因往鳳姐房裡來商議怎麼辦生日的話鳳姐兒道你不用問我你只看老太太的眼色兒行事就完了尤氏笑道你這麼個阿物兒也忒行了大運了我當有什麼事叫我們去原來单為這個出了錢不算還叫我操心你怎麼謝我鳳姐笑道別扯臊我又没叫你來謝你什麼你怕操心你這會子就回老太太去再派一個就是了尤氏笑道你瞧瞧把他倖的這個樣兒我勸你收着些兒好太滿了就要流出來了二人又說了一回方散次日將銀子送到寧國府來尤氏方纔起

來梳洗因問是誰送過來的丫頭們回說林媽尤氏便命叫了他來丫頭們走至下房叫了林之孝家的過來尤氏命他脚踏上坐了一面忙着梳洗一面問他這一包銀子共多少林之孝家的回說這是我們底下人的銀子湊了先送過來老太太和太太們的還沒有呢正說着丫頭們回說那府裏的姨太太打發人送了分子來了尤氏笑罵道小蹄子們耑會記得這些没要緊的話昨兒不過是老太太一時高興故意兒的學那小家子湊分子你們就記得了到了你們嘴裏當正經話說還不快接進來呢丫頭們笑着忙接銀子進來一共兩封連寶釵黛玉的都有了尤氏問還少誰的林之孝家的道還少老太太太太

姑娘們的我們底下姑娘們的尤氏道還有你們大奶奶的呢林之孝家的道奶奶過去這銀子都從二奶奶手裡發一共都有了說着尤氏梳洗了命人伺候車輛一時來至榮府先來見鳳姐只見鳳姐已將銀子封好正要送去尤氏問都齊了麼鳳姐笑道都有了快拿去罷丟了我不管尤氏笑道我有些信不及倒要當面點一點說着果然按數一點只沒有李紈的一分尤氏笑道我說你鬧鬼呢怎麼你大嫂子的沒有鳳姐笑道那麼些還不彀就短一分兒也罷了等不彀了我再找給你尤氏道昨兒你在人跟前做情今兒又來和我賴這我可不依你我只和老太太要去鳳姐笑道我看你利害明兒有了事我也丁

是丁卯是卯的你也別抱怨尤氏笑道只這一分兒不給也罷
寧要不看你素日孝敬我我本來依你麼說着把平兒的一分
也拿出來說道平兒來把你的收了去等不彀了我替你添上
平兒會意笑道奶奶先使著若剩下了再賞我一樣尤氏笑道
只許你主子作弊就不許我作情嗎平兒只得收了尤氏又道
我看着你主子這麼細緻弄這些錢那裡使去使不了明兒帶
了棺材裡使去一面說著一面又往賈母處來先請了安大槩
說了兩句話便走到鴛鴦房中和鴛鴦商議只聽鴛鴦的主意
行事何以討賈母喜歡二人計議妥當尤氏臨走時也把鴛鴦
的二兩銀子還他說這還使不了呢說著一逕出來又至王夫

人跟前說了一回話因王夫人進了佛堂把彩雲的一分也還了他鳳姐兒不在跟前一時把周趙二人的也還了他兩個還不敢收尤氏道你們可憐見的那裡有這些閒錢鳳丫頭便知道了有我應著呢二人聽說千恩萬謝的收了轉眼已是九月初二日園中人都打聽得尤氏辦得十分熱鬧不但有戲連耍百戲並說書的女先兒全有都打點着取樂頑耍李紈又向衆姐妹道今兒是正經社日可別忘了寶玉也不來想必他不知又貪住什麼頑意兒把這事又忘了說着便命丫頭去瞧做什麼呢快請了來丫頭去了半日回說花大姐姐說今兒一早就出門去了衆人聽了都詫異說再沒有出門之理這丫頭糊塗

因又命翠墨去一時翠墨回來說可不真出門了說有個朋友死了出去探喪去了探春道斷然沒有的事憑他什麼再沒有今日出門之理你叫襲人來我問他剛說著只見襲人走來李紈等都說道今兒憑他有什麼事也不該出門頭一件你二奶奶的生日老太太都這麼高興兩府上下都湊熱鬧兒他倒走了第二件又是頭一社的正日子也不告假就私自去了襲人嘆道昨兒晚上就說了今兒一早有要緊的事到北靜王府裡去就趕着回來勸他別去他必不依今兒一早起來又要素衣裳穿想必是北靜王府裡要緊的什麼人沒了也未可知李紈等道若果如此也該去走走只是也該回來了說着大家又商

罷咱們只管作詩等他來罰他剛說着只見賈母已打發人來請便都往前頭去了襲人回明寶玉的事賈母不樂便命人接去原來寶玉心裡有件心事於頭一日就吩咐焙茗明日一早出門備兩匹馬在後門口等着不用別人跟着說給李貴我往北府裡去了倘或要有人找我叫他攔住不用找只說北府裡留下了橫豎就來的焙茗也摸不著頭腦只得依言說了今兒一早果然備了兩匹馬在園後門等著天亮了只見寶玉遍體純素從角門出來一語不發跨上馬一彎腰順着街就趲下去了焙茗也只得跨上馬加鞭趕上在後面忙問往那裡去寶玉道這條路是往那裡去的焙茗道這是出北門的大道出去了

冷清清沒有什麼頑的寶玉聽說點頭道正要冷清清的地方說着越發加了兩鞭那馬早已轉了兩個灣子出了城門焙茗越發不得主意只得緊緊的跟着一氣跑了七八里路出來人烟漸漸稀少寶玉方勒住馬回頭問焙茗道這裡可有賣香的焙茗道香倒有不知是那一樣寶玉想道別的香不好須得檀芸降三樣焙茗笑道這三樣可難得寶玉爲難焙茗見他爲難因問道要香做什麼使我見二爺時常帶的小荷包兒有散香何不找找一句提醒了寶玉便回手衣襟上掛着個荷包摸了一摸竟有兩星沉速心內喜歡只是不恭些再想自已親身帶的倒比買的又好些於是又問爐炭焙茗道這可罷了荒郊野

外那裡有既用這些何不早說帶了來豈不便宜寶玉道糊塗東西要可以帶了來又不這樣没命的跑了焙茗想了半日笑道我得了個主意不知二爺心下如何我想來二爺不止用這個只怕還要用别的這也不是事如今我們索性往前再走二里就是水仙菴了寶玉聽了忙問水仙菴就在這裡更好了我們就去說着就加鞭前行一面回頭向焙茗道這水仙菴的姑子長往偺們家去這一去到那裡和他借香爐使使他自然是肯的焙茗道别說是偺們家的香火就是平白不認識的廟裡和他借他也不敢駁回只是一件我常見二爺最厭這水仙菴的如何今兒又這樣喜歡了寶玉道我素日最恨俗人不知原

故混供神混蓋廟這都是當日有錢的老公們和那些有錢的愚婦們聽見有個神就蓋起廟來供着也不知那神是何人因聽些野史小說便信真了比如這水仙庵裡面因供的是洛神故名水仙庵殊不知古來並没有個洛神那原是曹子建的謊話誰知這起愚人就塑了像供着今兒却合我的心事故借他一用說着早已來至門前那老姑子見寶玉來了事出意外竟像天上掉下個活龍來的一般忙上來問好命老道來接馬寶玉進去也不拜洛神之像却只管賞鑒雖是泥塑的却真有那翩若驚鴻婉若游龍荷出綠波日映朝霞的姿態寶玉不覺滴下淚來老姑子獻了茶寶玉因和他借香爐燒香那姑子去了

半日連香供紙馬都預備了來寶玉一槩不用說道命焙茗捧着爐出至後園中揀一塊干淨地方兒竟揀不出焙茗道那井臺上如何寶玉點頭一齊來至井臺上將爐放下焙茗站過一傍寶玉掏出香來焚上含淚施了半禮回身命收了去焙茗答應且不收忙爬下磕了幾個頭口內祝道我焙茗跟二爺這幾年二爺的心事我沒有不知道的只有今兒這一祭祀沒有告訴我我也不敢問只是受祭的陰魂雖不知名姓想來自然是那人間有一天上無雙極聰明清雅的一位姐姐妹妹了二爺的心事難出口我替二爺祝贊你你若有靈有聖我們二爺這樣想著你你也時常來望候望候二爺未嘗不可你在陰間保

佑二爺來生也變個女孩兒和你們一處頑耍豈不兩下裡都有趣了說畢又磕了幾個頭纔爬起來寶玉聽他沒說完便掌不住笑了因踢他道別胡說看人聽見笑話焙茗起來收過香爐和寶玉走着因道我已經合姑子說了二爺還沒用飯叫他收拾了些東西二爺勉强吃些我知道今兒裡頭大排筵宴熱鬧非常二爺為此纔躲了來的橫豎在這裡清凈一天也就儘樂了要不吃東西斷使不得寶玉道戲酒不吃這隨便的吃些也不妨焙茗道這纔是還有一說偺們來了必有人不放心若沒有人不放心便晚晚進城何妨若有人不放心二爺須得進城回家去纔是第一老太太太太也放了心第二禮也盡了不

過這麽着就是家去聽戲喝酒也並不是爺有意原是陪着父母盡個孝道兒要單爲這個不顧老太太太太懸心就是纔受祭的陰魂兒也不安哪二爺想我這話怎麽樣寳玉笑道你的意思我猜著了你想著只你一個跟了我出來回來你怕擔不是所以拿這大題目來勸我我纔來了不過爲盡個禮再去吃酒看戲並没說一日不進城這已經完了心願趕着進城大家放心就是了焙茗道這更好說着二人來至禪堂果然那姑子收拾了一桌好素菜寳玉胡亂吃了些焙茗也吃了二人便上馬仍回舊路焙茗在後面只囑咐二爺好生騎着這馬總没大騎手提緊着些兒一面說着早已進了城仍從後門進去忙忙

來至怡紅院中襲人等都不在屋裡只有幾個老婆子看屋子見他來了都喜的眉開眼笑道阿彌陀佛可來了沒把花姑娘急瘋了呢上頭正坐席呢二爺快去罷寶玉聽說忙將素衣脫了自已找了顏色吉服換上便問道都在什麼地方坐席呢老婆子們回道在新蓋的大花廳上呢寶玉聽了一逕往花廳上來耳內早隱隱聞得簫管歌吹之聲剛到穿堂那邊只見玉釧兒獨坐在廊簷下垂淚一見寶玉來了便長出了一口氣咂着嘴兒說道噯鳳凰來了快進去罷再一會子不來可就都反了寶玉陪笑道你猜我往那裡去了玉釧兒把身一扭也不理他只管拭淚寶玉只得怏怏的進去了到了花廳上見了賈母王

夫人等眾人真如得了鳳凰一般賈母先問道你往那裡去了這早晚纔來還不給你姐姐行禮去呢因笑着又向鳳姐兒道你兄弟不知好歹就有要緊的事怎麽也不說一聲兒就私自跑了這還了得明兒再這樣等你老子回家必告訴他打你鳳姐兒笑着道行禮倒是小事寶兄弟明兒斷不可不言語一聲兒也不傳人跟着就出去街上車馬多頭一件叫人不放心再也不像咱們這樣人家出門的規矩這裡賈母又罵跟的人為什麽都聽他的話說往那裡去就去了也不回一聲兒一面又問他到底往那裡去了可吃了什麽没有唬着了没有寶玉只回說北靜王的一個愛妾没了今日給他道惱去我見他哭的

那樣不好撇下他就回來所以多等了會子賈母道巳後再私自出門不先告訴我一定叫你老子打你寶玉連忙答應着賈母又要打跟的人衆人又勸道老太太也不必生氣了他已經答應不敢了况且回來又沒事大家該放心樂一會子了賈母先不放心自然着急發狠今見寶玉回來喜且有餘那裡還恨也就不提了還怕他不受用或者别處沒吃飯路上着了驚恐反又百般的哄他襲人早已過來伏侍大家仍就聽戲當日演的是荆釵記賈母薛姨媽等都看的心酸落淚也有笑的也有恨的也有駡的要知端底下回分解

紅樓夢第四十三回終

紅樓夢第四十四回

變生不測鳳姐潑醋　喜出望外平兒理粧

話說寶玉和姐妹一處坐着同衆人看演荊釵記黛玉因看到男祭這齣上便和寶釵說道這王十朋也不通的狠不管在那裡祭一祭罷了必定跑到江邊上來做什麽俗語說覩物思人天下的水總歸一源不拘那裡的水舀一碗看着哭去也就盡情了寶釵不答寶玉聽了却又發起獃來且說賈母心想今日不比往日定要教鳳姐痛樂一日本自己懶怠坐席只在裡間屋裡榻上歪着和薛姨媽看戲隨心愛吃的揀幾樣放在小几上隨意吃着說話兒將自己兩桌席面賞那没有席面的大小

丫頭並那應着差的婦人等命他們在窻外廊簷下也只管坐着隨意吃喝不必拘理王夫人和邢夫人在地下高棹上坐著外面幾席是他們姐妹們坐賈母不時吩咐尤氏等讓鳳丫頭坐上面你們好生替我待東難爲他一年到頭辛苦尤氏答應了又笑回道他說坐不慣首席坐在上頭橫不是竪不是的酒也不肯喝賈母聽了笑道你不會等我親自讓他去鳳姐兒忙也進來笑說老祖宗別信他們的話我喝了好幾鍾了賈母笑着命尤氏等拉他出去按在椅子上你們都輪流敬他他再不吃我當真的就親自去了尤氏聽說忙笑着又拉他出來坐下命人拿了臺盞斟了酒笑道一年到頭難爲你孝順老太太大

太和我我今兒没什麼疼你的親自斟酒我的乖乖你在我手裡喝一口罷鳳姐兒笑道你要安心孝敬我跪下我就喝尤氏笑道説的你不知是誰我告訴你説罷好容易今兒這一遭過了後兒知道還得像今兒這樣的不得了趂着儘力灌兩鍾子罷鳳姐兒見推不過只得喝了兩鍾接着衆姐妹也來鳳姐也只得每人的喝了兩口賴嬤嬤見賈母尚且這等高興也少不得來湊趣兒領著些嬤嬤們也來敬酒鳳姐兒也難推脱只得喝了兩口鴛鴦等也都來敬鳳姐兒真不能了忙央告道好姐姐們饒了我罷我明兒再喝罷鴛鴦笑道真個的我們是没臉的了就是我們在太太跟前太太還賞個臉兒呢往常倒有些

體面今兒當着這些人倒做起主子的欵兒來了我原不該來不喝我們就走說着眞個叩去了鳳姐兒忙忙拉住笑道好姐姐我喝就是了說着拿過酒來滿滿的斟了一盃喝乾鴛鴦方笑了散去然後又入席鳳姐兒自覺酒沉了心裏突突的往上撞要往家去歇歇只見那耍百戲的上來便和尤氏說預備賞錢我要洗洗臉去尤氏點頭鳳姐兒瞅人不防便出了席往房門後簷下走來平兒留心也忙跟了來鳳姐兒便扶着他纔至穿廊下只見他屋裏的一個小丫頭子正在那裏站著見他兩個來了回身就跑鳳姐兒便疑心忙叫那丫頭先只粧聽不見無奈後面連聲兒叫也只得回來鳳姐兒越發起了疑心忙和平

兒進了穿廊叫那小丫頭子也進來把槅扇開了鳳姐坐在當院子的臺堦上命那丫頭子跪下喝命平兒叫兩個二門上的小廝來拿繩子鞭子把眼睛裡沒主子的小蹄子打爛了那小丫頭子已經唬的魂飛魄散哭着只管碰頭求饒鳳姐兒問道我又不是鬼你見了我不識規矩站住怎麼倒往前跑小丫頭子哭道我原沒看見奶奶來我又惦記着屋裡沒人纔跑來着鳳姐兒道屋裡既沒人誰叫你又來的你就沒看見我和平兒在後頭扯着脖子叫了你十來聲越叫越跑離的又不遠你聾了嗎你還和我强嘴說着揚手一巴掌打在臉上打的那小丫頭子一栽這邊臉上又一下登時小丫頭子兩腮紫脹起來平

兒忙勸奶奶仔細手疼鳳姐便說你再打著問他跑什麽他再不說把嘴撕爛了他的那小丫頭子先還强嘴後來聽見鳳姐兒要燒了紅烙鐵来烙嘴方哭道二爺在家裡打發我來這裡瞧着奶奶要見奶奶散了先叫我送信兒去呢不承望奶奶這會子就來了鳳姐兒見話裡有文章便又問道叫你瞧着我做什麽難道不叫我家去嗎必有別的原故快告訴我我從此以後疼你你要不實說立刻拿刀子来割你的肉說着回頭向頭上拔下一根簪子來向那丫頭嘴上亂戳諕的那丫頭一行躲一行哭求道我告訴奶奶可別說我說的平兒一傍勸一面催他叫他快說丫頭便說道二爺也是纔来來了就開箱子拿了

兩塊銀子還有兩支簪子兩疋緞子叫我悄悄的送與鮑二的老婆去叫他進來他收了東西就往偺們屋裡來了二爺叫我瞧著奶奶底下的事我就不知道了鳳姐聽了已氣的渾身發軟忙立起身來一逕來家剛至院門只見有一個小丫頭在門前探頭兒一見了鳳姐也縮頭就跑鳳姐兒提著名字喝住丫頭本來伶俐見躲不過了越發的跑出來了笑道我正要告訴奶奶去呢可巧奶奶來了鳳姐道告訴我什麼那丫頭便說二爺在家這般如此將方纔的話也說了一遍鳳姐啐道你早做什麼了這會子我看見你了你來推干淨兒說着揚手一下打的那丫頭一個趔趄便攝腳兒走了鳳姐來至窗前往裡聽

時只聽裡頭說笑道多早晚你那閆王老婆死了就好了賈璉道他死了再娶一個也這麽着又怎麽樣呢那個又道他死了你倒是把平兒扶了正只怕還好些賈璉道如今連平兒他也不叫我沾一沾了平兒也是一肚子委屈不敢說我命裡怎麽就該犯了夜叉星鳳姐聽了氣的渾身亂戰又聽他們都讚平兒便疑平兒素日背地裡自然也有怨言了那酒越發湧上來了也並不忖奪回身把平兒先打了兩下子一脚踢開了門進去也不容分說抓着鮑二家的就撕打又怕賈璉走了堵着門站着罵道好娼婦你偷主子漢子還要治死主子老婆平兒過來你們娼婦們一條藤兒多嫌着我外面兒你哄我說着又把

平兒打了幾下打的平兒有寃無處訴只氣得干哭罵道你們做這些沒臉的事好好的又拉上我做什麼說着也把鮑二家的撕打起來賈璉也因吃多了酒進來高興不曾做的機密一見鳳姐來了早沒了主意又見平兒也鬧起來把酒也氣上來了鳳姐兒打鮑二家的他已又氣又愧只不好說的今見平兒也打便上來踢罵道好娼婦你也動手打人平兒氣怯忙住了手哭道你們背地裡說話爲什麼拉我呢鳳姐見平兒怕賈璉越發氣了又赶上來打着平兒偏叫打鮑二家的平兒急了便跑出來找刀子要尋死外面衆婆子了頭忙攔住解勸這裡鳳姐見平兒尋死去便一頭撞在賈璉懷裡叫道他們一條籐兒

害我被我聽見倒都唬起我來你來勒死我罷賈璉氣的墻上拔出劍來說道不用尋死我真急了一齊殺了我償了命大家干净正鬧的不開交只見尤氏等一羣人來了說這是怎麼說纔好好的就鬧起來賈璉見了人越發倚酒三分醉逞起威風來故意要殺鳳姐兒鳳姐兒見人來了便不似先前那般潑了撂下衆人便哭着往賈母那邊跑此時戲已散了鳳姐跑到賈母跟前爬在賈母懷裡只說老祖宗救我璉二爺要殺我呢賈母邢夫人王夫人等忙問怎麼了鳳姐兒哭道我纔家去換衣裳不妨璉二爺在家和人說話我只當是有客來了唬的我不敢進去在窗戶外頭聽了一聽原來是鮑二家的媳婦商議說

我利害要拿毒藥給我吃了治死我把平兒扶了正我原生了氣又不敢和他吵打了平兒兩下子問他為什麼害我他臊了就要殺我賈母聽了都信以為真說這還了得快拿了那下流種子來一語未完只見賈璉拿著劍赶來後面許多人赶賈璉明仗着賈母素昔疼他們連母親嬸娘也無碍故逞强鬧了來邢夫人王夫人見了氣的忙攔住罵道這下流東西你越發反了老太太在這裡呢賈璉乜斜著眼道都是老太太慣的他他纔敢這麼着連我也罵起來了邢夫人氣的奪下劍來只管喝他快出去那賈璉撒嬌撒痴涎言涎語的還只亂說賈母氣的說道我知道我們你放不到眼裡叫人把他老子叫了來看

他去不去賈璉聽見這話方趔趄着脚兒出去了賭氣也不徃家去便徃外書房來這裡邢夫人王夫人也說鳳姐賈母道什麽要緊的事小孩子們年輕饞嘴猫兒是的那裡保的住呢從小兒人人都打這麽過這都是我的不是叫你多喝了兩口酒又吃起醋來了說的衆人都笑了賈母又道你放心明兒我叫你女壻替你賠不是你今兒别過去臊着他因又罵平兒那蹄子素日我倒看他好怎麽背地裡這麽壞尤氏等笑道平兒没有不是是鳳丫頭拿着人家出氣兩口子生氣都拿著平兒煞性子平兒委屈的什麽兒是的老太太還罵人家賈母道這就是了我說那孩子倒不像那狐媚魘道的旣這麽着可憐見的

白受他的氣因叫琥珀來你去告訴平兒就說我的話我知道他受了委曲明兒我叫他主子來替他賠不是今兒是他主子的好日子不許他胡惱原來平兒早被李紈拉入大觀園去了平兒哭的哽噎難言寶釵勸道你是個明白人你們奶奶素日何等待你今兒不過他多吃了一口酒他可不拿你出氣難道拿別人出氣不成別人又笑話他是假的了正說着只見琥珀走來說了賈母的話平兒自覺面上有了光輝方纔漸漸的好了也不往前頭來寶釵等歇息了一回方來看賈母鳳姐寶玉便讓了平兒到怡紅院中來襲人忙接着笑道我先原要讓你的只因大奶奶和姑娘們都讓你我就不好讓的了平兒也陪

笑說多謝因又說道好好兒的從那裡說起無緣無故白受了一場氣襲人笑道二奶奶素日待你好這不過是一時氣急了平兒道二奶奶倒沒說的只是那娼婦治的我他又偏拿我湊趣兒還有我們那糊塗爺倒打我說着便又委屈禁不住淚流下來寶玉忙勸道好姐姐別傷心我替他兩個賠個不是罷平兒笑道與你什麼相干寶玉笑道我們弟兄姊妹都一樣他們得罪了人我替他賠個不是也是應該的又道可惜這新衣裳也沾了這裡有你花妹妹的衣裳何不換下來拿些個燒酒噴了熨一熨把頭也另梳一梳一面說一面吩咐了小丫頭子們舀洗臉水燒熨斗來平兒素昔只聞人說寶玉專能和女孩們

撥交寶玉素日因平兒是賈璉的愛妾又是鳳姐兒的心腹故不肯和他厮近因不能盡心也常爲恨事平兒如今見他這般心中也暗暗的敁敪果然話不虛傳色色想的週到又見襲人特特的開了箱子拿出兩件不大穿的衣裳忙來洗了臉寶玉一傍笑勸道姐姐還該擦上些脂粉不然倒像是和鳳姐姐賭氣的是的況且又是他的好日子而且老太太又打發了人來安慰你平兒聽了有理便去找粉只不見粉寶玉忙走至粧台前將一個宣窰磁盒揭開裡面盛着一排十根玉簪花棒兒拈了一根遞與平兒又笑說道這不是鉛粉這是紫茉莉花種研碎了對上料製的平兒倒在掌上看時果見輕白紅香四樣俱

美朴在面上也容易勻淨且能潤澤不像別的粉澀滯然後看見胭脂也不是一張却是一個小小的白玉盒子裡面盛着一盒如玫瑰膏子一樣寶玉笑道鋪子裡賣的胭脂不平淨顏色也薄這是上好的胭脂擰出汁子來淘澄淨了配了花露蒸成的只要細簪子挑一點兒抹在唇上足彀了用一點水化開抹在手心裡就彀拍臉的了平兒依言裝飾果見鮮艷異常且又甜香滿頰寶玉又將盆內開的一支並蒂秋蕙用竹剪刀鉸下來替他簪在鬢上忽見李紈打發丫頭來喚他方忙忙的去了

寶玉因自來從不曾在平兒前盡過心且平兒又是個極聰明極清俊的上等女孩兒比不得那起俗拙蠢物深以爲恨今日

是金釧兒生日故一日不樂不想後来鬧出這件事來竟得在平兒前稍盡片心也算今生意中不想之樂因歪在床上心內怡然自得忽又思及賈璉惟知以淫樂悅已並不知作養脂粉又思平兒並無父母兄弟姊妹獨自一人供應賈璉夫婦二人賈璉之俗鳳姐之威他竟能周全妥貼今兒還遭荼毒也就薄命的狠了想到此間便又傷感起來復又起身見方纔的衣裳上噴的酒已半乾便拿熨斗熨了疊好見他的絹子忘了去上面猶有淚痕又擱在盆中洗了晾上又喜又悲悶了一回也往稻香村來說了一回閒話兒掌燈後方散平兒就在李紈處歇了一夜鳳姐只跟着賈母睡賈璉晚間歸房冷清清的又不好去

叫只得胡亂睡了一夜次日醒了想昨日之事大沒意思後悔不來邢夫人惦記着昨日賈璉醉了忙一早過來叫了賈璉過賈母這邊來賈璉只得忍愧前來在賈母面前跪下賈母問他怎麼了賈璉忙賠笑說昨兒原是吃了酒驚了老太太的駕今兒來領罪賈母啐道下流東西灌了黃湯不說安分守已的挺尸去倒打起老婆來了鳳丫頭成日家說嘴霸王是的一個人昨兒唬的可憐要不是我你要傷了他的命這會子怎麼樣賈璉一肚子的委屈不敢分辯只認不是賈母又道鳳丫頭和平兒還不是個美人胎子你還不足成日家偷雞摸狗腥的臭的都拉了你屋裡去為這起娼婦打老婆又打屋裡的人你還虧

是大家子的公子出身活打了嘴了你若眼睛裡有我你起來我饒了你乖乖的替的媳婦賠個不是兒拉了他家去我就喜歡了要不然你只管出去我也不敢受你的頭賈璉聽如此說又見鳳姐兒站在那邊也不盛粧哭的眼睛腫著也不施脂粉黃黃臉兒比往常更覺可憐可愛想著不如賠了不是彼此也好了又討老太太的喜歡想畢便笑道老太太的話我不敢不依只是越發縱了他了賈母笑道胡說我知道他最有禮的再不會冲撞人他日後得罪了你我自然也做主叫你降伏就是了賈璉聽說爬起來便與鳳姐兒作了一個揖笑道原是我的不是二奶奶別生氣了滿屋裡的人都笑了賈母笑道鳳丫頭

不許惱了再惱我就惱了說着又命人去叫了平兒來命鳳姐兒和賈璉安慰平兒賈璉見了平兒越發顧不得了所謂妻不如妾聽賈母一說便赶上來說道姑娘昨日受了屈了都是我的不是奶奶得罪了你也是因我而起我賠了不是不算外還替你奶奶賠個不是說着也作了一個揖引的賈母笑了鳳姐兒也笑了賈母又命鳳姐來安慰平兒平兒忙走上來給鳳姐兒磕頭說奶奶的千秋我惹的奶奶生氣是我該死鳳姐兒正自愧悔昨日酒吃多了不念素日之情浮躁起來聽了傍人的話無故給平兒沒臉今見他如此又是慚愧又是心酸忙一把拉起來落下淚來平兒道我伏侍了奶奶這麼幾年也沒彈我

一指甲就是昨兒打我我也不怨奶奶都是那娼婦治的怨不得奶奶生氣說着也滴下淚來了賈母便命人將他三人送回房去有一個再提此話卽刻來回我我不管是誰拿拐棍子給他一頓三個人從新給賈母邢王二位夫人磕了頭老嬤嬤答應了送他三人回去至房中鳳姐兒見無人方說道我怎麼像個閆王又像夜叉那娼婦咒我死你也幫着咒我千日不好也有一日好可憐我熬的連個混賬女人也不及了我還有什麼臉過這個日子說着又哭了賈璉道你還不足你細想想昨兒誰的不是多今兒當着人還是我跪了一跪又賠不是你也爭足了光了這會子還嘮叨難道你還叫我替你跪下纔罷太要

足了強也不是好事說的鳳姐兒無言可對平兒嗔的一聲又笑了賈璉也笑道又好了眞眞的我也沒法了正說着只見一個媳婦來回說鮑二媳婦吊死了賈璉鳳姐兒都吃了一驚鳳姐忙收了怯色反喝道死了罷了有什麼大驚小怪的一時只見林之孝家的進來悄回鳳姐道鮑二媳婦吊死了他娘家的親戚要告呢鳳姐兒冷笑道這倒好了我正想要打官司呢林之孝家的道我纔和衆人勸了會子又威嚇了一陣又許了他幾個錢也就依了鳳姐兒道我沒一個錢有錢也不給他只管叫他告去也不許勸他也不用鎮唬他只管叫他告他告不成我還問他個以尸訛詐呢林之孝家的正在爲難見賈璉和他

使眼色兒心下明白便出來等著賈璉道我出去瞧瞧看是怎麽樣鳳姐兒道不許給他錢賈璉一逕出來和林之孝來商議着人去做好做歹許了二百兩發送纔罷賈璉生恐有變又命人去和坊官等說了將番役仵作人等叫幾名來帮着辦喪事那些人見了如此縱要復辦亦不敢辦只得忍氣吞聲罷了賈璉又命林之孝將那二百銀子入在流水賬上分別添補開消過去又體己給鮑二些銀兩安慰他說另日再挑個好媳婦給你鮑二又有體面又有銀子有何不依便仍然奉承賈璉不在話下裡面鳳姐心中雖不安面上只管佯不理論因屋裡無人便和平兒笑道我昨兒多喝了一口酒你别埋怨打了那裡我

瞧瞧平兒聽了眼圈兒一紅連忙忍住了說道也沒打着只聽得外面說奶奶姑娘們都進來了要知後來端底且看下回分解

紅樓夢第四十四回終

紅樓夢第四十五回

金蘭契互剖金蘭語　風雨夕悶製風雨詞

話說鳳姐兒正撫恤平兒忽見衆姐妹進來忙讓了坐平兒斟上茶來鳳姐兒笑道今兒來的這些人倒像下帖子請了來的探春先笑道我們有兩件事一件是我的一件是四妹妹的還夾着老太太的話鳳姐兒笑道有什麽事這麽要緊探春笑道我們起了個詩社頭一社就不齊全衆人臉軟所以就亂了例了我想必得你去做個監社御史鐵面無私纔好再四妹妹爲畫園子用的東西這般那般不全回了老太太老太太說只怕後頭樓底下還有先剩下的找一找若有呢拿出來若沒有叫

人買去鳳姐兒笑道我又不會做什麽濕咧乾的叫我吃東西去倒會探春笑道你不會做也不用你做你只監察着我們裡頭有偷安怠惰的該怎麽罰他就是了鳳姐兒笑道你們別哄我我早猜着了那裡是請我做監察御史分明叫了我去做個進錢的銅商罷咧你們弄什麽社必是要輪流着做東道兒你們的錢不彀花想出這個法子來勾了我去好和我要錢可是這個主意不是說的衆人都笑道你猜著了李紈笑道真真你是個水晶心肝玻璃人兒鳳姐笑道虧了你是個大嫂子呢姑娘們原是叫你帶着念書學規矩學針線哪這會子起詩社能用幾個錢你就不管了老太太太太罷了原是老封君你一個

月十兩銀子的月錢比我們多兩倍子老太太太太還說你寡婦失業的可憐不彀用又有個小子足足的又添了十兩銀子和老太太太太平等又給你園子裡的地各人取租子年終分年例你又是上上分兒你娘兒們主子奴才共總沒有十個人吃的穿的仍舊是大官中的通共算起來也有四五百銀子這會子你就每年拿出一二百兩來陪着他們頑頑兒有幾年呢他們明兒出了門子難道你還賠不成這會子你怕花錢挑唆他們來鬧我我樂得去吃個河落海乾我還不知道呢李紈笑道你們聽聽我說了一句他就說了兩車無賴的話真真泥腿光棍耑會打細算盤分金掰兩的你這個東西虧了還托生在

詩書仕宦人家做小姐又是這麽出了嫁還是這麽著要生在貧寒小門小戶人家做了小子丫頭還不知怎麽下作呢天下人都叫你算計了去昨兒還打平兒虧你伸的出手來那黃湯難道灌喪了狗肚子裡去了氣的我只要替平兒打抱不平兒忖奪了半日好容易狗長尾巴尖兒的好日子又怕老太太心裡不受用因此沒來究竟氣還不平你今兒倒招我來了給平兒拾鞋還不要呢你們兩個很該換一個過兒纔是說的衆人都笑了鳳姐忙笑道哦我知道了竟不是爲詩爲畫來找我竟是爲平兒報仇來了我竟不知道平兒有你這麽位仗腰子的人想來就像有鬼拉著我的手是的從今我也不敢打他了平

姑娘過來我當着你大奶奶姑娘們替你陪個不是擔待我酒
後無德罷說着衆人都笑了李紈笑問平兒道如何我說必要
給你爭爭氣纔罷平兒笑道雖是奶奶們取笑兒我可禁不起
呢李紈道什麼禁的起禁不起有我呢快拿鑰匙叫你主子開
門找東西去罷鳳姐兒笑道好嫂子你且同他們去園子裏去
纔要把這米帳合他們算一算那邊大太太又打發人來叫又
不知有什麼話說須得過去走一走還有你們年下添補的衣
裳打點給人做去呢李紈笑道這些事情我都不管你只把我
的事完了我好歇着去省了這些姑娘們鬧我鳳姐兒忙笑道
好嫂子賞我一點空兒你是最疼我的怎麼今兒爲平兒就不

疼我了往常你還勸我說事情雖多也該保全身子檢點着偷空兒歇歇你今兒倒反逼起我的命來了況且悞了別人年下的衣裳無碍他姐兒們的要悞了却是你的責任老太太豈不怪你不管閒事連一句現成的話也不說我寧可自巳落不是也不敢累你呀李紈笑道你們聽聽說的好不好把他會說話的我且問你這詩社倒底管不管鳳姐兒笑道這是什麼話我不入社花幾個錢我不成了大觀園的反叛了麼還想在這裡吃飯不成明日一早就到任下馬拜了印先放下五十兩銀子給你們慢慢的做會社東道兒我又不會作詩作文的只不過是個大俗人罷了監察也罷不監察也罷有了錢了愁着你們

還不攆出我來說的衆人又都笑起来鳳姐兒道過會子我開了樓房所有這些東西叫人搬出来你們瞧要使得留着使要少什麼照你們的單子我叫人趕着買去就是了畫絹我就裁出來那圖樣没有在老太太那裡那邊珍大爺收着呢說給你們省了碰釘子去我去打發人取了來一併叫人連絹交給相公們礬去好不好呢李紈點頭笑道這難爲你果然這麽着還罷了那麽着偺們家去罷等着他不送了去再来鬧他說着便帶了他姐妹們就走鳳姐兒道這些事再没别人都是寶玉生出來的李紈聽了忙回身笑道正爲寶玉來倒忘了他頭一社是他悞了我們臉軟你說該怎麽罸他鳳姐想了想說道 没别

的法子只叫他把你們各人屋子裡的地罰他掃一遍就完了衆人都笑道這話不差說著纔要回去只見一個小丫頭扶着賴嬤嬤進來鳳姐等忙站起來笑道大娘坐下又都向他道喜賴嬤嬤向炕沿上坐了笑道我也喜主子們也喜要不是主子們的恩典我這喜打那裡來呢昨兒奶奶又打發彩哥賞東西我孫子在門上朝上磕了頭了李紈笑道多早晚上任去賴嬤嬤嘆道我那裡管他們由他們去能前兒在家裡給我磕頭我沒好話我說小子別說你是官了橫行霸道的你今年活了三十歲雖然是人家的奴才一落娘胎胞兒主子的恩典放你出來上托着主子的洪福下托着你老子娘也是公子哥兒是的

讀書寫字也是丫頭老婆奶子捧鳳凰是的長了這麽大你那裡知道那奴才兩字是怎麽寫只知道享福也不知你爺爺和你老子受的那苦惱熬了兩三輩子好容易掙出你這個東西從小兒三灾八難花的銀子照樣打出你這個銀人兒來了到二十歲上又蒙主子的恩典許你捐了前程在身上你看那正根正苗忍飢挨餓的要多少你一個奴才秧子仔細折了福如今樂了十年不知怎麽弄神弄鬼求了主子又選出來了縣官雖小事情却大作那一處的官就是那一方的父母你不安分守巳盡忠報國孝敬主子只怕天也不容你李紈鳳姐兒都笑道你也多慮我們看他也就好先那幾年還進來了兩次這有

好幾年沒來了年下生日只見他的名字就罷了前兒給老太太太太嗑頭來在老太太那院裡見他又穿着新官的服色倒發的威武了比先時也胖了他這一得了官正該你樂呢反倒愁起這些來他不好還有他的父母呢你只受用你的就完了閒時坐個轎子進來和老太太鬭閑牌說說話兒誰好意思的委屈了你家去一般也是樓房厦廳誰不敬你自然也是老封君是的了平兒斟上茶來賴嬤嬤忙站起來道姑娘不管叫那孩子倒來罷了又生受你說着一面吃茶一面又道奶奶不知道這小孩子們全要管的嚴饒這麽嚴他們還偷空兒鬧個亂子來叫大人操心知道的說小孩子們淘氣不知道的人家就

說仗着財勢欺人連主子名聲也不好恨的我沒法兒常把他
老子叫了來駡一頓纔好些因又指寶玉道不怕你嫌我如今
老爺不過這麽管你一管老太太就護在頭裡當日老爺小時
你爺爺那個打誰沒看見的老爺小時何曾像你這麽天不怕
地不怕的還有那邊大老爺雖然淘氣也沒像你這扎窩子的
樣兒也是天天打還有東府裡你珍大哥哥的爺爺那纔是火
上澆油的性子說聲惱了什麽兒子竟是審賊如今我眼裡看
着耳朶裡聽着那珍大爺管兒子倒也像當日老祖宗的規矩
只是著三不着兩的他自已也不管一管自已這些兄弟姪兒
怎麽怨的不怕他你心裡明白喜歡我說不明白嘴裡不好意

思心裡不知怎麽罵我呢說着只見賴大家的來了接着周瑞家的張材家的都進來回事情鳳姐兒笑道媳婦來接婆婆來了賴大家的笑道不是接他老人家來的倒是打聽打聽奶奶姑娘們賞臉不賞臉賴嬤嬤聽了笑道可是我糊塗了正經說的都沒說且說些陳穀子爛芝蔴的因爲我們小子選出來了衆親友要給他賀喜少不得家裡擺個酒我想擺一日酒請這個不請那個也不是又想了一想托主子的洪福想不到的這麽榮耀光彩就傾了家我也愿意的因此吩咐了他老子連擺三日酒頭一日在我們破花園子裡擺幾席酒一臺戲請老太太太太們奶奶姑娘們去散一日悶外頭大廳上一臺戲幾席

酒請老爺們爺們增增光第二日再請親友第三日再把我們兩府裡的伴兒請一請熱鬧三天也是托著主子的洪福一場光輝光輝李紈鳳姐兒都笑道多早晚的日子我們必去只怕老太太高興要去也定不得賴大家的忙道擇的日子是十四只看我們奶奶的老臉能了鳳姐兒笑道別人我不知道我是一定去的先說下我可沒有賀禮也不知道放賞吃了一走兒可別笑話賴大家的笑道奶奶說那裡話奶奶一喜歡賞我們三二萬銀子那就有了賴嬤嬤笑道我纔去請老太太老太太也說去可算我這臉還好說畢叮嚀了一回方起身要走因看見周瑞家的便想起一事來因說道可是還有一句話問奶奶

這周嫂子的兒子犯了什麼不是攆了他不用鳳姐兒聽了笑道正是我要告訴你媳婦兒呢事情多也忘了賴嫂子回去說給你老頭子兩府裏不許收留他兒子叫他各人去罷賴大家的只得答應着周瑞家的忙跪下央求賴嬤嬤忙道什麼事說給我評評鳳姐兒道前兒我的生日裏頭還沒喝酒他小子先醉了老娘那邊送了禮來他不在外頭張羅倒坐著駡人禮也不送進來兩個女人進來了他纔帶領小么兒們往裏端小么兒們倒好好的他拿的一盒子倒失了手撒了一院子饅頭人去了我打發彩明去說他他倒駡了彩明一頓這樣無法無天的忘八羔子還不攆了做什麼賴嬤嬤道我當什麼事情原來

爲這個奶奶聽我說他有不是打他駡他叫他改過就是了虧出去斷乎使不得他又比不得是咱們家的家生子兒他現是太太的陪房奶奶只顧擡了他太太的臉上不好看我說奶奶教導他幾板子以戒下次仍舊留着纔是不看他娘的看太太鳳姐兒聽了便向賴大家的說道既這麽着明兒叫了他來打他四十棍以後不許他喝酒賴大家的答應了周瑞家的纔磕頭起來又要給賴嬤嬤磕頭賴大家的拉著方罷然後他三人去了李紈等也就回園中來至晚果然鳳姐命人找了許多舊收的畫具出來送至園中寶釵等選了一回各色東西可用的只有一半將那一半開了單子給鳳姐去照樣置買不必細說

一日外面礬了絹起了稿子進來寶玉每日便在惜春那邊幫忙探春李紈迎春寶釵等也都往那裡來閒坐一則觀畫二則便於會面寶釵因見天氣涼爽夜復漸長遂至賈母房中商議打點些針線來日間至賈母王夫人處兩次省候不免又承色陪坐閒時園中姐妹處也要不時閒話一回故日間不大得閒每夜燈下女工必至三更方寢黛玉每歲至春分秋分後必犯舊疾今秋又遇著賈母高興多遊玩了兩次未免過勞了神近日又復嗽起來覺得比往常又重所以總不出門只在自己房中將養有時悶了又盼個姐妹來說些閒話排遣及至寶釵等來望候他說不得三五句話又厭煩了衆人都體諒他病中且

素日形體嬌弱禁不得一些委屈所以他接待不週禮數疎忽也都不責他這日寶釵來望他因說起這病症來寶釵道這裡走的幾個大夫雖都還好只是你吃他們的藥總不見效不如再請一個高手的人來瞧一瞧治好了豈不好每年間鬧一春一夏又不老又不小成什麽也不是個常法兒黛玉道不中用我知道我的病是不能好的了且別說病只論好的時候我是怎麽個形景兒就可知了寶釵點頭道可正是這話古人說食穀者生你素日吃的竟不能添養精神氣血也不是好事黛玉歎道生死有命富貴在天也不是人力可强求的今年比往年反覺又重了些是的說話之間已咳嗽了兩三次寶釵道昨兒

我看你那藥方上人參肉桂覺得太多了雖說益氣補神也不宜太熱依我說先以平肝養胃爲要肝火一平不能尅土胃氣無病飲食就可以養人了每日早起拿上等燕窩一兩冰糖五錢用銀吊子熬出粥來要吃慣了比藥還强最是滋陰補氣的黛玉嘆道你素日待人固然是極好的然我最是個多心的人只當你有心藏奸從前日你說看雜書不好又勸我那些好話竟大感激你往日竟是我錯了實在悞到如今細細筭來我母親去世的時候又無姐妹兄弟我長了今年十五歲竟沒一個人像你前日的話教導我怪不得雲丫頭說你好我往日見他讚你我還不受用昨兒我親自經過纔知道了比如你說了那

個我再不輕放過你的你竟不介意反勸我那些話可知我竟自悞了若不是前日看出來今日這話再不對你說你方纔叫我吃燕窩粥的話雖然燕窩易得但只我因身子不好了每年犯了這病也沒什麽要緊的去處請大夫熬藥人參肉桂已經鬧了個天翻地覆了這會子我又興出新文來熬什麽燕窩粥老太太太太鳳姐姐這三個人便沒話那些底下老婆子丫頭們未免嫌我太多事了你看這裡這些人因見老太太多疼了寶玉和鳳姐姐兩個他們尚虎視眈眈背地裡言三語四的何况於我况我又不是正經主子原是無依無靠投奔了來的他們已經多嫌著我呢如今我還不知進退何苦叫他們咒我實

釵道這麼說我也是和你一樣黛玉道你如何比我你又有母親又有哥哥這裡又有買賣地土家裡又仍舊有房有地你不過親戚的情分白住在這裡一應大小事情又不沾他們一文半個要走就走了我是一無所有吃穿用度一草一木皆是和他們家的姑娘一樣那起小人豈有不多嫌的寶釵笑道將來也不過多費得一付嫁粧罷了如今也愁不到那裡黛玉聽了不覺紅了臉笑道人家把你當個正經人纔把心裡煩難告訴你聽你反拿我取笑兒寶釵笑道雖是取笑兒却也是真話你放心我在這裡一日我與你消遣一日你有什麼委屈煩難只管告訴我我能解的自然替你解我雖有個哥哥你也是知道

的只有個母親比你略强些咱們也算同病相憐你也是個明白人何必作司馬牛之嘆你纔說的也是多一事不如省一事我明日家去和媽媽說了只怕燕窩我們家裡還有與你送幾兩每日叫丫頭們就熬了又便宜又不驚師動衆的黛玉忙笑道東西是小難得你多情如此寶釵道這有什麽放在嘴裡的只愁我人人跟前失於應候罷了這會子只怕你煩了我且去了黛玉道晚上再來和我說句話兒寶釵答應着便去了不在話下這裡黛玉喝了兩口稀粥仍歪在床上不想日未落時天就變了淅淅瀝瀝下起雨來秋霖脉脉陰晴不定那天漸漸的黄昏時候了且陰的沉黑兼着那雨滴竹梢更覺淒凉知寶釵

不能來了便在燈下隨便拿了一本書却是樂府雜稿有秋閨怨別離怨等詞黛玉不覺心有所感不禁發于章句遂成代別離一首擬春江花月夜之格乃名其詞爲秋牕風雨夕詞曰

秋花慘淡秋草黃　耿耿秋燈秋夜長
已覺秋牕秋不盡　那堪風雨助淒凉
助秋風雨來何速　驚破秋牕秋夢續
抱得秋情不忍眠　自向秋屏挑泪燭
泪燭搖搖爇短檠　牽林照眼動離情
誰家秋院無風入　何處秋牕無雨聲
羅衾不奈秋風力　殘漏聲催秋雨急

連宵脉脉復颼颼　燈前似伴離人泣
寒煙小院轉蕭條　疎竹虛窗時滴瀝
不知風雨幾時休　已教淚灑窗紗濕

吟罷擱筆方欲安寢丫鬟報說寶二爺來了一語未盡只見寶玉頭上戴着大箬笠身上披着簑衣黛玉不覺笑道那裡來的這麼個漁翁寶玉忙問今兒好吃了藥了没有今兒一日吃了多少飯一面說一面摘了笠脫了簑一手舉起燈來一手遮着燈兒向黛玉臉上照了一照覷着瞧了一瞧笑道今兒氣色好了些黛玉看他脫了簑衣裡面只穿半舊紅綾短襖係着綠汗巾子膝上露出綠紬撒花褲子底下是掐金滿繡的綿紗襪怕

子鞔著蝴蝶落花鞋黛玉問道上頭怕雨底下這鞋襪子是不怕也倒乾淨些呀寶玉笑道我這一套是全的一雙棠木屐纔穿了來脫在廊簷下了黛玉又看那簑衣斗笠不是尋常市賣的十分細緻輕巧因說道是什麼草編的怪道穿上不像那刺蝟是的寶玉道這三樣都是北靜王送的他閒常下雨時在家裡也是這樣你喜歡這個我也弄一套來送你別的都罷了惟有這斗笠有趣上頭這頂兒是活的冬天下雪戴上帽子就把竹信子抽了去拿下頂子來只剩了這個圈子下雪時男女都帶得我送你一頂冬天下雪戴黛玉笑道我不要他戴上那個成了畫兒上畫的和戲上扮的那漁婆兒了及說了出來方想

想起來這話恰與方纔說寶玉的話相連了後悔不迭羞的臉飛紅伏在棹上嗽個不住寶玉却不留心因見案上有詩遂拿起來看了一遍又不覺叫好黛玉聽了忙起來奪在手內燈上燒了寶玉笑道我已記熟了黛玉道我要歇了你請去罷明日再來寶玉聽了回手向懷內掏出一個核桃大的金表來瞧了一瞧那針已指到戌末亥初之間忙又揣了說道原該歇了又攪的你勞了半日神說着披簑戴笠出去了又番身進來問道你想什麼吃你告訴我我明兒一早回老太太豈不比老婆子們說的明白黛玉笑道等我夜裡想著了明日一早告訴你你聽雨越發緊了快去罷可有人跟沒有兩個婆子答應有在外面

拿着傘點着燈籠呢黛玉笑道這個天點燈籠寶玉道不相干是羊角的不怕雨黛玉聽說回手向書架上把個玻璃繡球燈拿下來命點一枝小蠟兒來遞與寶玉道這個又比那個亮正是雨裡點的寶玉道我也有這麼一個怕他們失腳滑倒了打破了所以沒點來黛玉道跌了燈值錢呢是跌了人值錢你又穿不慣木屐子那燈籠叫他們前頭點着這個又輕巧又亮原是雨裡自己拿著的你自己手裡拿著這個豈不好明兒再送來就失了手也有限的怎麼忽然又變出這剖腹藏珠的脾氣來寶玉聽了隨過來接了前頭兩個婆子打着傘拿着羊角燈後頭還有兩個小丫鬟打着傘寶玉便將這個燈遞給一個小

丫頭摻着寶玉扶着他的肩一逕去了就有蘅蕪苑兩個婆子也打着傘提着燈送了一大包燕窩來還有一包子潔粉梅片雪花洋糖說這比買的强我們姑娘說姑娘先吃着完了再送來黛玉回說費心命他外頭坐了吃茶婆子笑道不喝茶了我們還有事呢黛玉笑道我也知道你們忙如今天又凉夜又長越發該會個夜局賭兩場了一個婆子笑道不賭姑娘說今年我沾了光了横豎每夜有幾個上夜的人悮了更又不好不如會個夜局又坐了更又解了悶今兒又是我的頭家如今園門關了就該上場兒了黛玉聽了笑道難爲你們悮了你們的發財冒雨送來命人給他們幾百錢打些酒吃避避雨氣那兩個

婆子笑道又破費姑娘賞酒吃說着磕了頭出外面接了錢打傘去了紫鵑收起燕窩然後移燈下簾伏侍黛玉睡下黛玉自在枕上感念寶釵一時又羨他有母有兄一回又想寶玉素昔和睦終有嫌疑又聽見窗外竹梢蕉葉之上雨聲淅瀝清寒透幕不覺又滴下淚來直到四更方漸漸的睡熟了暫且無話要知端底且看下回分解

紅樓夢第四十五回終

紅樓夢第四十六回

尷尬人難免尷尬事　鴛鴦女誓絕鴛鴦偶

話說黛玉直到四更將闌方漸漸的睡去暫且無話如今且說鳳姐兒因見邢夫人叫他不知何事忙另穿戴了一番坐車過來邢夫人將房內人遣出悄悄向鳳姐兒道叫你來不為別的有一件為難的事老爺托我我不得主意先和你商議老爺因看上了老太太屋裡的鴛鴦要他在房裡叫我和老太太討去我想這倒是常有的事就怕老太太不給你可有法子辦這件事麼鳳姐兒聽了忙陪笑道依我說竟別碰這個釘子去老太太離了鴛鴦飯也吃不下去那裡就捨得了況且平日說起閑

話來老太太常說老爺如今上了年紀做什麼左一個右一個的放在屋裡頭宗就悞了人家的女孩兒二則放着身子不保養官兒也不好生做成日和小老婆喝酒太太聽聽很喜歡偺們老爺麼這會子躲還怕躲不及這不是拿草棍兒戳老虎的鼻子眼兒去嗎太太別惱我是不敢去的明放著不中用而且反招出沒意思來老爺如今上了年紀行事不免有點兒背晦太太勸勸纔是比不得年輕做這些事無礙如今兄弟姪兒兒子孫子一大羣還這麼鬧起來怎麼見人呢邢夫人冷笑道大家子三房四妾的也多偏偺們就使不得我勸了也未必依就是老太太心愛的丫頭這麼鬍子蒼白了又做了官的一個大

兒子要了做屋裡人也未必好駁回的我叫了你來不過商議商議你先派了一篇的不是也有叫你去的理自然是我說去你倒說我不勸你還是不知老爺那性子的勸不成先和我鬧起來鳳姐知道邢夫人禀性愚弱只知奉承賈赦以自保次則婪取財貨為自得家下一應大小事務俱由賈赦擺佈凡出入銀錢一經他的手便尅扣異常以賈赦浪費為名須得我就中儉省方可償補兒女奴僕一人不靠一言不聽如今又聽說如此的話便知他又弄左性子勸也不中用了連忙陪笑說道太太這話說的極是我能活了多大知道什麼輕重想來父母跟前別說一個丫頭就是那麼大的一個活寶貝不給老爺給誰

背地裡的話那裡信的我竟是個傻子拿着二爺說起或有日得了不是老爺太太恨的那樣恨不得立刻拿來一下子打死及至見了面也罷了依舊拿着老爺太太心愛的東西賞他如今老太太待老爺自然也是這麼着依我說老太太今兒喜歡要討今兒就討去我先過去哄著老太太等太太過去了我搭趂着走開把屋子裡的人我也帶開太太好和老太太說給了更好不給也沒防碍衆人也不能知道那夫人見他這般說便又喜歡起來又告訴他道我的主意先不和老太太說老太太說不給這事就死了我心裡想着先悄悄的和鴛鴦說他雖害臊我細細的告訴了他他要是不言語就妥了那時再和老太

太說老太太雖不依擱不住他愿意常言人去不中留自然這就妥了鳳姐兒笑道到底是太太有智謀這是千妥萬妥別說是鴛鴦憑他是誰那一個不想巴高望上不想出頭的放著半個主子不做倒愿意做丫頭將來配個小子就完了呢邢夫人笑道正是這個話了別說鴛鴦就是那些執事的大丫頭誰不愿意這樣呢你先過去別露一點風聲我吃了晚飯就過來鳳姐兒暗想鴛鴦素昔是個極有心胸氣性的丫頭雖如此說保不嚴他愿意不愿意我先過去了太太後過去他要依了便沒的話說倘或不依太太是多疑的人只怕疑我走了風聲叫他拿腔作勢的那時太太又見應了我的話羞惱變成怒拿我出

起氣來倒沒意思不如同着一齊過去了他依也罷不依也罷就疑不到我身上了想畢因笑道纔我臨來舅母那邊送了兩籠子鵪鶉我吩咐他們炸了原要赶太太晚飯上送過來我纔進大門時見小子們抬車說太太的車拔了縫拿去收拾去了不如這會子坐了我的車一齊過去倒好邢夫人聽了便命人來換衣裳鳳姐忙著伏侍了一回娘兒兩個坐車過來鳳姐兒又說道太太過老太太那裡去我要跟了去老太太要問起我過來做什麼那倒不好不如太太先去我脫了衣裳再来邢夫人聽了有理便自往賈母處來和賈母說了一回閒話兒便出來假托往王夫人屋裡去從後屋門出去打鴛鴦的臥房門前

過只見鴛鴦正坐在那裡做針線見了邢夫人站起來邢夫人笑道做什麽呢一面說一面便過來接他手內的針線道我看看你扎的花兒看了一看又道越發好了遂放下針線又渾身打量只見他穿着半新的藕色綾襖青緞掐牙坎肩兒下面水綠裙子蜂腰削背鴨蛋臉烏油頭髮高高的鼻子兩邊腮上微微的幾點雀瘢鴛鴦見這般看他自己倒不好意思起來心裡便覺咤異因笑問道太太這會子不早不晚的過來做什麽邢夫人使個眼色兒跟的人退出邢夫人便坐下拉著鴛鴦的手笑道我特來給你道喜來的鴛鴦聽了心中已猜着三分不覺紅了臉低了頭不發一言聽邢夫人道你知道老爺跟前竟沒

有個可靠的人心裡再要買一個又怕那些牙子家出來的不乾不淨也不知道毛病兒買了來三日兩日又弄鬼掉猴的因滿府裡要挑個家生女兒又沒個好的不是模樣兒不好就是性子不好有了這個好處沒了那個好處因此常冷眼選了半年這些女孩子裡頭就只你是個尖兒模樣兒行事做人温柔可靠一概是齊全的意思要和老太太討了你去收在屋裡你比不得外頭新買了來的這一進去了就開了臉就封你作姨娘又體面又尊貴你又是個要強的人俗語說的金子還是金子換誰知竟叫老爺看中了你如今這一來可遂了你素日心高智大的愿了又堵一堵那些嫌你的人的嘴跟了我們老太

太去說着拉了他的手就要走鴛鴦紅了臉奪手不行邢夫人知他害臊便又說道這有什麽臊的又不用你說話只跟着我就是了鴛鴦只低頭不動身邢夫人見他這般便又說道難道你還不願意不成若果然不願意可真是個傻了頭了放着主子奶奶不做倒願意做了頭三年兩年不過配上個小子還是奴才你跟我們去你知道我的性子又好又不是那不容人的人老爺待你們又好過一年半載生個一男半女你就和我並肩了家裏的人你要使喚誰誰還不動現成主子不做去錯過了機會後悔就遲了鴛鴦只管低頭仍是不語邢夫人又道你這麽個爽快人怎麽又這樣積粘起來有什麽不稱心的地方

兒只管說我保你遂心如意就是了鴛鴦仍不語邢夫人又笑道想必你有老子娘你自已不肯說話怕臊你等他們問你呢這也是理等我問他們去叫他們來問你有話只管告訴他們說畢便往鳳姐兒屋裡來鳳姐兒早換了衣裳因屋內無人便將此話告訴了平兒平兒也摇頭笑道據我看來未必妥當平常我們背着人說起話來聽他那個主意未必肯也只說着瞧罷了鳳姐兒道太太必來這屋裡商量依了還猶可要是不依白討個沒趣兒當着你們豈不臉上不好看你說給他們炸些鵪鶉再有什麼配幾樣預備吃飯你且別處逛逛去估量着走了你再來平兒聽說照樣傳給婆子們便逍遥自在的園子

裡來這裡鴛鴦見邢夫人去了必到鳳姐房裡商議去了還必定有人來問他不如躲了這裡因找了琥珀道老太太要問我只說我病了沒吃早飯往園子裡逛逛就來琥珀答應了鴛鴦便往園子裡來各處遊玩不想正遇見平兒平兒見無人便笑道新姨娘來了鴛鴦聽了便紅了臉說道怪道你們串通一氣來算計我等着我和你主子鬧去就是了平兒見鴛鴦滿臉惱意自悔失言便拉到楓樹底下坐在一塊石上把方纔鳳姐過去回來所有的形景言詞始末原由都告訴了他鴛鴦紅了臉向平兒冷笑道我只想偺們好比如襲人琥珀素雲紫鵑彩霞玉釧麝月翠墨跟了史姑娘去的翠縷死了的可人和金釧去

丫的茜雪連上你我這十來個人從小兒什麼話兒不說什麼事兒不做這如今因都大了各自幹各自的去了我心裡卻仍是照舊有話有事並不瞞你們這話我先放在你心裡且別和二奶奶說別說大老爺要我做小老婆就是太太這會子死了他三媒六證的娶我去做大老婆我也不能去平兒方欲說話只聽山石背後哈哈的笑道好個沒臉的丫頭虧你不怕牙磣二人聽了不覺吃了一驚忙起身向山後找尋不是別人卻是襲人笑着走出來問什麼事情也告訴告訴我說著三人坐在石上平兒又把方纔的話說了襲人聽了說道這話論理不該我們說這個大老爺真真太下作了略平頭正臉的他就不能

放手了平兒道你既不愿意我教你個法兒鴛鴦道什麼法兒平兒笑道你只和老太太說就說已經給了璉二爺了大老爺就不好要了鴛鴦啐道什麼東西你還說呢前兒你主子不是這麼混說誰知應到今兒了襲人笑道他兩個都不愿意依我說就和老太太說叫老太太就說把你已經許了寶二爺了大老爺也就死了心了鴛鴦又是氣又是臊又是急罵道兩個壞蹄子再不得好死的人家有爲難的事拿著你們當做正經人告訴你們與我排解排解饒不管你們倒替換着取笑兒你們自以爲都有了結果了將來都是做姨娘的據我看來天底下的事未必都那麼遂心如意的你們且收著些兒罷別忒樂過

了頭兒二人見他急了忙陪笑道好姐姐別多心偺們從小兒都是親姊妹一般不過無人處偶然取個笑兒你的主意告訴我們知道也好放心鴛鴦道什麼主意我只不去就完了平兒搖頭道你不去未必得干休大老爺的性子你是知道的雖然你是老太太房裏的人此刻不敢把你怎麼樣難道你跟老太太一輩子不成也要出去的那時落了他的手倒不好了鴛鴦冷笑道老太太在一日我一日不離這裏若是老太太歸西去了他橫豎還有三年的孝呢沒個娘纔死了他先弄小老婆的等過了三年知道又是怎麼個光景兒呢那時再說總到了至急為難我剪了頭髮做姑子去不然還有一死一輩子不嫁男

人又怎麼樣樂得干凈呢平兒襲人笑道真個這蹄子沒了臉越發信口兒都說出來了鴛鴦道已經這麼着臊會子怎麼樣你們不信只管看着就是了太太纔說了找我老子娘去我看他南京找去平兒道你的父母都在南京看房子沒上來終久也尋的着現在還有你哥哥嫂子在這裡可惜你是這裡的家生女兒不如我們兩個只單在這裡鴛鴦道家生女兒怎麼樣牛不喝水強按頭嗎我不愿意難道殺我的老子娘不成正說著只見他嫂子從那邊走來襲人道他們當時找不著你的爹娘一定和你嫂子說了鴛鴦道這個娼婦專管是個六國販駱駝的聽了這話他有個不奉承去的說話之間已來到跟前他

嫂子笑道那裡沒有我到姑娘跑了這裡來你跟了我來我和你說話平兒襲人都忙讓坐他嫂子只說姑娘們請坐我們姑娘說句話襲人平兒都裝不知道笑說什麽話這麽忙我們這裡猜謎兒呢等猜了再去罷鴛鴦道什麽話你說罷他嫂子笑道你跟我來到那裡告訴你橫竪有好話兒鴛鴦道可是太太和你說的那話他嫂子笑道姑娘既知道還奈何我快來我細細的告訴你可是天大的喜事鴛鴦聽說立起身來照他嫂子臉上下死勁啐了一口指着罵道你快夾着你那穢嘴離了這裡好多着呢什麽好話又是什麽喜事怪道成日家羨慕人家的丫頭做了小老婆一家子都仗著他橫行霸道的一家子

都成了小老婆了看的眼熱了也把我送在火坑裡去我若得臉呢你們外頭橫行霸道自己封就了自己是舅爺我要不得臉敗了時你們把忘八脖子一縮生死由我去一面罵一面哭平兒襲人攔着勸他他嫂子臉上下不來因說道愿意不愿意你也竹說犯不着拉三扯四的俗語說的好當着矮人别說矮話姑娘罵我我不敢還言這二位姑娘並沒惹著你小老婆長小老婆短人家臉上怎麼過的去襲人平兒忙道你倒别說這話他也並不是說我們你倒别拉三扯四的你聽見那位太太太爺們封了我們做小老婆况且我們兩個也沒有爹娘哥哥兄弟在這門子裡仗着我們橫行霸道的他罵的人自由他罵

去我們犯不著多心鴛鴦道他見我罵了他他臊了没的蓋臉又拿話調唆你們兩個幸虧你們兩個明白原是我急了也没分別出來他就挑出這個空兒來他嫂子自覺没趣賭氣去了鴛鴦氣的還罵平兒襲人勸他一回方罷了平兒因問襲人道你在那裡藏着做什麼我們竟没有看見你襲人道我因爲往四姑娘房裡看我們寶二爺去了誰知遲了一步說是家去了我疑惑怎麼没遇見呢想要往林姑娘家找去又遇見他的人說也没去我這裡正疑惑是出園子去了可巧你從那裡來了我一閃你也没看見後來他又來了我從這樹後頭走到山子石後我卻見你兩個說話來了誰知你們四個眼睛没見我一

語未了只聽身後笑道四個眼睛沒見你你們六個眼睛還沒見我呢三人嚇了一跳回身一看你道是誰却是寶玉襲人先笑道叫我好找你在那裡來着寶玉笑道我打四妹妹那裡出來迎頭看見你走了來我想來必是找我去的我就藏起來了哄你看你揚著頭過去了進了院子又出來了逢人就問我在那裡好笑等着你到了跟前嚇你一跳後來見你也藏藏躲躲的我就知道也是要哄人了我探頭兒往前看了一看却是他們兩個我就遶到你身後頭你出去我也躲在你躲的那裡了平兒笑道偺們再往後找找去罷只怕還找出兩個人來也未可知寶玉笑道這可再沒有了鴛鴦已知這話俱被寶玉聽了

只伏在石頭上粧睡寶玉推他笑道這石頭上冷偺們回屋裡去睡豈不好說着拉起鴛鴦來又忙讓平兒來家吃茶和襲人都勸鴛鴦走鴛鴦方立起身來四人竟往怡紅院來寶玉將方纔的話俱已聽見心中着實替鴛鴦不快只默默的歪在床上任他三人在外間說笑那邊邢夫人因問鳳姐兒鴛鴦的父親鳳姐因說他爹的名字叫金彩兩口子都在南京看房子不大上來他哥哥文翔現在是老太太的買辦他嫂子也是老太太那邊漿洗上的頭兒邢夫人便命人叫了他嫂子金文翔的媳婦來細細說給他那媳婦自是喜歡興興頭頭去找鴛鴦指望一說必妥不想被鴛鴦搶白了一頓又被襲人平兒說了幾句

羞惱回來便對邢夫人說不中用他罵了我一塲因鳳姐兒在旁不敢提平兒說襲人也幫著掄白我說了我許多不知好歹的話回不得主子的太太和老爺商議再買罷諒那小蹄子也沒有這麽大福我們也沒有這麽大造化邢夫人聽了說道又與襲人什麽相干他們如何知道呢又問還有誰在跟前金家的道還有平姑娘鳳姐兒忙道你不該拿嘴巴子把他打回來我一出了門他就逛去了回家來連個影兒也摸不著他他必定也幫着說什麽來着金家的道平姑娘倒沒在跟前遠遠的看着倒像是他可也不真切不過是我白忖度著鳳姐便命人去快找了他來告訴我家來了太太也在這裡叫他快着來豐

兒忙上來回道林姑娘打發了人下請字兒請了三四次他纔去了奶奶一進門我就叫他去的林姑娘說告訴奶奶我煩他有事呢鳳姐兒聽了方罷故意的還說天天煩他有什麽事情邢夫人無計吃了飯回家晚上告訴了賈赦賈赦想了一想即刻叫賈璉來說南京的房子還有人看着不止一家即刻叫上金彩來賈璉回道上次南京信來金彩已經得了痰迷心竅那邊連棺材銀子都賞了不知如今是死是活即便活着人事不知叫來無用他老婆子又是個聾子賈赦聽了喝了一聲又罵混賬沒天理的囚攮的偏你這麽知道還不離了我這裡唬的賈璉退出一時又叫傳金文翔賈璉在外書房伺候着又不敢

家去又不敢見他父親只得聽着一時金文翔來了小么兒們直帶入二門裡去隔了四五頓飯的工夫纔出來去了賈璉暫且不敢打聽隔了一會又打聽賈赦睡了方纔過來至晚間鳳姐兒告訴他方纔明白且說鴛鴦一夜没睡至次日他哥哥回賈母接他家去逛逛賈母允了叫他家去鴛鴦意欲不去只怕賈母疑心只得免強出來他哥哥只得將賈赦的話說給他又許他怎麽體面又怎麽當家做姨娘鴛鴦只咬定牙不願意他哥哥無法少不得回去回覆賈赦賈赦惱起來因說道我說給你叫你女人和他說去就說我的話自古嫦娥愛少年他必定嫌我老了大約他戀着少爺們多半是看上了寶玉只怕也有

賈璉若不此心叫他早早歇了我要他不來已後誰敢收他這是一件第二件想著老太太疼他將來外邊聘個正頭夫妻去叫他細想憑他嫁到了誰家也難出我的手心除非他死了或是終身不嫁男人我就伏了他要不然將叫他趁早回心轉意有多少好處賈赦說一句金文翔應一聲是賈赦道你別哄我明兒我還打發你太太過去問鴛鴦你們說了他不依便沒你們的不是若問他他再依了仔細你們的腦袋金文翔忙應了又應退出回家也等不得告訴他女人轉說竟自已對面說了這話把個鴛鴦氣的無話可回想了一想便說道我便願意去也須得你們帶了我回聲老太太去他哥嫂只當回想過來都

喜之不盡他嫂子即刻帶了他上來見賈母可巧王夫人薛姨媽李紈鳳姐兒寶釵等姊妹並外頭的幾個執事有頭臉的媳婦都在賈母跟前湊趣兒呢鴛鴦看見忙拉了他嫂子到賈母跟前跪下一面哭一面說把邢夫人怎麽來說園子裡他嫂子怎麽說今兒他哥哥又怎麽說因爲不依方纔大老爺越發說我戀着寶玉不然要等着往外聘我憑到天上這一輩子也跳不出他的手心去終久要報仇我是横了心的當着衆人在這裡我這一輩子别說是寶玉就是寶金寶銀寶天王寶皇帝横竪不嫁人就完了就是老太太逼着我一刀子抹死了也不能從命伏侍老太太歸了西我也不跟着我老子娘哥哥去或是

尋死或是剪了頭髮當姑子去要說我不是真心暫且拿話支吾這不是天地鬼神日頭月亮照著嗓子裡頭長疔原來這鴛鴦一進來時便袖內帶了一把剪子一面說著一面回手打開頭髮就鉸衆婆子丫鬟看見忙來拉住已剪下半綹來了衆人看時幸而他的頭髮極多鉸的不透連忙替他挽上賈母聽了氣的渾身打戰口內只說我通共剩了這麼一個可靠的人他們還要來筭計因見王夫人在旁便向王夫人道你們原來都是哄我的外頭孝順暗地裡盤筭我有好東西也來要有好人也來要剩了這個毛丫頭見我待他好了你們自然氣不過弄開了他好擺弄我王夫人忙站起來不敢還一言薛姨媽見連

王夫人怪上反不好勸的了李紈一聽見鴛鴦這話早帶了姊妹們出去探春有心的人想王夫人雖有委屈如何敢辯薛姨媽現是親妹妹自然也不好辯寶釵也不便爲姨母辯李紈鳳姐寶玉一發不敢辯這正用着女孩兒之時迎春老實惜春小因此窗外聽了一聽便走進來陪笑向賈母道這事與太太什麼相干老太太想一想也有大伯子的事小嬸子如何知道話未說完賈母笑道可是我老糊塗了姨太太別笑話我你這個姐姐他極孝順不像我們那大太太一味怕老爺婆婆跟前不過應景兒可是我委屈了他薛姨媽只答應是又說老太太偏心多疼小兒子媳婦也是有的賈母道不偏心因又說寶玉我

錯怪了你娘你怎麽也不提我看着你娘受委屈寶玉笑道我偏着母親說大爺大娘不成通共一個不是我母親要不認却推誰去我倒要認是我的不是老太太又不信賈母笑道這也有理你快給你娘跪下你說太太別委屈了老太太有年紀了看着寶玉罷寶玉聽了忙走過來便跪下要說王夫人忙笑着拉起他來說快起來斷乎使不得難道替老太太給我賠不是不成寶玉聽說忙站起來賈母又笑道鳳姐兒也不提我鳳姐笑道我倒不派老太太的不是老太太倒尋上我了賈母聽了和衆人都笑道這可奇了倒要聽聽這個不是鳳姐道誰叫老太太會調理人調理的水葱兒是的怎麽怨得人要我幸虧是

孫子媳婦我若是孫子我早要了還等到這會子呢賈母笑道這倒是我的不是了鳳姐笑道自然是老太太的不是了賈母笑道這麽着我也不要了你帶了去罷鳳姐兒道等着修了這輩子來生托生男人我再要罷賈母笑道你帶了去給璉兒放在屋裡看你那没臉的公公還要不要了鳳姐兒道璉兒不配就只配我和平兒這一對燒煳了的饞子和他混罷喇說的衆人都笑起來了丫頭回說大太太來了王夫人忙迎出去要知端底下回分解

紅樓夢第四十六回終

紅樓夢第四十七回

獃霸王調情遭苦打　冷郎君懼禍走他鄉

話說王夫人聽見邢夫人來了連忙迎着出去邢夫人猶不知賈母已知鴛鴦之事正還又來打聽信息進了院門早有幾個婆子悄悄的回了他他纔知道待要回去裡面已知又見王夫人接出來了少不得進來先與賈母請安賈母一聲兒不言語自已也覺得愧悔鳳姐兒早指一事迴避了鴛鴦也自回房去生氣薛姨媽王夫人等恐礙着邢夫人的臉面也都漸漸退了邢夫人且不敢出去賈母見無人方說道我聽見你替你老爺說媒來了你倒也三從四德的只是這賢惠也太過了你們如

今也是孫子兒子滿眼了你還怕他使性子我聽見你還由着你老爺的那性子鬧邢夫人滿面通紅回道我勸過幾次不依老太太還有什麼不知道的呢我也是不得已兒賈母道他逼着你殺人你也殺去如今你也想想你兄弟媳婦本來老實又生的多病多痛上上下下那不是他操心你一個媳婦雖然幫着也是天天丢下爬兒弄掃箒凡百事情我如今自己減了他們兩個就有些不到的去處有鴛鴦那孩子還心細些我的事情他還想着一點子該要的他就要了來該添什麼他就趂空兒告訴他們添了鴛鴦再不這麼着娘兒兩個裏頭外頭大的小的那裏不忽略一件半件我如今反倒自己操心去不成還

是天天盤算和他們要東要西去我這屋裡有的沒有的剩了
他一個年紀也大些我凡做事的脾氣性格兒他還知道些他
二則也還投主子的緣法他也並不指着我和那位太太要衣
裳去又和那位奶奶要銀子去所以這幾年一應事情他說什
麽從你小嬸和你媳婦起至家下大大小小沒有不信的所以
不單我得靠連你小嬸媳婦也都省心我有了這麽個人就是
媳婦孫子媳婦想不到的我也不得缺了也沒氣可生了這會
子他去了你們又弄什麽人來我使你們就弄他那麽個真珠
兒是的人來不會說話也無用我正要打發人和你老爺說去
他要什麽人我這裡有錢叫他只管一萬八千的買去就是要

這個丫頭不能留下他伏侍我幾年就和他日夜伏侍我盡了孝的一樣你來的也巧就去說更妥當了說畢命人來請了姨太太你姑娘們來纔高興說個話兒怎麼又都散了丫頭忙答應我去了家人趕忙的又來只有薛姨媽向那丫鬟道我纔來了又做什麼去你就說我睡了那丫頭道好親親的姨太太姨祖宗我們老太太生氣呢你老人家不去沒個開交了只當疼我們罷你老人家怕走我背了你老人家去薛姨媽笑道小鬼頭兒你怕什麼不過罵幾句就完了說著只得和這小丫頭子走來賈母忙讓坐又笑道偺們鬥牌罷姨太太的牌也生了偺們一處坐着別叫鳳丫頭混了我們去薛姨媽笑道正是呢老

太太替我看着些兒就是偺們娘兒兩個鬥呢還是添一兩個人呢王夫人笑道可不只四個人鳳姐兒道再添一個人熱鬧些賈母道叫鴛鴦來叫他在這下手裡坐着姨太太的眼花了偺們兩個的牌都叫他看着些兒鳳姐笑了一聲向探春道你們知書識字的倒不學算命探春道這又奇了這會子你不打點精神羸老太太幾個錢又想算命鳳姐兒道我正要算算今兒該輸多少我還想羸呢你瞧瞧塲兒沒上左右都埋伏下了說的賈母薛姨媽都笑起來一時鴛鴦來了便坐在賈母下首鴛鴦之下便是鳳姐兒鋪下紅毡洗牌告么五人起牌鬭了一回鴛鴦見賈母的牌已十成只等一張二餅便遞了暗號兒與

鳳姐兒鳳姐兒正該發牌便故意躊躕了半晌笑道我這一張牌定在姨媽手裡扣着呢我若不發這一張牌再頂不下來的薛姨媽道我手裡並沒有你的牌鳳姐兒道我回來是要查的薛姨媽道你只管查你且發下來我瞧瞧是張什麼鳳姐兒便送在薛姨媽跟前薛姨媽一看是個二餅便笑道我倒不稀罕他只怕老太太滿了鳳姐聽了忙笑道我發錯了賈母笑的已擲下牌來說你敢拿回去誰叫你錯的不成鳳姐兒道可是我要算一算命呢這是自己發的也怨不得人了賈母笑道可是你自己打着你那嘴問着你自己纔是又向薛姨媽笑道我不是小氣愛贏錢原是個彩頭兒薛姨媽笑道我們可不是這樣

想那裡有那樣糊塗人說老太太愛錢呢鳳姐兒正數着錢聽了這話忙又把錢穿上了向衆人笑道彀了我的了竟不爲贏錢單爲贏彩頭兒我到底小氣輸了就穿錢快收起來罷賈母規矩是鴛鴦代洗牌的便和薛姨媽說笑不見鴛鴦動手賈母道你怎麼惱了連牌也不替我洗鴛鴦拿起牌來笑道奶奶不給錢麼賈母道他不給錢那是他交運了便命小丫頭子把他那一吊錢都拿過來小丫頭子真就拿了擱在賈母傍邊鳳姐兒笑道賞我罷照數兒給就是了薛姨媽笑道果然鳳姐兒小器不過頑兒罷了鳳姐兒聽說便站起來拉住薛姨媽回頭指着賈母素日放錢的一個木箱子笑道姑媽瞧瞧那個裡頭不

知頑了我多少去了這一吊錢頑不了半個時辰那裡頭的錢就招手兒叫他了只等把這一吊也叫進去了牌也不用鬬了老祖宗氣也平了又有正經事差我辦去了話未說完引的賈母衆人笑個不住正說着偏平兒怕錢不彀又送了一吊來鳳姐兒道不用放在我跟前也放在老太太的那一處罷一齊叫進去倒省事不用做兩次叫箱子裡的錢費事賈母笑的手裡的牌撒了一桌子推着鴛鴦叫快撕他的嘴平兒依言放下錢也笑了一回方回來至院門前遇見賈璉問他太太在那裡呢老爺叫我請過去呢平兒忙笑道在老太太跟前站了這半日還沒動呢趁早兒丟開手罷老太太生了半日氣這會子虧二

奶奶湊了半日的趣兒纔畧好了些賈璉道我過去只說討老太太示下十四往賴大家去不去好預備轎子又請了太太又湊了趣兒豈不好呢平兒笑道依我說你竟別過去罷合家子連太太寶玉都有了不是這會子你又塡限去了賈璉道已經完了難道還找補不成況且與我又無干二則老爺親自吩咐我請太太去這會子我打發了人去倘或知道了正沒好氣呢指着這個拿我出氣罷說着就走平兒見他說的有理也就跟了賈璉過來到了堂屋裏便把脚步放輕了往裏間探頭只見邢夫人站在那裏鳳姐兒眼尖先瞧見了便使眼色兒不命他進來又使眼色與邢夫人邢夫人不便就走只得倒了一碗茶

來放在賈母跟前賈母一回身賈璉不防便沒躲過賈母便問外頭是誰倒像個小子一伸頭的是的鳳姐兒忙起身說我也恍惚看見有一個人影兒一面說一面起身出來賈璉忙進去陪笑道打聽老太太十四可出門好預備轎子賈母道既這麼樣怎麼不進來又做神做鬼的賈璉陪笑道見老太太頑牌不敢驚動不過叫媳婦出來問問賈母道就忙到這一時等他家去你問他多少問不得那一遭兒你這麼小心來這又不知是來做耳報神的也不知是來做探子的鬼鬼祟祟倒嚇我一跳什麼好下流種子你媳婦和我頑牌呢還有半日的空兒你家去再和那趙二家的商量治你媳婦去罷說着衆人都笑了鴛

鴦笑道鮑二家的老祖宗又拉上趙二家的去賈母也笑道可不我那裡記得什麽抱着背着的提起這些事来不由我不生氣我進了這門子做重孫媳婦起到如今我也有個重孫子媳婦了連頭帶尾五十四年憑着大驚大險千奇百怪的事也經了些從沒經過這些事還不離了我這裡呢賈璉一聲兒不敢說忙退出來平兒在窗外站着悄悄的笑道我說你不聽倒底碰在網裡了正說着只見邢夫人也出來賈璉道都是老爺鬧的如今都擱在我和太太身上邢夫人道我把你這沒孝心的種子人家還替老子死呢白說了幾句你就抱怨天抱怨地了你還不好好的呢這幾日生氣仔細他搥你賈璉道太太快過

去罷叫我來請了好半日了說著送他母親出來過那邊去那夫人將方纔的話只略說了幾句賈赦無法又且含愧自此便告了病且不敢見賈母只打發邢夫人及賈璉每日過去請安只得又各處遣人購求尋覓終久費了五百兩銀子買了一個十七歲女孩子來名喚嫣紅收在屋裡不在話下這裡鬧了半日牌吃晚飯纔罷此一二日間無話轉眼到了十四黑早賴大的媳婦又進來請賈母高興便帶了王夫人薛姨媽及寶玉姊妹等至賴大花園中坐了半日那花園雖不及大觀園却也十分齊整寬濶泉石林木樓臺亭軒也有好幾處動人的外面大廳上薛蟠賈珍賈璉賈蓉並幾個近族的都來了那賴大家內

也請了幾個現任的官長並幾個大家子弟作陪因其中有個柳湘蓮薛蟠自上次會過一次已念念不忘又打聽他最喜串戲且都串的是生旦風月戲文不免錯會了意悞認他做了風月子弟正要與他相交恨沒有個引進這一天可巧遇見樂得無可不可且賈珍等也慕他的名酒蓋住了臉就求他串了兩齣戲下来移席和他一處坐着問長問短說東說西那柳湘蓮原係世家子弟讀書不成父母早喪素性爽俠不拘細事酷好耍鎗舞劍賭慱吃酒已至眠花卧柳吹笛彈箏無所不為因他年紀又輕生得又美不知他身分的人都悞認作優伶一類那賴大之子賴尚榮與他素昔交好故今兒請來做陪不想酒後

別人猶可獨薛蟠又犯了舊病心中早已不快得便意欲走開完事無奈賴尚榮又說方纔寶二爺又囑咐我纔一進門雖見了只是人多不好說話叫我囑咐你散的時候別走他還有話說呢你旣一定要去等我叫出他來你兩個見了再走與我無干說着便命小廝們到裡頭找一個老婆子悄悄告訴請出寶二爺來那小廝去了沒一盞茶時候果見寶玉出來了賴尚榮向寶玉笑道好叔叔把他交給你我張羅人去了說着已經去了寶玉便拉了柳湘蓮到廳側書房坐下問他這幾日可到秦鐘的坟上去了湘蓮道怎麼不去前兒我們幾個放鷹去離他坟上還有二里我想今年夏天雨水勤恐怕他坟上站不住我

背着衆人走到那裡去瞧了一瞧墳又動了一點子回家來就便弄了幾百錢第三日一早出去僱了兩個人收什好了寶玉說怪道呢上月我們大觀園的池子裡頭結了蓮蓬我摘了十個叫焙茗出去到墳上供他去回來我也問他可被雨冲壞了沒有他說不但沒冲更比上回新了些我想著必是這幾個朋友新收拾了我只恨我天天圈在家裡一點兒做不得主行動就有人知道不是這個攔就是那個勸的能說不能行雖然有錢又不由我使柳湘蓮道這個事也用不着你操心外頭有我你只心裡有了就是了眼前十月初一日我已經打點下上墳的花消你知道我一貧如洗家裡是沒的積聚的縱有幾個錢

來隨手就光的不如趂空兒留下這一分省的到了跟前扎煞手寶玉道我也正爲這個要打發焙茗找你你又不大在家知道你天天萍踪浪跡沒個一定的去處柳湘蓮道你也不用找我這個事也不過各盡其道眼前我還要出門去走走外頭遊逛三年五載再回來寶玉聽了忙問這是爲何柳湘蓮冷笑道我的心事等到跟前你自然知道我如今要別過了寶玉道好容易會着晚上同散豈不好湘蓮道你那令姨表兄還是那樣再坐着未免有事不如我迴避了倒好寶玉想一想說道既是這麽樣倒是迴避他爲是只是你要果真遠行必須先告訴我一聲千萬別悄悄的去了說着便滴下淚來柳湘蓮說道自然

要辭你去你只别和别人說就是了說着就站起來要走又道你就進去罷不必送我一面說一面出了書房剛至大門前早遇見薛蟠在那裏亂叫誰放了小柳兒走了柳湘蓮聽了火星亂迸恨不得一拳打死復思酒後揮拳又碍着賴尚榮的臉面只得忍了又忍薛蟠忽見他走出來如得了珍寶忙趔趄着走上去一把拉住笑道我的兄弟你往那裏去了湘蓮道走走就來薛蟠笑道你一去都没了興頭了好歹坐一坐就算疼我了憑你什麼要緊的事交給哥哥只别忙你有這個哥哥你要做官發財都容易湘蓮見他如此不堪心中又恨又惱早生一計拉他到避净處笑道你真心和我好還是假心和我好呢薛蟠

聽見這話喜得心癢難撓乜斜着眼笑道好兄弟你怎麼問起我這樣話來我要是假心立刻死在眼前湘蓮道既如此這裡不便等坐一坐我先走你隨後出來跟到我下處偺們索性喝一夜酒我那裡還有兩個絕好的孩子從沒出門的你可連一個跟的人也不用帶到了那裡伏侍人都是現成的薛蟠聽如此說喜的酒醒了一半說果然如此湘蓮笑道如何人拿真心待你你到不信了薛蟠忙笑道我又不是獃子怎麼有個不信的呢既如此我又不認得你先去了我在那裡找你湘蓮道我這下處在北門外頭你可捨得家城外住一夜去薛蟠道有了你我還要家做什麼湘蓮道既如此我在北門外頭橋上等你

咱們席上且吃酒去你看我走了之後你再走他們就不留神了薛蟠聽了連忙答應道是二人復又入席飲了一回那薛蟠難熬已拿眼看湘蓮心內越想越樂左一壺右一壺並不用人讓自己就吃了又吃不覺酒有八九分了湘蓮就起身出來瞅人不防出至門外命小厮杏奴先家去罷我到城外就來說畢已跨馬直出北門橋上等候薛蟠一頓飯的工夫只見薛蟠騎著一匹馬遠遠的趕了來張着嘴瞪着眼頭似撥浪鼓一般不住左右亂瞧及至從湘蓮馬前過去只顧往遠處瞧不曾留心近處湘蓮又笑又恨他便也撒馬隨後跟來薛蟠往前看時漸漸人烟稀少便又圈馬回來再不想一回頭見了湘蓮如獲奇

珍怔笑道我說你是個再不失信的湘蓮笑道快往前走仔細人看見跟了來就不好了說着先就撒馬前去薛蟠也就緊緊跟來湘蓮見前面人煙已稀且有一帶葦塘便下馬將馬拴在樹上向薛蟠笑道你下來偺們先設個誓日後要變了心告訴別人的就應誓薛蟠笑道這話有禮連忙下馬也拴在樹上便跪下說道我要日久變心告訴人去的天誅地滅一言未了只聽鏜的一聲背後好似鐵鎚砸下來只覺得一陣黑滿眼金星亂迸身不由已就倒在地下了湘蓮走上來瞧瞧知道他是個不慣捱打的只使了三分氣力向他臉上拍了幾下登時便開了菓子舖薛蟠先還要扎挣起身又被湘蓮用脚尖點了一點

仍舊跌倒口內說道原來是兩家情願你不依只會好說爲什麽哄出我來打我一面說一面亂罵湘蓮道我把你瞎了眼的你認認柳大爺是誰你不說哀求你還傷我我打死你也無益只給你個利害罷說着便取了馬鞭過來從背後至脛打了三四十下薛蟠的酒早已醒了大半不覺得疼痛難禁由不的噯喲一聲湘蓮冷笑道也只如此我只當你是不怕打的一面說一面又把薛蟠的左腿拉起來向葦中濘泥處拉了幾步滾的滿身泥水又問道你可認得我了薛蟠不應只伏着哼哼湘蓮又擲下鞭子用拳頭向他身上擂了幾下薛蟠便亂滚亂叫說肋條折了我知道你是正經人因爲我錯聽了傍人的話了

湘蓮道不用拉傍人你只說現在的薛蟠道現在也沒什麼說的不過你是個正經人我錯了湘蓮道還要說軟些纔饒你薛蟠哼哼的道好兄弟湘蓮便又一拳薛蟠噯了一聲道好哥哥湘蓮又連兩拳薛蟠忙噯喲叫道好老爺饒了我這沒眼睛的瞎子罷從今已後我敬你怕你了湘蓮道你把那水喝兩口薛蟠一面聽了一面皺眉道這水實在腌臢怎麼喝的下去湘蓮舉拳就打薛蟠忙道我喝我喝說着只得俯頭向葦根下喝了一口猶未嚥下去只聽哇的一聲把方纔吃的東西都吐了出來湘蓮道好腌臢東西你快吃完了饒你薛蟠聽了叩頭不迭說好歹積陰功饒我罷這至死不能吃的湘蓮道這麼氣息倒

說著去下薛蟠便牽馬認鐙去了。這裡薛蟠見他已去，方放下心來，後悔自己不該誤認了人。待要扎掙起來，無奈遍體疼痛難禁。誰知賈珍等席上忽不見了他兩個，各處尋找不見。有人說恍惚出北門去了。薛蟠的小厮素日是怕他的，他吩咐了不許跟去，誰敢找去？後來還是賈珍不放心，命賈蓉帶着小厮們尋蹤問跡的直找出北門，下橋二里多路，忽見葦坑傍邊薛蟠的馬拴在那裡。衆人都道：好了，有馬必有人。一齊來至馬前，只聽葦中有人呻吟。大家忙走來一看，只見薛蟠的衣衫零碎，面目腫破，沒頭沒臉，遍身內外滚的似個泥母猪一般。賈蓉心內已猜着八

九下忙下馬命人攙了起來笑道薛大叔天天調情今日
調到葦子坑裏坑裏必定是龍王爺也愛上你風流要你
招駙馬去你就碰到龍犄角上了薛蟠羞的沒地縫兒鑽
進去那裏爬的上馬去賈蓉命人赶到關廂裏僱了一乘
小轎子薛蟠坐了一齊進城賈蓉還要抬往賴家去赴席
薛蟠百般苦告央及他不用告訴人賈蓉方依允了讓他
各自回家賈蓉仍往賴家回覆賈珍並方纔的形景賈珍
也知湘蓮所打也笑道他須得吃個虧纔好至晚散了便
來問候薛蟠自在卧房將養推病不見賈母等回來各自
歸家時薛姨媽與寶釵見香菱哭的眼睛腫了問起原故

忙來瞧薛蟠時、臉上身上雖見傷痕、並未傷筋動骨、薛姨
媽又是心疼、又是發恨、罵一回薛蟠、又罵一回柳湘蓮、意
欲告訴王夫人、遣人尋拿柳湘蓮、寶釵忙勸道、這不是什
麽大事、不過他們一處吃酒、酒後反臉常情、誰醉了、多挨
幾下子打、也是有的。况且咱們家的無法無天、人所共知、
媽媽不過是心疼的原故。要出氣也容易、等三五天哥哥
好了、出得去的時候、那邊珍大爺璉二爺這干人也未必
白丢開了、自然備個東道、叫了那個人來、當着衆人替哥
哥賠不是、認罪、就是了、如今媽媽先當件大事告訴衆人、
倒顯的媽媽偏心溺愛、縱容他生事招人、今兒偶然吃了

紅樓夢　第四十七回　十四

一次兩媽媽就這樣興師動衆倚著親戚之勢欺壓常人薛姨媽聽了道我的兒到底是你想的到我一時氣糊塗了寶釵笑道這纔好呢他又不怕媽媽又不聽人勸一天縱似一天吃過兩三個虧他倒罷了薛蟠睡在炕上痛駡湘蓮又命小厮去拆他的房子打死他和他打官司薛姨媽喝住小厮們只說柳湘蓮一時酒後放肆如今酒醒後悔不及俱罪逃走了薛蟠聽見如此說了要知端的且看下回分解

紅樓夢第四十七回終

又罵一回湘蓮意欲告訴王夫人遣人尋拿湘蓮寶釵忙勸道這不是什麽大事不過他們一處吃酒酒後反臉常情誰醉了多挨幾下子打也是有的况且偺們家的無法無天的人也是人所共知的媽媽不過是心疼的原故要出氣也容易等三五天哥哥好了出得去的時候那邊珍大爺璉二爺這干人也未必白丟開手自然備個東道叫了那個人來當着衆人替哥哥賠不是認罪就是了如今媽媽先當件大事告訴衆人倒顯的媽媽偏心溺愛縱容他生事招人今兒偶然吃了一次虧媽媽就這樣興師動衆倚着親戚之勢欺壓常人薛姨媽聽了道我的兒到底是你想的到我一時氣糊塗了寶釵笑道這纔好呢

他又不怕媽媽又不聽人勸一天縱似一天吃過兩三個虧他也罷了薛蟠睡在炕上痛駡湘蓮又命小斯去拆他的房子打死他和他打官司薛姨媽喝住小斯們只說湘蓮一時酒後放肆如今酒醒後悔不及懼罪逃走了薛蟠聽見如此說了要知端底且看下回分解

紅樓夢第四十七回終

紅樓夢第四十八回

濫情人情誤思游藝　慕雅女雅集苦吟詩

話說薛蟠聽見如此說了氣方漸平三五日後疼痛雖愈傷痕未平只粧病在家愧見親友展眼已到十月因有各鋪面夥計內有算年賬要回家的少不得家裡治酒餞行內有一個張德輝自幼在薛蟠當鋪內攬總家內也有了二三千金的過活今歲也要回家明春方來因說起今年紙劄香料短少明年必是貴的明年先打發大小兒上來當鋪裡照管赶端陽前我順路就販些紙劄香扇來賣除去關稅花消稍亦可以剩得幾倍利息薛蟠聽了心下忖度如今我捱了打正難見人想着要躲避

一年半載又沒處去躲天天粧病也不是常法兒且況我長了這麽大文不文武不武雖說做買賣究竟戥子算盤從沒拿過地土風俗遠近道路又不知道不如也打點幾個本錢和張德輝逛一年來賺錢也罷不賺錢也罷且躲躲羞去二則逛逛山水也是好的心内主意已定至酒席散後便和氣平心與張德輝說知命他等一二日一同前往晚間薛蟠告訴他母親薛姨媽聽了雖是喜歡但又恐他在外生事花了本錢倒是末事因此不叫他去只說你好歹跟着我我還放心些況且也不用這個買賣等不着這幾百銀子使薛蟠主意已定那裡肯依只說天天又說我不知世務這個也不知那個也不學如今我發狠

把那些沒要緊的都斷了如今要成人立事學習買賣又不准我了叫我怎麽樣呢我又不是個丫頭把我關在家裡何日是個了手況且那張德輝又是個有年紀的夥計和他是世家我問他怎麽得有錯我就有一時半刻不好的去處他自然說我勸我就是東西貴賤行情他是知道的自然色色問他何等順利倒不叫我出去過兩日我不告訴家裡私自打點了走明年發了財回來纔知道我呢說畢賭氣睡覺去了薛姨媽聽他如此說因和寶釵商議寶釵笑道哥哥果然要經歷正事倒也罷了只是他在家裡說着好聽到了外頭舊病復發難拘束他了但也愁不得許多他若是真改了是他一生的福若不改媽媽也

不能又有別的法子一半盡人力一半聽天罷了這麽大人了若只管怕他不知世路出不得門幹不得事今年關在家裡明年還是這個樣兒他既說的名正言順媽媽就打諒着丟了一千八百銀子竟交與他試一試橫竪有夥計帮着他也未必好思意哄騙他的二則他出去了左右沒了助興的人又沒有倚仗的人到了外頭誰還怕誰有了的吃沒了的餓着舉眼無靠他見了這樣只怕比在家裡省了事也未可知薛姨媽聽了思忖半晌道倒是你說的是花兩個錢叫他學些乖來也值商議已定一宿無話至次日薛姨媽命人請了張德輝來在書房中命薛蟠欵待酒飯自己在後廊下隔着窗子千言萬語囑託張

德輝照管張德輝滿口應承吃過飯告辭又回說十四日是上好出行日期大世兄即刻打點行李僱下騾子十四日一早就長行了薛蟠喜之不盡將此話告訴了薛姨媽薛姨媽和寶釵香菱並兩個年老的嬤嬤連日打點行裝派下薛蟠之奶公老蒼頭一名當年諳事舊僕二名外有薛蟠隨身常使小厮二名主僕一共六人僱了三輛大車單拉行李使物又僱了四個長行騾子薛蟠自騎一匹家內養的鐵青大走騾外備一匹坐馬諸事完畢薛姨媽寶釵等連夜勸戒之言自不必備說至十三日薛蟠先去辭了他母舅然後過來辭了賈宅諸人賈珍等未免又有餞行之說也不必細述至十四日一早薛姨媽寶

釵等直同薛蟠出了儀門母女兩個四隻眼看他去了方回來薛姨媽上京帶來的家人不過四五房並兩三個老嬤嬤小丫頭今跟了薛蟠一去外面只剩了一兩個男子因此薛姨媽們日到書房將一應陳設玩器並簾帳等物盡行搬進來收貯命兩個跟去的男子之妻一并也進來睡覺又命香菱將他屋裡也收拾嚴緊將門鎖了晚上和我去睡寶釵道媽媽既有這些人作伴不如叫菱姐姐和我作伴去我們園裡又空夜長了我每夜做活越多一個人豈不越好薛姨媽笑道正是我忘了原該叫他和你去纔是我前日還你和哥哥說文杏又小到三不着兩的鶯兒一個人不彀伏侍的還要買一個丫頭來你使寶

釵道買的不知底裡倘或走了眼花了錢事小沒的淘氣倒是慢慢打聽着有知道來歷的買個還罷了一面說一面命香菱收拾了衾褥妝奩命一個老嬤嬤並臻兒送至蘅蕪苑去然後寶釵和香菱纔同回園中來香菱向寶釵道我原要和太太說的等大爺去了我和姑娘做伴去我又恐怕太太多心說我貪着園裡來頑誰知你竟說了寶釵笑道我知道你心裡羨慕這園子不是一日兩日的了只是沒有個空兒每日來一趟慌慌張張的也沒趣兒所以趁着機會越發住上一年我也多個做伴的你也遂了你的心香菱笑道好姑娘趁著這個功夫你教給我做詩罷寶釵笑道我說你得隴望蜀呢我勸你且緩一緩

今兒頭一日進來先出園東角門從老太太起各處各人你都瞧瞧問候一聲兒也不必特意告訴他們搬進園來若有提起因由兒的你只帶口說我帶了你進來做伴兒就完了回來進了園再到各姑娘房裏走走香菱應着纔要走時只見平兒忙忙的走來香菱忙問了好平兒只得陪笑相問寶釵因向平兒笑道我今兒把他帶了來做伴兒正要回你奶奶一聲兒平兒笑道姑娘說的是那裏的話我竟沒話答言了寶釵道這纔是正理店房有個主人廟裏有個住持雖不是大事到底告訴一聲就是園裏坐更上夜的人知道添了他兩個也好關門候戶的了你回去就告訴一聲罷我不打發人說去了平兒答應着

因又向香菱道你既來了也不拜拜街房去嗎寶釵笑道我正叫他去呢平兒道你且不必往我們家去二爺病了在家裡呢香菱答應著去了先從賈母處來不在話下且說平兒見香菱去了就拉寶釵悄悄說道姑娘可聽見我們的新文沒有寶釵道我沒聽見新文因連日打發我哥哥出門所以你們這裡的事一槩不知道連姐妹們這兩天沒見平兒笑道老爺把二爺打的動不得難道姑娘就沒聽見嗎寶釵道早起恍惚聽見了一句也信不真我也正要瞧你奶奶去呢不想你來又是爲了什麼打他平兒咬牙駡道都是那什麼賈雨村半路途中那裡來的餓不死的野雜種認了不到十年生了多少事出來今年

春天老爺不知在那個地方看見幾把舊扇子回家來看家裡所有收着的這些好扇子都不中用了立刻叫人各處搜求誰知就有個不知死的寃家混號兒叫做石頭獃子窮的連飯也沒的吃偏偏他家就有二十把舊扇子死也不肯拿出大門來二爺好容易煩了多少情見了這個人說之再三他把二爺請了到他家裡坐著拿出這扇子來略瞧了一瞧據二爺說原是不能再得的全是湘妃棕竹麋鹿玉竹的皆是古人寫畫真跡回來告訴了老爺便叫買他的要多少銀子給他多少偏那石獃子說我餓死凍死一千兩銀子一把我也不賣老爺沒法了天天罵二爺沒能爲已經許他五百銀子先兌銀子後拿扇子

他只是不賣只說要扇子先要我的命姑娘想想這有什麽法子誰知那雨村沒天理的聽見了便設了法子訛他拖欠官銀拿他到了衙門裡去說所欠官銀變賣家產賠補把這扇子抄了來做了官價送了來那石獃子如今不知是死是活老爺問着二爺說人家怎麽弄了來了二爺只說了一句爲這點子小事弄的人家傾家敗產也不算什麽能爲老爺聽了就生了氣說二爺拿話堵老爺呢這是第一件大的過了幾日還有幾件小的我也記不清所以都湊在一處就打起來了也沒拉倒用板子棍子就站着不知他拿什麽東西打了一頓臉上打破了兩處我們聽見姨太太這裡有一種藥上棒瘡的姑娘尋一丸

給我呢寶釵聽了忙命鶯兒去找了兩丸來與平兒寶釵道既
這樣你去替我問候罷我就不去了平兒向寶釵答應着去了
不在話下且說香菱見了衆人之後吃過晚飯寶釵等都往賈
母處去了自已便往瀟湘館中來此時黛玉已好了大半了見
香菱也進園來住自是喜歡香菱因笑道我這一進來了也得
空兒好歹教給我做詩就是我的造化了黛玉笑道既要學做
詩你就拜我爲師我雖不通大略也還教的起你香菱笑道果
然這樣我就拜你爲師你可不許膩煩的黛玉道什麽難事也
得值去學不過是起承轉合當中承轉是兩付對子平聲的對
仄聲虛的對實的實的對虛的若是果有了奇句連平仄虛實

不對都使得的香菱笑道怪道我常弄本舊詩偷空兒看一兩首又有對的極工的又有不對的又聽見說一三五不論二四六分明看古人的詩上亦有順的亦有二四六的上錯了所以天天疑惑如今聽你一說原來這些規矩竟是沒事的只要詞句新奇為上黛玉道正是這個道理詞句究竟還是末事第一是立意要緊若意趣真了連詞句不用修飾自是好的這叫做不以詞害意香菱道我只愛陸放翁的重簾不捲留香久古硯微凹聚墨多說的真切有趣黛玉道斷不可看這樣的詩你們因不知詩所以見了這淺近的就愛一入了這個格局再學不出來的你只聽我說你若真心要學我這裏有王摩詰全集你

且把他的五言律一百首細心揣摩透熟了然後再讀一百二十首老杜的七言律次之再李青蓮的七言絕句讀一二百首肚子裡先有了這三個人做了底子然後再把陶淵明應劉謝阮庾鮑等人的一看你又是這樣一個極聰明伶俐的人不用一年工夫不愁不是詩翁了香菱聽了笑道既這樣好姑娘你就把這書給我拿出來我帶回去夜裡念幾首也是好的黛玉聽說便命紫鵑將王右丞的五言律拿來遞與香菱道你只看有紅圈的都是我選的有一首念一首不明白的問你姑娘或者遇見我我講與你就是了香菱拿了詩回至蘅蕪苑中諸事不管只向燈下一首一首的讀起來寶釵連催他數次睡覺他

也不睬寶釵見他這般苦心只得隨他去了一日黛玉方梳洗完了只見香菱笑吟吟的送了書來又要換杜律黛玉笑道共記得多少首香菱笑道凡紅圈選的我盡讀了黛玉道可領畧了些沒有香菱笑道我倒領畧了些只不知是不是說給你聽聽黛玉笑道正要講究討論方能長進你且說來我聽聽香菱笑道據我看來詩的好處有口裡說不出來的意思想去却是必真的又似乎無理的想去竟是有理有情的黛玉笑道這話有了些意思但不知你從何處見得香菱笑道我看他塞上一首內一聯云大漠孤烟直長河落日圓想來烟如何直日自然是圓的這直字似無理圓字似太俗合上書一想倒像是見了

這景的要說再找兩個字換這兩個竟再找不出兩個字來再還有日落江湖白潮來天地青這白青兩個字也似無理想來必得這兩個字纔形容的盡念在嘴裡到像有幾千觔重的一個橄欖是的還有渡頭餘落日墟裡上孤烟這餘字合上字難爲他怎麽想來我們那年上京來那日下晩便挽住船岸上又沒有人只有幾棵樹遠遠的幾家人家作晩飯那個烟竟是青碧連雲誰知我昨兒晚上看了這兩句倒像我又到了那個地方去了正說着寶玉和探春來了都入坐聽他講詩寶玉笑道既是這樣也不用看詩會心處不在遠聽你說了這兩句可知三昧你已得了黛玉笑道你說他這上孤烟好你還不知他這

一句還是套了前人的來我給你這一句瞧瞧更比這個淡而現成說着便把陶淵明的曖曖遠人村依依墟裡烟翻了出來遞給香菱香菱瞧了點頭嘆賞笑道原來上字是從依依兩個字上化出來的寶玉大笑道你已得了不用再講要再講倒學離了你就做起來了必是好的探春笑道明兒我補一個柬來請你入社香菱道姑娘何苦打趣我我不過是心裏羨慕纔學這個頑罷了探春黛玉都笑道誰不是頑難道我們是認真做詩呢要說我們真成了詩出了這園子把人的牙還笑掉了呢寶玉道這也算自暴自棄了前兒我在外頭和相公們商畫兒他們聽見偺們起詩社我求把稿子給他們瞧瞧我就寫了幾

首給他們看看誰不是真心嘆服他們抄了刻去了探春黛玉忙問道這是真話麼寶玉笑道說謊的是那架上鸚哥黛玉探春聽說都道你真真胡鬧且別說那不成詩便成詩我們的筆墨也不該傳到外頭去寶玉道這怕什麼古來閨閣中筆墨不要傳出去如今也沒人知道呢說著只見惜春打發了入畫來請寶玉寶玉方聽了香菱又逼着換出杜律又央黛玉探春二人出個題目讓我謅去謅了來替我改正黛玉道昨夜的月最好我正要謅一首未謅成你就做一首來十四寒的韻由你愛用那幾個字去香菱聽了喜的拿着詩回來又苦思一回做兩句詩又捨不得杜詩又讀兩首如此茶飯無心坐卧不定寶釵

道何苦自尋煩惱都是寶兒引的你我和他算賬去你本來獃頭獃惱的再添上這個越發弄成個獃子了香菱笑道好姑娘別混我一面說一面做了一首先給寶釵看了笑道這個不好不是這個做法你別害臊只管拿了給他瞧去看是他怎麼說菱香聽了便拿了詩找黛玉黛玉看時只見寫道是

月桂中天夜色寒　清光皎皎影團團
詩人助興常思玩　野客添愁不忍觀
翡翠樓邊懸玉鏡　珍珠簾外掛冰盤
良宵何用燒銀燭　晴彩輝煌映畫欄

黛玉笑道意思却有只是措詞不雅皆因你看的詩少被他縛

住了把這首詩丟開再做一首只管放開膽子去做香菱聽了默默的回來越發連房也不進去只在池邊樹下或坐在山石上出神或蹲在地下摳地來往的人都詫異李紈寶釵探春寶玉等聽得此言都遠遠的站在山坡上瞧着他笑只見他皺一回眉又自己含笑一回寶釵笑道這個人定是瘋了昨夜嘟嘟噥噥直鬧到五更纔睡下沒一頓飯的工夫天就亮了我就聽見他起來了忙忙碌碌梳了頭就找顰兒去一回來了獃了一天做了一首又不好自然這會子另做呢寶玉笑道這正是地靈人傑老天生人再不虛賦情性的我們成日嘆說可惜他這麼個人竟俗了誰知到底有今日可見天地至公寶釵聽了笑

道你能勾像他這苦心就好了學什麼有個不成的嗎寶玉不答只見香菱興興頭頭的又往黛玉那邊來了探春笑道咱們跟了去看他有些意思沒有說着一齊都往瀟湘館來只見黛玉正拿著詩和他講究呢衆人因問黛玉做的如何黛玉道自然算難爲他了只是還不好這一首過於穿鑿了還得另做衆人因要詩看時只見做道是

非銀非水映窗寒　試看晴空護玉盤
淡淡梅花香欲染　絲絲柳帶露初乾
只疑殘粉塗金砌　恍若輕霜抹玉欄
夢醒西樓人跡絶　餘容猶可隔簾看

寶釵笑道不像吟月了月字底下添一個色字倒還使得你看句句倒像是月色也罷了原是詩從胡說來再遲幾天就好了香菱自爲這首詩妙絕聽如此說自巳又掃了興不肯丟開手便要思索起來因見他姐妹們說笑便自巳走至堦下竹前挖心搜胆的耳不傍聽目不别視一時探春隔牕笑說道菱姑娘你閒閒罷香菱怔怔答道閒字是十五删的錯了韻了衆人聽了不覺大笑起来寶釵道可眞詩魔了都是顰兒引的他黛玉笑道聖人說誨人不倦他又來問我我豈有不說的理李紈笑道偺們拉了他往四姑娘屋裡去引他瞧瞧畫兒叫他醒一醒纔好說着眞個出來拉他過藕香榭至煖香塢中惜春正乏倦

在床上歪著睡午覺畫繒立在壁間用紗罩着衆人喚醒了惜春揭紗看時十停方有了三停見畫上有幾個美人因指香菱道凡會做詩的都畫在上頭你快學罷說著頑笑了一回各自散去香菱滿心中正是想詩至晚間對燈出了一回神至三更已後上床躺下兩眼睜睜直到五更方纔矇矓睡着了一時天亮寶釵醒了聽了一聽他安穩睡了心下想他翻騰了一夜不知可做成了這會子乏了且別叫他正想著只見香菱從夢中笑道可是有了難道這一首還不好嗎寶釵聽了又是可嘆又是可笑連忙叫醒了他問他得了什麽他這誠心都通了仙了學不成詩弄出病來呢一面說一面梳洗了和姐妹往賈母處

來原來香菱苦志學詩精血誠聚日間不能做出忽于夢中得了八句梳洗已畢便忙寫出來到沁芳亭只見李紈給衆姐妹方從王夫人處回來寶釵正告訴他們說他夢中做詩說夢話衆人正笑擡頭見他來了就都爭着要詩看要知端底且看下回分解

紅樓夢第四十八回終

紅樓夢第四十九回

瑠璃世界白雪紅梅　脂粉香娃割腥啖羶

話說香菱見衆人正說笑他便迎上去笑道你們看這首詩要使得我就還學要還不好我就死了這做詩的心了說着把詩遞與黛玉及衆人看時只見寫道是

精華欲掩料應難　影自娟娟魄自寒
一片砧敲千里白　半輪雞唱五更殘
緑簑江上秋聞笛　紅袖樓頭夜倚欄
博得嫦娥應自問　何緣不使永團圞

衆人看了笑道這首不但好而且新巧有意趣可知俗語說天

下無難事只怕有心人社裡一定請你了香菱聽了心下不信料着是他們哄自已的話還只管問黛玉寶釵等正說之間只見幾個小丫頭并老婆子忙忙的走來都笑道來了好些姑娘奶奶們我們都不認得奶奶姑娘們快認親去李紈笑道這是那裡的話你到底說明白了是誰的親戚那婆子丫頭都笑道奶奶的兩位妹子都來了還有一位姑娘說是薛大姑娘的妹子還有一位爺說是薛大爺的兄弟我這會子請姨太太去呢奶奶和姑娘們先上去罷說着一逕去了寶釵笑道我們薛蝌和他妹子來了不成李紈笑道或者我嬸娘又上京來了怎麼他們都凑在一處這可是奇事大家來至王夫人上房只見黑

壓壓的一地又有邢夫人的嫂子帶了女兒岫烟進京來投邢夫人的可巧鳳姐之兄王仁也正進京兩親家一處搭帮來了走至半路泊船時遇見李紈寡嬸帶著兩個女兒長名李紋次名李綺也上京大家叙起來又是親戚因此三家一路同行後有薛蟠之從弟薛蝌因當年父親在京時已將胞妹薛寶琴許配都中梅翰林之子為妻正欲進京聘嫁聞得王仁進京他也隨後帶了妹子赶來所以今日會齊了來訪投各人親戚於是大家見禮叙過賈母王夫人都歡喜非常賈母因笑道怪道昨日晚上燈花爆了又爆結了又結原來應到今日一面叙些家常收了帶來的禮物一面命留酒飯鳳姐兒自不必說忙上加

忙李紈寶釵自然和嬸母姊妹叙離别之情黛玉見了先是歡喜後想起衆人皆有親眷獨自已孤單無倚不免又去垂淚寶玉深知其情十分勸慰了一番方罷然後寶玉忙忙來至怡紅院中向襲人麝月晴雯笑道你們還不快着看去誰知寶姐姐的親哥哥是那個樣子他這叔伯兄弟形容舉止另是個樣子倒像是寶姐姐的同胞兄弟是的更奇在你們成日家只說寶姐姐是絶色的人物你們如今瞧見他這妹子還有大嫂子的兩個妹子我竟形容不出來了老天老天你有多少精華靈秀生出這些人上之人來可知我井底之蛙成日家只說現在的這幾個人是有一無二的誰知不必遠尋就是本地風光一個

賽似一個如今我又長了一層學問了除了這幾個難道還有幾個不成一面說一面自笑襲人見他又有些魔意便不肯去瞧晴雯等早去瞧了一遍回來帶笑向襲人說道你快瞧瞧去大太太一個姪女兒寶姑娘一個妹妹大奶奶兩個妹妹倒像一把子四根水葱兒一語未了只見探春也笑著進來找寶玉因說咱們詩社可興旺了寶玉笑道正是呢這是一高興起詩社鬼使神差來了這些人但只一件不知他們可學過做詩不會探春道我纔都問了問雖是他們自謙看其光景沒有不會的便是不會也沒難處你看香菱就知道了晴雯笑道他們裡頭薛大姑娘的妹妹更好三姑娘看着怎麼樣探春道果然的

據我看來連他姐姐並這些人總不及他襲人聽了又是咤異又笑道這也奇了還從那裏再尋好的去呢我倒要瞧瞧去探春道老太太一見了喜歡的無可不可的已經逼着僧們太太認了乾女孩兒了老太太要養活纔剛已經定了寶玉喜的忙問這話果然麽探春道我幾時撒過謊又笑道老太太有了這個好孫女兒就忘了你這孫子了寶玉笑道這倒不妨原該多疼女孩兒些是正理明兒十六僧們可該起社了探春道林丫頭剛起來了二姐姐又病了終是七上八下的寶玉道二姐姐又不大做詩沒有他又何妨探春道索性等幾天等他們新來的混熟了僧們邀上他們豈不好這會子大嫂子寶姐姐心裏

自然沒有詩興的況且湘雲沒來顰兒纔好了人都不合式不如等著雲丫頭來了這幾個新的也熟了顰兒也大好了大嫂子和寶姐姐心也閑了香菱詩也長進了如此邀一滿社豈不好偺們兩個如今且往老太太那裡去聽聽除寶姐姐的妹妹不算外他一定是在偺們家住定了的倘或那三個要不在偺們這裡住偺們央告著老太太留下他們也在園子裡住了偺們豈不多添幾個人越發有趣了寶玉聽了喜的眉開眼笑忙說道倒是你明白我終久是個糊塗心腸空喜歡了一會子却想不到這上頭說著兄妹兩個一齊往賈母處來果然王夫人已認了薛寶琴做乾女兒賈母喜歡非常不命往園中住晚上

跟着賈母一處安寢薛蝌自向薛蟠書房中住下了賈母和邢夫人說你姪女兒也不必家去了園裡住幾天逛逛再去邢夫人兄嫂家中原艱難這一上京原仗的是邢夫人與他們治房舍幫盤纏聽如此說豈不願意邢夫人便將邢岫煙交與鳳姐兒鳳姐兒算著園中姊妹多性情不一且又不便另設一處莫若送到迎春一處去倘日後邢岫煙有些不遂意的事縱然邢夫人知道了與自已無干從此後若邢岫烟家去住的日期不算若在大觀園住到一個月上鳳姐兒亦照迎春分例送一分與岫烟鳳姐兒冷眼敁敠岫烟心性行為竟不像邢夫人及他的父母一樣却是個極溫厚可疼的人因此鳳姐兒反憐他家

貧命苦比別的姊妹多疼他些邢夫人倒不大理論了賈母王夫人等因素喜李紈賢惠且年輕守節令人敬服今見他寡嬸來了便不肯叫他外頭去住那嬸母雖十分不肯無奈賈母執意不從只得帶著李紈李綺在稻香村住下了當下安插既定誰知忠靖侯史鼎又遷委了外省大員不日要帶家眷去上任賈母因捨不得湘雲便留下他了接到家中原要命鳳姐兒另設一處與他住史湘雲執意不肯只要和寶釵一處住因此也就罷了此時大觀園中比先又熱鬧了多少李紈為首餘者迎春探春惜春寶釵黛玉湘雲李紋李綺寶琴邢岫烟再添上鳳姐兒和寶玉一共十三人叙起年庚除李紈年紀最長鳳姐次

之餘者皆不過十五六七歲大半同年異月連他們自巳也不能記清誰長誰幼並賈母王夫人及家中婆子丫頭也不能細細分清不過是姐妹兄弟四個字隨便亂叫如今香菱正滿心滿意只想做詩又不敢十分囉唆寶釵可巧來了個史湘雲那史湘雲極愛說話的那裡禁得香菱又請教他談詩越發高了興沒晝沒夜高談濶論起來寶釵因笑道我實在聒噪的受不得了一個女孩兒家只管拿着詩做正經事講起來叫有學問的人聽了反笑話說不守本分一個香菱沒鬧清又添上你這個話口袋子滿口裡說的是什麼怎麼是杜工部之沉鬱韋蘇州之淡雅又怎麼是溫八义之綺靡李義山之隱僻癡癡顛顛

那裡還像兩個女兒家呢說得香菱湘雲二人都笑起來正說着只見寶琴來了披着一領斗篷金翠輝煌不知何物寶釵忙問這是那裡的寶琴笑道因下雪珠兒老太太找了這一件給我的香菱上來瞧道怪道這麼好看原來是孔雀毛織的湘雲笑道那裡是孔雀毛就是野鴨子頭上的毛做的可見老太太疼你了這麼疼寶玉也沒給他穿寶釵笑道真是俗語說的各人有各人的緣法我也想不到他這會子來既來了又有老太太這麼疼他湘雲道你除了在老太太跟前就在園裡來這兩處只管頑笑吃喝到了太太屋裡若太太在屋裡只管和太太說笑多坐一回無妨若太太不在屋裡你別進去那屋裡人

多心壞都是要偺們的說的寶釵寶琴香菱鶯兒等都笑了寶釵笑道說你沒心却有心雖然有心到底嘴太直了我們這琴兒今兒你竟認他做親妹妹罷湘雲又瞅了寶琴笑道這一件衣裳也只配他穿別人穿了實在不配正說着只見琥珀走來笑道老太太說了叫寶姑娘別管緊了琴姑娘他還小呢讓他愛怎麽着就由他怎麽着他要什麽東西只管要別多心寶釵忙起身答應了又推寶琴笑道你也不知是那裡來的這點福氣你倒去罷恐怕我們委屈了你我就不信我那些兒不如你說話之間寶玉黛玉進來了寶釵猶自嘲笑湘雲因笑道寶姐姐你這話雖是頑却有人真心是這樣想呢琥珀笑道真心惱

的再没别人就只是他口裡說手指着寶玉寶釵湘雲都笑道他倒不是這樣人琥珀又笑道不是他就是他說着又指黛玉湘雲便不作聲寶釵笑道更不是了我的妹妹和他的妹妹一樣他喜歡的比我還甚呢他那裡還惱你信雲兒混說他那嘴有什麼正經寶玉素昔深知黛玉有些小性兒尚不知近日黛玉和寶釵之事正恐賈母疼寶琴他心中不自在今見湘雲如此說了寶釵又如此答再審度黛玉聲色亦不似往日果然與寶釵之說相符心中甚是不解因想他兩個素日不是這樣的如今看來竟更比他人好了十倍一時又見林黛玉赶着寶琴叫妹妹並不提名道姓直似親姊妹一般那寶琴年輕心熱且

本性聰敏自幼讀書識字今在貴府住了兩日大槩人物已知又見衆姊妹都不是那輕薄脂粉且又和姐姐皆和氣故也不肯怠慢其中又見林黛玉是個出類拔萃的便更與黛玉親敬異常寶玉看着只是暗暗的納罕一時寶釵姊妹往薛姨媽房內去後湘雲往賈母處來林黛玉回房歇着寶玉便找了黛玉來笑道我雖看了西廂記也曾有明白的幾句說了取笑你還曾惱過如今想來竟有一句不解我念出來你講講我聽黛玉聽了便知有文章因笑道你念出來我聽聽寶玉笑道那鬧簡上有一句說的最好是幾時孟光接了梁鴻案這五個字不過是現成的典難爲他是幾時三個虛字問的有趣是幾時接了

你說說我聽聽黛玉聽了禁不住也笑起來因笑道這原問的好他也問的好你也問的好寶玉道先時你只疑我如今你也沒的說了黛玉笑道誰知他竟真是個好人我素日只當他藏奸因把說錯了酒令寶釵怎樣說他連送燕窩病中所談之事細細的告訴寶玉寶玉方知原故因笑道我說呢正納悶是幾時孟光接了梁鴻案原來是從小孩兒家口沒遮攔上就接了案了黛玉因又說起寶琴來想起自己沒有姊妹不免又哭了寶玉忙勸道這又自尋煩惱了你瞧瞧今年比舊年越發瘦了你還不保養每天好好的你必是自尋煩惱哭一會子纔算完了這一天的事黛玉拭淚道近來我只覺心酸眼淚却像比舊

年少了些的心裡只管酸痛眼淚卻不多寶玉道這是你哭慣了心裡疑惑豈有眼淚會少的正說着只見他屋裡的小丫頭子送了猩猩毡斗篷來又說大奶奶纔打發人來說下了雪要商議明日請人做詩呢一語未了只見李紈的丫頭走來請黛玉寶玉便邀著黛玉同往稻香村來黛玉換上掐金挖雲紅香羊皮小靴罩了一件大紅羽縐面白狐狸皮的鶴氅繫一條青金閃綠雙環四合如意縧上罩了雪帽二人一齊踏雪行來只見衆姊妹都在那裡都是一色大紅猩猩毡與羽毛緞斗篷獨李紈穿一件多羅泥對襟褂子薛寶釵穿一件蓮青斗紋錦上添花洋線番羓絲的鶴氅邢岫煙仍是家常舊衣並沒避雨之

衣一時湘雲來了穿着賈母給他的一件貂鼠腦袋面子大毛黑灰鼠裡子裡外發燒大褂子頭上帶著一頂挖雲鵝黃片金裡子大紅猩猩毡昭君套又圍着大貂鼠風領黛玉先笑道你們瞧瞧孫行者來了他一般的拿着雪褂子故意粧出個小騷達子樣兒來湘雲笑道你們瞧我裡頭打扮的一面說一面脫了褂子只見他裡頭穿著一件半新的靠色三廂領袖秋香色盤金五色綉龍窄褙小袖掩衿銀鼠短襖裡面短短的一件水紅粧緞狐肷褶子腰裡緊緊束着一条蝴蝶結子長穗五色宮縧脚下也穿着鹿皮小靴越顯得蜂腰猿背鶴勢螂形衆人笑道偏他只愛打扮成個小子的樣兒原比他打扮女兒更俏麗

了些湘雲笑道快商議做詩我聽聽是誰的東家李紈道我的
主意想來昨兒的正日已過了再等正日還早呢可巧又下
雪不如偺們大家湊個熱鬧又給他們接風又可以做詩你們
意思怎麽這寶玉先道這話狠是只是今兒晚了若到明兒晴
了又無趣衆人都道這雪未必晴縱晴了這一夜下的也彀賞
了李紈道我這裡雖然好又不如蘆雪庭好我已經打發人籠
地炕去了偺們大家擁爐做詩老太太想來未必高興況且偺
們小頑意兒單給鳳丫頭個信兒就是了你們每人一兩銀子
就彀了送到我這裡來指著香菱寶琴李紋李綺岫烟五個不
筭外偺們裡頭二丫頭病了不筭四丫頭告了假也不筭你們

四分子送了來我包管五六兩銀子也儘彀了寶釵等一齊應諾因又擬題限韻李紈笑道我心裡早已定了等到了明日臨期橫豎知道說畢大家又說了一回閑話方往賈母處來當日無話到了次日清早寶玉因心裡惦記着這一夜沒好生得睡天亮了就爬起來掀起帳子一看雖然門窗尚掩只見窗上光輝奪目心內早躊躇起來埋怨定是晴了日光已出一面忙起來揭起窗屜從玻璃窗內往外一看原來不是日光竟是一夜的雪下的將有一尺厚天上仍是搓綿扯絮一般寶玉此時喜歡非常忙喚起人來盥漱已畢只穿一件茄色哆囉泥狐狸皮襖罩一件海龍小鷹膀褂子束了腰披上玉針簑帶了金籐笠

登上沙棠屐忙忙的往蘆雪庭來出了院門四顧一望並無二色遠遠的是青松翠竹自己卻似裝在玻璃盆內一般於是走至山坡之下順着山脚剛轉過去已聞得一股寒香撲鼻回頭一看卻是妙玉那邊櫳翠菴中有十數枝紅梅如胭脂一般映著雪色分外顯得精神好不有趣寶玉便立住細細的賞玩了一回方走只見蜂腰板橋上一個人打着傘走來是李紈打發了請鳳姐兒去的人寶玉來至蘆雪庭只見丫頭婆子正在那裡掃雪開徑原來這蘆雪庭蓋在一個山傍臨水河灘之上一帶幾間茅簷土壁槿籬竹牖推窗便可垂釣四面皆是蘆葦掩覆一條去徑逶迤穿蘆度葦過去便是藕香榭的竹橋了眾丫

頭婆子見他披簑帶笠而來都笑道我們纔說正少一個漁翁如今果然全了姑娘們吃了飯纔來呢你也太性急了寶玉聽了只得回來剛至沁芳亭見探春正從秋爽齋出來圍著大紅猩猩毡的斗蓬帶着觀音兜扶著個小丫頭後面一個婦人打着一把青紬油傘寶玉知道他往賈母處去遂站在亭邊等他來到二人一同出園前去寶琴正在裡間房內梳洗更衣一時衆姊妹來齊寶玉只嚷餓了連連催飯好容易等擺上飯來頭一樣菜是牛肉蒸羊羔賈母就說這是我們有年紀人的藥沒見天日的東西可惜你們小孩子吃不得今兒另外有新鮮鹿肉你們等著吃罷衆人答應了寶玉却等不得只拿茶泡了一

碗飯就着野雞瓜子忙忙的爬拉完了賈母道我知道你們今兒又有事情連飯也不顧吃了就叫留着鹿肉給他晚上吃罷鳳姐兒忙說還有呢吃殘了的倒罷了湘雲就和寶玉計較道有新鹿肉不如偺們要一塊自己拿了園裡弄着又吃又頑寶玉聽了真和鳳姐要了一塊命婆子送進園去一時大家散後進園齊往蘆雪庭來聽李紈出題限韻獨不見湘雲寶玉二人黛玉道他兩個人再到不得一處要到了一處生出多少事來這會子一定算計那塊鹿肉去了正說着只見李嬸娘也走來看熱鬧因問李紈道怎麼那一個帶玉的哥兒和那一個掛金麒麟的姐兒那樣干淨清秀又不少吃的他兩個在那裡商議

着要吃生肉呢說的有來有去的我只不信肉也生吃得的衆人聽了都笑道了不得快拿了他兩個來黛玉笑道這可是雲丫頭鬧的我的卦再不錯李紈即忙出來找着他兩個說道你們兩個要吃生的我送你們到老太太那裡吃去那怕一隻生鹿撑病了不與我相干這麼大雪怪冷的快替我做詩去罷寶玉忙笑道沒有的事我們燒着吃呢李紈道這還罷了只見老婆子們拿了鐵爐鐵叉鐵絲蒙來李紈道留神割了手不許哭說着方進去了那邊鳳姐打發平兒回覆不來爲發放年例正忙着呢湘雲見了平兒那裡肯放平兒也是個好頑的素日跟着鳳姐兒無所不至見如此有趣樂得頑笑因而退去手上的

鐲子三個人圍着火平兒便要先燒三塊吃那邊寶釵黛玉平
素看慣了不以爲異寶琴等及李嬸娘深爲罕事探春和李紈
等已定議了題韻探春笑道你們聞聞香氣這裡都聞見了我
也吃去說著也找了他們來李紈也隨來說客已齊了你們還
吃不彀嗎湘雲一面吃一面說道我吃這個方愛吃酒吃了酒
纔有詩若不是這鹿肉今兒斷不能做詩說着只見寶琴披着
鳧靨裘站在那裡笑湘雲笑道傻子你來嚐嚐寶琴笑道怪腌
臢的寶釵笑道你嚐嚐去好吃的狠呢你林姐姐弱吃了不消
化不然他也愛吃寶琴聽了就過去吃了一塊果然好吃就也
吃起來一時鳳姐兒打發小丫頭來叫平兒平兒說史姑娘拉

若我呢你先去罷小丫頭去了一時只見鳳姐兒也披了斗篷走來道笑吃這樣好東西也不告訴我說着也湊在一處吃起來黛玉笑道那裡找這一羣花子去罷了罷了今日蘆雪庭遭劫生生被雲丫頭作賤了我爲蘆雪庭一大哭湘雲冷笑道你知道什麼是眞名士自風流你們都是假清高最可厭的我們這會子腥的膻的大吃大嚼回來却是錦心繡口寶釵笑道你回來若做的不好了把那肉掏出來就把這雪壓的蘆葦子摑上些以完此劫說着吃畢洗了一回手平兒帶鐲子時却少了一個左右前後亂找了一番蹤跡全無衆人都詫異鳳姐兒笑道我知道這鐲子的去向你們只管做詩去我們也不用找只

管前頭去不出三日包管就有了說著又問你們今兒做什麽詩老太太說了離年又近了正月裏還該做些燈謎兒大家頑笑衆人聽了都笑道可是呢倒忘了如今趕著做幾個好的預俻着正月裏頑說着一齊來至地炕屋内只見杯盤果菜俱已擺齊了墻上已貼出詩題韻脚格式來了寶玉湘雲二人忙看時只見題目是即景聯句五言排律一首限二蕭韻後面尚未列次序李紈道我不大會做詩我只起三句罷然後誰先得了誰先聯寶釵道到底分個次序要知端底且看下回分解

紅樓夢第四十九回終

紅樓夢第五十回

蘆雪亭爭聯即景詩　暖香塢雅製春燈謎

話說薛寶釵道倒底分個次序讓我寫出來說着便令衆人拈鬮爲序起首恰是李氏然後按次各各開出鳳姐兒道既這麽說我也說一句在上頭衆人都笑起來了說這麽更妙了寶釵將稻香老農之上補了一箇鳳字李紈又將題目講給他聽鳳姐兒想了半天笑道你們別笑話我我只有了一句粗話可是五個字的下剩的我就不知道了衆人都笑道越是粗話越好你說了就只管幹正事去罷鳳姐兒笑道想下雪必刮北風昨夜聽見一夜的北風我有一句這一句就是一夜北風緊使得

使不得我就不管了衆人聽說都相視笑道這句雖粗不見底下的這正是會作詩的起發不但好而且留了寫不盡的多少地步與後人就是這句爲首稻香老農快寫上續下去鳳姐兒和李嬸娘平兒又吃了兩杯酒自去了這裏李紈就寫了

一夜北風緊

自已聯道

開門雪尚飄入泥憐潔白

香菱道

匝地惜瓊瑤有意榮枯草

探春道

無心餙萎苗價高村釀熟
李綺道
年稔府粱饒葭動灰飛管
李紋道
陽回斗轉杓寒山已失翠
岫煙道
凍浦不生潮易掛踈枝柳
湘雲道
難堆破葉蕉麝煤融寶鼎
寶琴道

綺袖籠金貂光奪窗前鏡

黛玉道

香粘壁上椒斜風仍故故

寶玉道

清夢轉聊聊何處梅花笛

寶釵道

誰家碧玉簫鼇愁坤軸陷

李紈笑道我替你們看熱酒去罷寶釵命寶琴續聯只見湘雲起來道

龍鬬陣雲鎖野岸回孤棹

寶琴也聯道
吟鞭指灞橋賜裘憐撫戍
湘雲那裡肯讓人且別人也不如他敏捷都看他揚眉挺身的
說道
加絮念征徭坳垤審夷險
寶釵連聲讚好也便聯道
枝柯怕動搖皚皚輕趁步
黛玉忙聯道
剪剪舞隨腰苦茗成新賞
一面說一面推寶玉命他聯寶玉正看寶琴寶釵黛玉三人共

戳湘雲十分有趣那裡還顧得聯詩今見黛玉推他方聯道

孤松訂久要泥鴻從印跡

寶琴接著聯道

林斧或聞樵伏象千峰凸

湘雲忙聯道

盤蛇一逕遙花緣經冷結

寶釵和眾人又都讚好探春聯道

色豈畏霜凋深院驚寒雀

湘雲正渴了忙忙的吃茶已被岫烟搶着聯道

空山泣老鴞堦墀隨上下

湘雲忙丟了茶杯聯道

池水在浮漂照耀臨清曉

黛玉忙聯道

繽紛入永宵誠忘三尺冷

湘雲忙笑聯道

瑞釋九重焦僵卧誰相問

寶琴也忙笑聯道

狂遊客喜招天機斷縞帶

湘雲又忙道

海市失鮫綃

黛玉不容他道出接着便道

寂寞封台謝

湘雲忙聯道

清貧懷簞瓢

寶琴也不容情也忙道

烹茶漸水沸

湘雲見這般自爲得趣又是笑又忙聯道

煑酒葉難燒

黛玉也笑道

沒帚山僧掃

寶琴也笑道

埋琴雅子挑

湘雲笑彎了腰忙念了一句衆人問道到底說的是什麼湘雲道

石樓閒睡鶴

黛玉笑得握着胸口高聲嚷道

錦罽煖親猫

寶琴也忙笑道

月窟翻銀浪

湘雲忙聯道

霞城隱赤標

黛玉忙笑道

沁梅花可嚼

寶釵笑稱好句也忙聯道

淋竹醉堪調

寶琴也忙道

或濕鴛鴦帶

湘雲忙聯道

時凝翡翠翹

黛玉又忙道

無風仍脉脉

寶琴又忙笑聯道

不雨亦瀟瀟

湘雲伏着已笑軟了衆人看他三人對搶也都不顧作詩看着也只是笑黛玉推還他往下又聯道你也有才盡力窮之時我聽聽還有什麽舌頭嚼了湘雲只伏在寶釵懷裡笑個不住寶釵推他起來道你有本事把二蕭的韻全用完了我纔服你湘雲起身笑道我也不是作詩竟是搶命呢衆人笑道倒是你自己說罷探春早已料定没有自己聯的了便早寫出來因說還没收住呢李紈聽了接過來便聯了一句道

欲誌今朝樂

李綺收了一句道

憑詩祝舜堯

李紈道彀了彀了雖沒作完了韻騰挪的字若生扭了倒不好了說着大家來細細評論一回獨湘雲的多都笑道這都是那塊鹿肉的功勞李紈笑道逐句評去却還一氣只是寶玉又落了第了寶玉笑道我原不會聯句只好擔待我罷李紈笑道也沒有社社擔待的又說韻險了又整悞了又不會聯句今日必罰你我纔看見櫳翠庵的紅梅有趣我要折一枝插在瓶可厭妙玉為人我不理他如今罰你取一枝來插著頑兒衆人都道

這罰的又雅又有趣寶玉也樂爲答應着就要走湘雲黛玉一起說道外頭冷得狠你且吃杯熱酒再去於湘雲早熱起壺酒來了黛玉遞了個大杯滿斟了一杯湘雲笑道你吃了我們這酒要取不來加倍罰你寶玉忙吃了一杯冒雪而去李紈命人好好跟着黛玉忙攔說不必有了人反不得了李紈點頭道是一面命丫鬟將一個美女聳肩瓶拿來貯了水準備插梅因又笑道回來該吟紅梅了湘雲忙道我先作一首寶釵笑道今日斷不容你再作了你都搶了去別人都閒着也没趣回來罰寶玉他說不會聯句如今就叫他自己做去黛玉笑道這話狠是我還有主意方纔聯句不彀莫若揀那聯得少的人作紅梅詩

寶釵笑道這話是極方纔邢李二位屈才且又是容琴兒和顰兒雲兒他們搶了許多我們一槩都別作只他們三人做纔是李紈因說綺兒也不大會做還是讓琴妹妹罷寶釵只得依允又道就用紅梅花三個字做韻每人一首七言律邢大妹妹做紅字你們李大妹妹做梅字琴兒做花字李紈道饒過寶玉去我不服湘雲忙道有箇好題目命他做衆人問何題湘雲道命他就做訪妙玉乞紅梅豈不有趣衆人聽了都說有趣一語未了只見寶玉笑欣欣擎了一枝紅梅進來衆丫鬟忙已接過插入瓶內衆人都道來賞玩寶玉笑道你們如今賞罷也不知費了我多少精神呢說著探春早又遞了一鍾煖酒來衆丫鬟上

來接了箬笠撣雪各人屋裡丫鬟都添送衣裳來襲人也遣人送了半舊的狐腋褂來李紈命人將那蒸的大芋頭盛了一盤又將硃橘黃橙橄欖等物盛了兩盤命人帶給襲人去湘雲且告訴寶玉方纔的詩題又催寶玉快做寶玉道好姐姐好妹妹們讓我自己用韻罷別限韻了眾人都說隨你做去罷一面說一面大家看梅花原來這一枝梅花只有二尺來高傍有一枝縱橫而出約有二三尺長其間小枝分歧或如蟠螭或如僵蚓或孤削如筆或密聚如林真乃花吐胭脂香欺蘭蕙各各稱賞誰知岫烟李紈寶琴三人都已吟成各自寫了出來眾人便依紅梅花三字之序看去寫道

賦得紅梅花　邢岫烟

桃未芳菲杏未紅　冲寒先喜笑東風
魂飛庾嶺春難辨　霞隔羅浮夢未通
綠萼添粧融寶炬　縞仙扶醉跨殘虹
看來豈是尋常色　濃淡由他氷雪中

又　李紈

白梅懶賦賦紅梅　逞艷先迎醉眼開
凍臉有痕皆是血　酸心無恨亦成灰
誤吞丹藥移真骨　偷下瑶池脫舊胎
江北江南春燦爛　寄言蜂蝶漫疑猜

又　　寶琴

疎是枝條艷是花　春粧兒女競奢華

閒庭曲檻無餘雪　流水空山有落霞

幽夢冷隨紅袖笛　遊仙香泛絳河槎

前身定是瑤台種　無復相疑色相差

衆人看了都笑着稱讚了一回又指末一首更好寶玉見寶琴年紀最小才又敏捷黛玉湘雲二人斟了一小杯酒都賀寶琴寶釵笑道三首各有好處你們兩個天天捉弄厭了我如今又捉弄他來了李紈又問寶玉你可有了寶玉忙道我倒有了纔一看見這三首又唬忘了等我再想湘雲聽了便拿了一支銅

火箸擊着手爐笑道我擊了若鼓絕不成又要罰的寶玉笑道我已有了黛玉提起筆來笑道你念我寫湘雲便擊了一下笑道一鼓絕寶玉笑道有了你寫罷眾人聽他念道

酒未開罇句未裁

黛玉寫了搖頭笑道起的平平湘雲又道快着寶玉笑道

尋春問臘到蓬萊

黛玉湘雲都點頭笑道有些意思了寶玉又道

不求大士瓶中露　爲乞孀娥檻外梅

黛玉寫了搖頭說小巧而已湘雲將手又敲了一下寶玉笑道

入世冷桃紅雪去　離塵香割紫雲來

槎枒誰惜詩肩瘦　衣上猶沾佛院苔

黛玉寫畢湘雲大家纔評論時只見几個丫鬟跟進來道老太太來了衆人忙迎出來大家又笑道怎麼這等高興說着遠遠見賈母圍了大斗蓬帶着灰鼠煖兜坐着小竹轎打著青綢油傘鴛鴦琥珀等五六個丫鬟每人都是打着傘擁轎而來李紈等忙往上迎賈母命人止住說只站在那裡就是了來至跟前賈母笑道我瞞着你太太和鳳丫頭來了大雪地下我坐著這個無妨沒的叫他娘兒們踹雪嗎衆人忙上前來接斗蓬攙扶着一面答應着賈母來至室中先笑道好俊梅花你們也會樂我也不饒你們說著李紈早命人拿了一個大狼皮褥子來鋪

在當中賈母坐了因笑道你們只管照舊頑笑吃喝我因為天短了不敢睡中覺抹了一會牌想起你們來了我也來湊個趣兒李紈早又捧過手爐來探春另拿了一付盃筯來親自斟了煖酒奉給賈母賈母便飲了一口問那個盤子是什麼東西衆人忙捧了過來回說是糟鵪鶉賈母道這倒罷了撕一點子腿兒來李紈忙答應了要水洗手親自來撕賈母道你們仍舊坐下說笑我聽著纔喜歡又命李紈你也只管坐下就如同我沒來的一樣纔好不然我就走了衆人聽了方纔依次坐下只李紈挪到儘下邊賈母因問你們作什麼頑呢衆人便說做詩呢賈母道有做詩的不如做些燈謎兒大家正月裡好頑衆人答

應說笑了一會賈母便說這裡潮濕你們別久坐仔細着了凉倒是你四妹妹那裡煖和我們到那裡瞧瞧他的畫兒赶年可能有了不能衆人笑道那裡能年下就有了只怕明年端陽纔有呢賈母道這還了得他竟比蓋這園子還費工夫了說着仍坐了竹椅轎大家圍隨過了藕香榭穿入一條夾道東西兩邊皆是過街門門樓上裡外都嵌著石頭匾如今進的是西門向外的匾上鑿着穿雲二字向裡的鑿着度月兩字來至堂中進了向南的正門賈母下了轎惜春已接出來了從裡面遊廊過去便是惜春卧房厦簷下掛着暖香塢的匾早有幾個人打起猩紅毡簾已覺煖氣拂臉大家進入屋裡賈母並不歸坐只問

惜春畫到那裡了惜春因笑回天氣寒冷了膠性都凝澁不潤畫了恐不好看故此收起來了賈母笑道我年下就要的你別脫懶兒快拿出來給我快畫一語未了忽見鳳姐披著紫羯絨褂笑嘻嘻的來了口內說道老祖宗今兒也不告訴人私自就來了叫我好找賈母見他來了心中喜歡道我怕你凍着所以不許人告訴你去你真是個小鬼靈精兒到底找了我來論禮孝敬也不在這上頭鳳姐兒笑道我那裡是孝敬的心找了來呢我因為到了老祖宗那裡鴉沒雀靜的問小丫頭子們他又不肯叫我找到園裡來我正疑惑忽然又來了兩個姑子我心裡纔明白了那姑子必是來送年疏或要年例香例銀子老祖

宗年下的事也多一定是躲債來了我赶忙問了那姑子果然不錯我纔就把年例給了他們去了這會子老祖宗的債主兒已去了不用躲着了已預備下稀嫩的野鷄請用晚飯去罷再遲一回就老了他一行說衆人一行笑鳳姐兒也不等賈母說話便命人擡過轎来賈母笑着挽了鳳姐兒的手仍上了轎帶着衆人說笑出了夾道東門一看四面粉粧銀砌忽見寶琴披着鳧靨裘站在山坡背後遥等身後一個丫鬟抱着一瓶紅梅衆人都笑道怪道少了兩個他却在這裡等着也弄梅花去了賈母喜的忙笑道你們瞧這雪坡兒上配上他這個人物兒又是這件衣裳後頭又是這梅花像個什麼衆人都笑道就像老

太太屋裡掛的仇十洲畫的艷雪圖賈母搖頭笑道那畫的那裡有這件衣裳人也不能這樣好一語未了只見寶琴身後又轉出一個穿大紅猩猩氊的人來賈母道那又是那個女孩兒衆人笑道我們都在這裡那是寶玉賈母笑道我的眼越發花了說話之間來至跟前可不是寶玉和寶琴兩個寶玉笑向寶釵黛玉等道我纔又到了櫳翠庵妙玉竟每人送你們一枝梅花我已經打發人送去了衆人都笑說多謝你費心說話之間已出了園門來至賈母房中吃畢飯大家又說笑了一回忽見薛姨媽也來了說好大雪一日也沒過來望候老太太今日老太太倒不高興正該賞雪纔是賈母笑道何曾不高興了我找

了他們姐妹去頑了一會子薛姨媽笑道昨兒晚上我原想着今日要和我們姨太太借一天園子擺兩桌粗酒請老太太賞雪的又見老太太安歇的早我聽見寶兒說老太太心裡不大爽因此如今也不敢驚動早知如此我竟該請了纔是呢賈母笑道這纔是十月是頭塲雪往後下雪的日子多着呢再破費姨太太不遲薛姨媽笑道果然如此筭我的孝心虔了鳳姐兒笑道姨媽怎麼忘了如今現秤五十兩銀子來交給我收着一下雪我就預備下酒姨媽也不用操心也不得忘了賈母笑道旣這麼說姨太太給他五十兩銀子收着我和他每人分二十五兩到下雪的日子我粧心裡不爽混過去了姨太太更不用

操心我和鳳姐到得實惠呢鳳姐將手一拍笑道妙極這和我的主意一樣衆人都笑了賈母笑道這沒臉的就順着竿子爬上來了你不說姨太太是客在偺們家受屈我們該請姨太太纔是那裏有破費姨太太的理不這麼說呢還有臉先要五十兩銀子真不害臊鳳姐笑道我們老祖宗最是有眼色的試一試姨媽要鬆呢拿出五十兩來就和我分這會子估僵著不中用了翻過來拿我做法子說出這些大方話來如今我也不和姨媽要銀子了我竟替姨媽出銀子治了酒請老太太吃了我另外再封五十兩銀子孝敬老祖宗筭是罰我個包攬閑事這可好不好話未說完衆人都笑倒在炕上賈母因又說及寶琴

雪下折梅比畫兒上還好又細問他的年庚八字並家內景況薛姨媽度其意思大約是要給他求配薛姨媽心中因也遂意只是已許過梅家了因賈母尚未說明自己也不好擬定遂半吐半露告訴賈母道可惜了這孩子沒福前年他父親就沒了他從小兒見的世面倒多跟他父親四山五岳都走遍了他父親好樂的各處因有買賣帶了家眷這一省逛一年明年又到那一省逛半年所以天下十停走了有五六停了那年在這裡把他許了梅翰林的兒子偏第二年他父親就辭世了如今他母親又是痰症鳳姐兒也不等說完便嗐聲跺脚的說偏不巧我正要做個媒呢又已經許了人家賈母笑道你要給誰說媒

鳳姐兒笑道老祖宗別管心裡看准了他們兩個是一對如今有了人家說也無益不如不說罷了賈母也知鳳姐兒的意思便見只有人家也就不提了大家又閒話了一會方散一宿無次日雪晴飯後賈母又吩咐惜春不管冷煖你要畫去趕到年話下十分不能就罷了第一要緊把昨兒琴兒和丫頭梅花照樣一筆別錯快快添上惜春聽了雖是爲難的事就應了一時眾人都來看他如何畫惜春只是出神李紈因笑向眾人道讓他自已想去咱們且說話兒昨兒老太太只叫做燈謎兒回到家和綺兒紋兒睡不着我就編了兩個四書的他兩個每人也編了兩個眾人聽了都笑道這倒該做的先說了我們猜猜李

紈笑道觀音未有世家傳打四書一句湘雲接着就說道在止于至善寶釵笑道你也想一想世家傳三個字的意思再猜李紈笑道再想黛玉笑道我猜罷可是雖善無徵衆人都笑道這句是了李紈又道一池青草草何名湘雲又忙道這一定是蒲芦也再不是不成李紈笑道這難爲你猜紋兒的是水向石邊流出冷打一古人名探春笑著問道可是山濤李紈道是李紈又道綺兒是個螢字打一個字衆人猜了半日寶琴道這個意思却深不知可是花草的花字李綺笑道恰是了衆人道螢與花何干黛玉笑道妙的很螢可不是花化的衆人會意都笑了說好寶釵道這些雖好不合老太太的意不如做些淺近的物

只大家雅俗共賞纔好衆人都道也要做些淺近的俗物纔是湘雲想了一想笑道我編了一枝點絳唇却真是個俗物你們猜猜說著便念道溪壑分離紅塵遊戲真何趣名利猶虛後事終難繼衆人都不解想了半日也有猜是和尚的也有猜是道士的也有猜是偶戲人的寶玉笑了半日道都不是我猜著了必定是耍的猴兒湘雲笑道正是這個了衆人道前頭都好末後一句怎麼樣解湘雲道那一個耍的猴兒不是剁了尾巴去的衆人聽了都笑起來說偏他編個謎兒也是刁鑽古怪的李紈道昨日姨媽說琴妹妹見得世面多走的道路也多你正該編謎兒況且你的詩又好為什麼不編幾個兒我們猜一猜寶

琴聽了點頭含笑自有尋思寶釵也有一個念道

鏤鏤鐫梓一層層　豈係良工堆砌成

雖是半天風雨過　何曾問得梵鈴聲

衆人猜時寶玉也有一個念道

天上人間兩渺茫　琅玕節過講隄防

鸞音鶴信須凝睇　好把唏嘘答上着

黛玉也有了一個念道

騄駬何勞縛紫繩　馳城逐塹勢猙獰

主人指示風雲動　鰲背三山獨立名

探春也有了一個方欲念時寶琴走來笑道從小兒所走的地

方的古蹟不少我也來挑了十個地方古蹟做了十首懷古詩詩雖粗鄙却懷往事又暗隱俗物十件姐姐們請猜一猜衆人聽了都說這倒巧何不寫出來大家一看要知端的且聽下回分解

紅樓夢第五十回終

紅樓夢第五十一回

薛小妹新編懷古詩　胡庸醫亂用虎狼藥

話說衆人聞得寶琴將素性所經過各省內古蹟爲題做了十首懷古絶句內隱十物皆說這自然新巧都爭看看時只見寫道是

赤壁懷古

赤壁沉埋水不流　徒留名姓載空舟
喧闐一炬悲風冷　無限英魂在內遊

交趾懷古

銅柱金城振紀綱　聲傳海外播戎羌

馬援自是功勞大　鉄笛無煩說子房

鍾山懷古

名利何曾伴女身　無端被詔出凡塵
牽連大抵難休絕　莫怨他人嘲笑頻

淮陰懷古

壯士須防惡犬欺　三齊位定蓋棺時
寄信世俗休輕鄙　一飯之恩死也知

廣陵懷古

蟬噪鴉栖轉眼過　隋堤風景近如何
只緣占盡風流號　惹得紛紛口舌多

桃葉渡懷古

衰草閑花映淺池　桃枝桃葉總分離

六朝梁棟多如許　小照空懸壁上題

青塚懷古

黑水茫茫咽不流　氷絃撥盡曲中愁

漢家制度誠堪笑　樗櫟應慚萬古羞

馬嵬懷古

寂寞脂痕漬汗光　温柔一旦付東洋

只因遺得風流跡　此日衣衾尚有香

蒲東寺懷古

小紅骨賤一身輕　私掖偷攜強撮成
雖被夫人時吊起　已經勾引彼同行

梅花觀懷古

不在梅邊在柳邊　個中誰拾畫嬋娟
團圓莫憶春香到　一別西風又一年

衆人看了都稱奇妙寶釵先說道前八首都是史鑑上有據的後二首却無考我們也不大懂得不如另做兩首爲是黛玉忙攔道這寶姐姐也忒膠柱鼓瑟矯揉造作了兩首雖於史鑑上無考咱們雖不曾看這些外傳不知底裏難道咱們連兩本戲也没見過不成那三歲的孩子也知道何況咱們探春便道這

話正是了李紈又道況且他原走到這個地方的這兩件事雖無考古往今來以訛傳訛好事者竟故意的弄出這古跡來以愚人比如那年上京的時節便是關夫子的墳倒見了三四處關夫子一身事業皆是有據的如何又有許多的墳自然是後來人敬愛他生前爲人只怕從這敬愛上穿鑿出來也是有的及至看廣輿記上不止關夫子的墳多有古來有名望的人那墳就不少無考的古跡更多如今這兩首詩雖無考凡說書唱戲甚至于求的籤上都有老少男女俗語口頭人人皆知皆說的況且又並不是看了西廂記牡丹亭的詞曲怕看了邪書了這也無妨只管留着寶釵聽說方能了大家猜了一回皆不是

的冬日長短覺得又是吃晚飯時候一齊往前頭來吃晚飯因有人回王夫人說襲人的哥哥花自芳在外頭回進來說他母親病重了想他女兒他來求恩典接襲人家去走走王夫人聽了便說人家母女一塲豈有不許他去的呢一面就叫了鳳姐來告訴了命他酌量辦理鳳姐兒答應了回至屋裡便命周瑞家的去告訴襲人原故吩咐周瑞家的再將跟着出門的媳婦傳一個你們兩個人再帶兩個小丫頭子跟了襲人去分頭派四個有年紀的跟車要一輛大車你們帶着坐一輛小車給丫頭們坐周瑞家的答應了纔要去鳳姐又道那襲人是個省事的你告訴說我的話叫他穿幾件顏色好衣裳大大的包一包

袱衣裳拿着包袱要好好的拿手爐也拿好的臨走時叫他先到這裡來我瞧瞧周瑞家的答應去了半日果見襲人穿帶了兩個丫頭和周瑞家的拿着手爐和衣包鳳姐看襲人頭上戴著幾枝金釵珠釧倒也華麗又看身上穿著桃紅百花刻絲銀鼠襖葱綠盤金彩繡綿裙外面穿着青緞灰鼠褂鳳姐笑道這三件衣裳都是老太太賞的了你倒是好的但這褂子太素了些如今穿着也冷你該穿一件大毛的襲人笑道太太就給了這件灰鼠的還有件銀鼠的說赶年下再給大毛的呢鳳姐笑道我倒有一件大毛的我嫌風毛出的不好了正要改去也罷先給你穿去罷等年下太太給你做的時節我再改罷只當你還

我的一樣衆人都笑道奶奶慣會說這話成年家大手大腳的替太太不知背地裡賠墊了多少東西真真賠的是說不出來的那裡又和太太算去偏這會子又說這小氣話取笑來了鳳姐兒笑道太太那裡想的到這些究竟這又不是正經事再不照管也是大家的體面說不得我自己吃些虧把衆人打扮體統了寧可我得個好名兒也罷了一個一個燒糊了的餋子似的人先笑話我說我當家倒把人弄出個花子來了衆人聽了都嘆說誰似奶奶這麽着聖明在上體貼太太在下又疼顧下人一面說一面只見鳳姐命平兒將昨日那件石青刻絲八團天馬皮褂子拿出來給了襲人又看包袱只得一個彈墨花綾

水紅調裡的夾包袱裡面只見包着兩件半舊綿襖合皮褂子鳳姐又命平兒把一個玉色紬裡的哆囉呢包袱拿出來又命包上一件雪褂子平兒走去拿了出來一件是件舊大紅猩猩毡的一件是半舊大紅羽緞的襲人道一件就當不起了平兒笑道你拿這猩猩毡的把這件順手帶出來叫人給那大姑娘送去昨兒那麽大雪人人都穿着不是猩猩毡就是羽緞的十來件大紅衣裳映著大雪好不齊整只有他穿着那幾件舊衣裳越發顯的拱肩縮背好不可憐見的如今把這件給他罷鳳姐笑道我的東西他私自就要給人我一個還花不彀再添上你提着更好了衆人笑道這都是奶奶素日孝敬太太疼愛下

人要是奶奶素日是小氣的收着東西爲事的不顧下人的姑娘那裡敢這麽着鳳姐笑道所以知道我的也就是他還知三分罷了說着又囑咐襲人道你媽要好了就罷要不中用了只得住下打發人來回我我再另打發人給你送鋪蓋去可別使他們的鋪蓋和梳頭的家火又吩咐周瑞家的道你們自然是知道這裡的規矩的也不用我吩咐了周瑞家的答應都知道我們這去到那裡總叫他們的人廻避要住下必是另要一兩間內房的說着跟了襲人出去又吩咐小厮預備燈籠遂坐車往花自芳家來不在話下這裡鳳姐又將怡紅院的嬤嬤喚了兩個來吩咐道襲人只怕不來家了你們素日知道那個大了

頭知好歹派出來在寶玉屋裡上夜你們也好生照管着別由着寶玉胡鬧兩個嬤嬤答應着去了一時來回說派了晴雯和麝月在屋裡我們四個人原是輪流著帶管上夜的鳳姐聽了點頭又說道晚上催他早睡早上催他早起老嬤嬤們答應了自回園去一時果有周瑞家的帶了信回鳳姐說襲人之母業已停床不能回來鳳姐回明了王夫人一面着人往大觀園去取他的鋪蓋粧奩寶玉看着晴雯麝月二人打點妥當送去之後晴雯麝月皆卸罷殘粧脫換過裙襖晴雯只在薰籠上圍坐麝月笑道你今兒別粧小姐了我勸你也動一動兒晴雯道等你們都去淨了我再動不遲有你們一日我且受用一日麝月

笑道好姐姐我鋪床你把那穿衣鏡的套子放下來上頭的划子划上你的身量比我高些說着便去給寶玉鋪床晴雯嗐了一聲笑道人家纔坐煖和了你就來鬧此時寶玉正坐着納悶想襲人之母不知是死是活忽聽見晴雯如此說便自已起身出去放下鏡套划上消息進來笑道你們煖和罷我都弄完了晴雯笑道終久煖和不成我又想起來湯婆子還沒拿來呢麝月道這難為你想著他素日又不要湯壺偺們那薰籠上又煖和比不得那屋裡炕涼今兒可以不用寶玉笑道你們兩個都在那上頭睡了我這外邊沒個人我怪怕的一夜也睡不着晴雯道我是在這裡睡的麝月你叫他往外邊睡去說話之間天

已一更麝月早已放下簾幔移燈炷香伏侍寶玉臥下二人方睡晴雯自在薰籠上麝月便在煖閣外邊至三更已後寶玉睡夢之中便叫襲人叫了兩聲無人答應自已醒了方想起襲人不在家自已也好笑起來晴雯已醒因喚麝月道連我都醒了他守在傍邊還不知道眞是挺死尸呢麝月翻身打個哈什笑道他叫襲人與我什麽想干因問做什麽寶玉說要吃茶麝月忙起來单穿着紅綢小綿袄兒寶玉道披了我的皮袄再去仔細冷着麝月聽說䀆手便把寶玉披着起來的一件貂頦滿襟煖袄披上下去向盆內洗洗手先倒了一鍾温水拿了大嗽盂寶玉嗽了口然後纔向茶槅上取了茶碗先用温水過了向煖

壺中倒了半碗茶遞給寶玉吃了自已也嗽了一嗽吃了半碗晴雯笑道好妹妹也賞我一口兒呢麝月笑道越發上臉兒了晴雯道好妹妹明兒晚上你別動我伏侍你一夜如何麝月聽說只得也伏侍他嗽了口倒了半碗茶給他吃了麝月笑道你們兩個別睡說著話兒我出去走走回來晴雯笑道外頭有個鬼等着呢寶玉道外頭自然有大月亮的我們說着話你只管去一面說一面便嗽了兩聲麝月便開了後房門揭起氊簾一看果然好月色晴雯等他出去便欲唬他頑耍仗着素日比別人氣壯不畏寒冷也不披衣只穿著小襖便躡手躡脚的下了薰籠隨後出來寶玉勸道罷呀凍着不是頑的晴雯只擺手隨

後出了屋門只見月光如水忽聽一陣微風只覺侵肌透骨不禁毛骨悚然心下自思道怪道人說熱身子不可被風吹這一冷果然利害一面正要唬他只聽寶玉在內高聲說道晴雯出來了晴雯忙回身進來笑道那裡就唬死了他了偏慣會這麼蠍蠍螫螫老婆子的樣兒寶玉笑道倒不是怕唬壞了他頭一件你凍著也不好二則他不防不免一喊倘或驚醒了別人不說偺們是頑意兒倒反說襲人纔去了一夜你們就見神見鬼的你來把我這邊的被掖掖罷晴雯聽說就上來掖了一掖伸手進去就渥一渥寶玉笑道好冷手我說看凍着一面又見晴雯兩腮如胭脂一般用手摸一摸也覺冰冷寶玉道快進被來

渥渥罷一語未了只聽咯噔的一聲門响麝月慌慌張張的笑着進來說著笑道唬我一跳好的黑影子裡山子石後頭只見一個人蹲着我纔要叫喊原來是那個大錦鷄見了人一飛飛到亮處來我纔見了要冐冐失失一嚷倒鬧起人來一面說一面洗手又笑道說晴雯出去了我怎麽沒見一定是要唬我去了寶玉笑道這不是他在這裡渥著呢我若不嚷的快可是倒唬一跳晴雯笑道也不用我唬去這小蹄子已經自驚自怪的了一面說一面仍回自已被中去麝月道你就這麽跑解馬的打扮兒伶伶俐俐的出去了不成寶玉笑道可不就是這麽出去了麝月道你死不揀好日子你出去自站一站瞧把皮不凍

破了你的說着又將火盆上的銅罩揭起拿灰鍬重將熟炭埋了一埋拈了兩塊速香放上仍舊罩了至屏後重剔亮了燈方纔睡下晴雯因方纔一冷如今又一煖不覺打了兩個噴嚏寶玉嘆道如何到底傷了風了麝月笑道他早起就嚷不受用一日也沒吃碗正經飯他這會子不說保養着些還要捉弄人明兒病了叫他自作自受寶玉問道頭上熱不熱晴雯嗽了兩聲說道不相干那裡這麽嬌嫩起來了說着只聽外間屋裡槅上的自鳴鐘噹噹的兩聲外間值宿的老嬤嬤嗽了兩聲因說道姑娘們睡罷明兒再說笑罷寶玉方悄悄的笑道偺們別說話了看又惹他們說話說着方大家睡了至次日起來晴雯果覺

有些些鼻塞聲重懶怠動彈寶玉道快別聲張太太知道了又要叫你搬回家去養着家裡縱好到底冷些不如在這裡你就在裡間屋裡躺著我叫人請了大夫悄悄的從後門進來瞧瞧就是了晴雯道雖這麽說你到底要告訴大奶奶一聲兒不然一時大夫來了人問起來怎麽說呢寶玉聽了有理便喚一個老嬷嬷來吩咐道你回大奶奶去就說晴雯白冷著了些不是什麽大病襲人又不在家他若家去養病這裡更沒有人了傳一個大夫從後門悄悄的進來瞧瞧別回太太了老嬷嬷去了半日回來說大奶奶知道了說兩劑藥好了便罷若不好時還是出去爲是如今的時氣不好沾染了別人事小姑娘們的身子

要緊晴雯睡在煖閣裡只管咳嗽聽了這話氣的嚷道我那裡就害瘟病了生怕招了人我離了這裡看你們這一輩子都別頭疼腦熱的說着便真要起來寶玉忙按他笑道別生氣這原是他的責任生恐太太知道了說他不過白說一句你素昔又愛生氣如今肝火自然又盛了正說時人回大夫來了寶玉便走過來避在書架後面只見兩三個後門口的老婆子帶了一個太醫進來這裡的丫頭都迴避了有三四個老嬤嬤放下煖閣上的大紅綉幔晴雯從幔中單伸出手來那大夫見這隻手上有兩根指甲足有二三寸長尚有金鳳仙花染的通紅的痕跡便回過頭來有一個老嬤嬤忙拿了一塊絹子掩上了那大

夫方胗了一囘脉起身到外間向嬷嬷們說道小姐的症是外感內滯近日時氣不好竟筭是個小傷寒幸虧是小姐素日飲食有限風寒也不大不過是氣血原弱偶然沾染了些吃兩劑藥踈散踈散就好了說着便又隨婆子們出去彼時李紈已遣人知會過後門上的人及各處丫鬟迴避大夫只見了園中景致並不曾見一個女子一時出了園門就在守園門的小厮們的班房內坐了開了藥方老嬷嬷道老爺且別去我們小爺囉唆恐怕還有話問那太醫忙道方纔不是小姐是位爺不成那屋子竟是綉房又是放下幔子來瞧的如何是位爺呢老嬷嬷笑道我的老爺怪道小子纔說今兒請了一位新太醫來了真

不知我們家的事那屋子是我們小哥兒的那人是屋裡的丫頭倒是個大姐那裡的小姐的綉房小姐病了你那麽容易就進去了說着拿了藥方進去寶玉看時上面有紫蘇桔梗防風荆芥等藥後面又有枳實麻黄寶玉道該死該死他拿着女孩兒們也像我們一樣的治法如何使得憑他有什麽内滯這枳實麻黄如何禁得誰請了來的快打發他去罷再請一個熟的來罷老嬷嬷道用藥好不好我們不知道如今再叫小厮去請王大夫去倒容易只是這個大夫又不是告訴總管房請的這馬錢是要給他的寶玉道給他多少婆子道少了不好看來得一兩銀子纔是我們這樣門戶的禮寶玉道王大夫來了給他

多少婆子笑道王大夫和張大夫每常來了也並沒個給錢的不過每年四節一大躉兒送禮那是一定的年例這個人新來了一次須得給他一兩銀子寶玉聽說就命麝月去取銀子麝月道花大姐姐還不知擱在那裏呢寶玉道我常見著在那小螺甸櫃子裏拿銀子我和你找去說着二人來至襲人堆東西的屋內開的螺甸櫃子上一槅都是些筆墨扇子香餅各色荷包汗巾等類的東西下一槅却有幾串錢於是看了抽屜纔看見一個小笸籮內放著幾塊銀子倒也有戥子麝月便拿了一塊銀提起戥子來問寶玉那是一兩的星兒寶玉笑道你問的我有趣兒你倒成了是纔來的了麝月也笑了又要去問人寶

玉道揀那大的給他一塊就是了又不做買賣算這些做什麼麝月聽了便放下戥子揀了一塊掂了一掂笑道這一塊只怕是一兩了寧可多些好別少了叫那窮小子笑話不說偺們不認得戥子倒說偺們有心小氣似的那婆子站在門口笑道那是五兩的錠子夾了半個這一塊至少還有二兩呢這會子又沒夾剪姑娘收了這塊揀一塊小些的麝月早關了櫃子出來笑道誰又找去呢多少你拿了去就完了寶玉道你快叫焙茗再請個大夫來罷婆子接了銀子自去料理一時焙茗果請了王大夫來先胗了脉後說病症也與前頭不同方子上果然沒有枳實麻黃等藥倒有當歸陳皮白芍等藥那分兩較先也減

了些寶玉喜道這纔是女孩兒們的藥雖踈散也不可太過舊年我病了却是傷寒内裡飲食停滯他瞧了還說我禁不起麻黃石膏枳實等狼虎藥我和你們就如秋天芸兒進我的那纔開的白海棠是的我禁不起的藥你們那裡經得起比如人家墳裡的大楊樹看着枝葉茂盛都是空心子的麝月笑道野墳裡只有楊樹難道就没有松栢不成最討人嫌的是楊樹那麼大樹只一點子葉子没一點風兒他也是亂響你偏要比他你也太下流了寶玉笑道松栢不敢比連孔夫子都說歲寒然後知松栢之後凋呢可知道兩件東西高雅不害臊的纔拿他混比呢說着只見老婆子取了藥來寶玉命把煎藥的銀吊子找

了出來就命在火盆上煎晴雯因說正經給他們茶房裡煎去罷咧弄的這屋裡藥氣如何使得寶玉道藥氣比一切的花香還香呢神仙採藥燒藥再者高人逸士採藥治藥最妙的一件東西這屋裡我正想各色都齊了就只少藥香如今恰全了一面說一面早命人煨上又囑咐麝月打點些東西叫個老嬷嬷去看襲人勸他少哭一一妥當方過前邊來賈母王夫人處請安吃飯正值鳳姐兒和賈母王夫人商議說天又短又冷不如等大嫂子帶着姑娘們在園子裡吃飯等天煖和了再來回的跑也不妨王夫人笑道這也是好主意刮風下雪倒便宜吃東西受了冷氣也不好空心走來一肚子冷氣壓上些東西也不

好不如園子後門裡頭的五間大屋子橫豎有女人們上夜的挑兩個女廚子在那裡單給他姐妹弄飯新鮮菜蔬是有分例的在總管賬房裡支了去或要錢要東西那些野鷄獐狍各樣野味分些給他們就是了賈母道我也正想着呢就怕又添廚房事多些鳳姐道並不事多一樣的分例這裡添了那裡減了就便多費些事小姑娘們受了冷氣別人還可第一林妹妹如何禁得住就連寶玉兄弟也禁不住況兼衆位姑娘都不是結實身子鳳姐兒說畢未知賈母何言且聽下囘分解

紅樓夢第五十一囘終

紅樓夢第五十二回

俏平兒情掩蝦鬚鐲　勇晴雯病補孔雀裘

話說賈母道正是這個了上次我要說這話我見你們大事多如今又添出些事來你們固然不敢抱怨未免想着我只顧疼這些小孫子孫女兒們就不體貼你們這當家人了你既這麼說出來便好了因此時薛姨媽李嬸娘都在座邢夫人及尤氏等也都過來請安還未過去賈母因向王夫人等說道今日我纔說這話素日我不說一則怕逞了鳳丫頭的臉二則衆人不服今日你們都在這裡都是經過妯娌姑嫂的還有他這麼想得到的沒有薛姨媽李嬸娘尤氏齊笑說真個少有別人不過

是禮上的面情兒實在他是真疼小姑子小叔子就是老太太跟前也是真孝順賈母點頭歎道我雖疼他我又怕他太伶俐了也不是好事鳳姐兒忙笑道這話老祖宗說差了世人都說太伶俐聰明怕活不長世人都說世人都信獨老祖宗不當說不當信老祖宗只有伶俐聰明過我十倍的怎麼如今這麼福壽雙全的只怕我明兒還勝老祖宗一倍呢我活一千歲後等老祖宗歸了西我纔死呢賈母笑道衆人都死了單剩偺們兩個老妖精有什麼意思說的衆人都笑了寶玉因惦記着晴雯等事便先由園裡來到了屋中藥香滿室一人不見只有晴雯獨卧於炕上臉上燒的飛紅又摸了一摸只覺燙手忙又向爐

上將手烘煖伸進被去摸了一摸身上也是火熱因說道別人去了也罷麝月秋紋也這麽無情各自去了晴雯道秋紋是我攆了他去吃飯了麝月是方纔平兒來找他出去了兩個人鬼鬼祟祟的不知說什麽必是說我病了不出去寶玉道平兒不是那樣人况且他並不知你病特來瞧你想來一定是找麝月來說話偶然見你病了隨口說特瞧你的病這也是人情乖覺取和兒的常事便不出去又不與他何干你們素日又好斷不肯爲這無干的事傷和氣晴雯道這話也是只是疑他爲什麽忽然又瞞起我來寶玉笑道等我從後門出去到那窗戶根下聽聽說些什麽來告訴你說着果從後門出去至窗下潛聽麝

月悄悄問道你怎麽就得了的平兒道那日彼時洗手時不見了二奶奶就不許吵嚷出了園子即刻就傳給園裡各處的媽媽們小心訪查我們只疑惑那姑娘的丫頭本來又窮只怕小孩子家沒見過拿起來是有的再不料定是你們這裡的幸而二奶奶沒有在屋裡你們這裡的宋媽去了拿着這支鐲子說是小丫頭墜兒偷起來的被他看見來回二奶奶的我赶忙接了鐲子想了一想寶玉是偏在你們身上留心用意爭勝要強的那一年有個良兒偷玉剛冷了這二年閒時還常有人提他來趁願這會子又跑出一個偷金子的來了而且更偷到街坊家去了偏是他這麽着偏是他的人打嘴所以我倒忙叮嚀宋

嫣千萬別告訴寶玉只當沒有這事總別和一個人提起第二件老太太太太聽了生氣三則襲人和你們也不好看所以我回二奶奶只說我往大奶奶那裡去來着誰知鐲子褪了口丟在草根底下雪深了沒看見今兒雪化盡了黃澄澄的映着日頭還在那裡呢我就揀了起來二奶奶也就信了所以我來告訴你們你們以後防着他些別使喚他到別處去等襲人回來你們商議着變個法子打發出去就完了麝月道這小娼婦也見過些東西怎麼這麼眼淺平兒道究竟這鐲子能多重原是二奶奶的說這叫做蝦鬚鐲倒是這顆珠子重了晴雯那蹄子是塊爆炭要告訴了他他是忍不住的一時氣上來或打或罵

依舊嚷出來所以單告訴你留心就是了說著便作辭而去寶玉聽了又喜又氣又嘆喜的是平兒竟能體貼自己的心氣的是墜兒小竊嘆的是墜兒那樣伶俐做出這醜事來因而回至房中把平兒之話一長一短告訴了晴雯又說他說你是個要强的如今病了聽了這話越發要添病的等好了再告訴你晴雯聽了果然氣的蛾眉倒豎鳳眼圓睜即時就叫墜兒寶玉忙勸道這一喊出來豈不辜負了平兒待你我的心呢不如領他這個情過後打發他出去就完了晴雯道雖如此說只是這氣如何忍得住寶玉道這有什麼氣的你只養病就是了晴雯服了藥至晚間又服了二和夜間雖有些汗還未見効仍是發燒

頭疼鼻塞聲重次日王太醫又來胗視另加減湯劑雖然稍減了燒仍是頭疼寶玉便命麝月取鼻烟來給他聞些痛打幾個嚏噴就通快了麝月果真去取了一個金鑲雙金星玻璃小扁盒兒來遞給寶玉寶玉便揭開盒蓋裡面是個西洋琺瑯的黃髮赤身女子兩肋又有肉翅裡面盛着些真正上等洋烟晴雯只顧看畫兒寶玉道聞些走了氣就不好了晴雯聽說忙用指甲挑了些抽入鼻中不見怎麼便又多多挑了些抽入忽覺鼻中一股酸辣透入顖門接連打了五六個嚏噴眼淚鼻涕登時齊流晴雯忙收了盒子笑道了不得辣快拿紙來早有小丫頭子遞過一搭子細紙晴雯便一張一張的拿來醒鼻子寶玉笑

問如何晴雯笑道果然通快些只是太陽還疼寶玉笑道越發盡用西洋藥治一治只怕就好了說着便命麝月往二奶奶要就說我說了姐姐那裡常有那西洋貼頭疼的膏子藥叫做依佛哪我尋一點兒麝月答應去了半日果然拿了半節來便去找了一塊紅緞子角兒鉸了兩塊指頂大的圓式將那藥烤和了用簪挺攤上晴雯自拿著一面靶兒鏡子貼在兩太陽上麝月笑道病的蓬頭鬼一樣如今貼了這個倒俏皮了二奶奶貼慣了倒不大顯說畢又向寶玉道二奶奶說了明兒是舅老爺的生日太太說了叫你去呢明兒穿什麼衣裳今兒晚上好打點齊備了省的明兒早起費手寶玉道什麼順手就是什麼

罷了一年鬧生日也鬧不清說着便起身出房往惜春屋裡去看畫兒剛到院門外邊忽見寶琴小丫頭名小螺的從那邊過去寶玉忙赶上問那裡去小螺笑道我們二位姑娘都在林姑娘屋裡呢我如今也往那裡去寶玉聽了轉步也便和他往瀟湘館來不但寶釵姊妹在此且連岫烟也在那裡四人圍坐在薰籠上叙家常紫鵑倒坐在煖閣裡臨䆫戶做針線一見他來都笑說又來了一個没了你的坐處了寶玉笑道好一副冬閨集艷圖可惜我遲來了橫竪這屋子比各屋子煖這椅子坐着並不冷說着便坐在黛玉常坐的地方上搭着灰鼠椅搭一張椅上因見煖閣之中有一玉石条盆裡面攢三聚五栽着一盆

单瓣水仙寳玉便極口讚道好花這屋子越煖這花香的越濃怎麽昨兒没見黛玉笑道這是你家的大總管賴大奶奶送薛二姑娘的兩盆水仙兩盆臘梅他送了我一盆水仙送了雲丫頭一盆臘梅我原不要的又恐辜負了他的心你若要我轉送你如何寳玉道我屋裡却有兩盆只是不及這個琴妹妹送你的如何又轉送人這個斷斷使不得黛玉道我一日藥弔子不離火我竟是藥培着呢那裡還擱的住花香來薰越發弱了况且這屋子裡一股藥香反把這花香攪壞了不如你抬了去這花兒倒清凈了没什麽雜味來攪他寳玉笑道我屋裡今兒也有個病人煎藥呢你怎麽知道的寳玉笑道這話奇了我原是

無心話誰知你屋裡的事你不早來聽古記兒這會子來了白鶩自怪的寶玉笑道偺們明兒下一社又有了題目了就咏水仙臘梅黛玉聽了笑道罷罷再不敢做詩了做一回罰一回沒的怪羞的說着便兩手握起臉來寶玉笑道何苦來又打趣我做什麼我還不怕臊呢你倒握起臉來了寶釵因笑道下次我邀一社四個詩題四個詞題每人四首詩四個詞頭一個詩題咏太極圖限一先的韵五言排律要把一先的韻都用盡了一個不許剩寶琴笑道這一說可知是姐姐不是眞心起社了這分明是難人要論起來也强扭的出來不過顛來倒去弄些易經上的話生塡究竟有何趣味我八歲的時節跟我父親到西

海沿上買洋貨誰知有個真真國的女孩子纔十五歲那臉面就和那西洋畫上的美人一樣也披着黃頭髮打着聯垂滿頭帶着都是瑪瑙珊瑚猫兒眼祖母身上穿着綠金絲織的鎖子甲洋錦襖袖帶着倭刀也是鑲金嵌寶的實在畫兒上也沒他那麽好看有人說他通中國的詩書會講五經能做詩填詞因此我父親央煩了一位通官煩他寫了一張字就寫他做的詩衆人都稱道奇異寶玉忙笑道好妹妹你拿出來我們瞧瞧寶琴笑道在南京收著呢此時那裏去取寶玉聽了大失所望便說沒福得見這世面黛玉笑拉寶琴道你別哄我們我知道你這一來你的這些東西未必放在家裡自然都是要帶上來的

這會子又扯謊說沒帶來他們雖信我是不信的寶琴便紅了臉低頭微微笑不答寶釵笑道偏這顰兒慣說這些話你就伶俐的太過了黛玉笑道帶了來就給我們見識見識也罷了寶釵笑道箱子籠子一大堆還沒理清呢知道在那個裏頭呢等過日子收拾清了找出來大家再看罷了又向寶琴道你要記得何不念念我們聽聽寶琴答道記得他做的五言律一首要論外國的女子也就難爲他了寶釵道你且別念等我把雲兒叫了來也叫他聽聽說着便叫小螺來吩咐道你到我那裏去就說我們這裡有一個外國的美人來了做的好詩請你這詩瘋子來瞧去再把我們詩獃子也帶來小螺笑着去了半日只

聽湘雲笑問那一個外國的美人來了一頭說一頭走和香菱來了眾人笑道人未見形先已聞聲寶琴等讓坐遂把方纔的話重告訴了一遍湘雲笑道快念來聽聽寶琴因念道

昨夜朱樓夢　今宵水國吟
島雲蒸大海　嵐氣接叢林
月本無今古　情緣自淺深
漢南春歷歷　焉得不關心

眾人聽了都道難為他竟比我們中國人還強一語未了只見麝月走來說太太打發了人來告訴二爺明兒一早往舅舅那裡去就說太太身上不大好不得親身來寶玉忙站起來答應

道是因問寶釵寶琴你們二位可去寶釵道我們不去昨兒單送了禮去了大家說了一回方散寶玉因讓諸姐妹先行自己在後面黛玉便又叫住他問道襲人到底多早晚回來寶玉道自然等送了殯纔來呢黛玉還有話說又不能出口出了一回神便說道你去罷寶玉也覺心裡有許多話只是口裡不知要說什麼想了一想也笑道明兒再說罷一面下臺堦低頭正欲邁步復又忙回身問道如今夜越發長了你一夜咳嗽幾次醒幾遍黛玉道昨兒夜裡好了只咳嗽兩遍却只睡了四更一個更次就再不能睡了寶玉又笑道正是有何要緊的話這會子纔想起來一面說一面便挨近身來悄悄道我想寶姐姐送你

的燕窩一語未了只見趙姨娘走進來瞧黛玉問姑娘這幾天可好了黛玉便知他從探春處來從門前過順路的人情忙陪笑讓坐說難得姨娘想著怪冷的親自走來又忙命倒茶一面又使眼色給寶玉寶玉會意便走了出來正值吃晚飯時見了王夫人又囑咐他早去寶玉回來看晴雯吃了藥此夕寶玉便不命晴雯挪出煖閣來自己便在晴雯外邊又命將薰籠抬至煖閣前麝月便在薰籠上睡一宿無話至次日天未明晴雯便叫醒麝月道你也該醒了只是睡不彀你出去叫人給他預備茶水我叫醒他就是了麝月忙披衣起來道偺們叫他起來穿好衣裳抬過這火箱去再叫他們進來老嬤嬤們已經說過不

叫他在這屋裡怕過了病氣如今他們見偺們擠在一處又該嘮叨了晴雯道我也是這麼說二人纔叫時寶玉已醒了忙起身披衣麝月先叫進小丫頭子來收什妥了纔命秋紋等進來一同伏侍寶玉梳洗已畢麝月道天又陰陰的只怕下雪穿一套氈子的罷寶玉點頭即時換了衣裳小丫頭便用小茶盤捧了一蓋碗建蓮紅棗湯來寶玉喝了兩口麝月又捧過一小碟法製紫薑來寶玉噙了一塊又囑咐了晴雯便忙往賈母處來賈母猶未起來知道寶玉出門便開了屋門命寶玉進去寶玉見賈母身後寶琴面向裡睡著未醒賈母見寶玉身上穿着荔支色哆囉呢的箭袖大紅猩猩毡盤金彩綉石青粧緞沿邊的

排穗褂賈母道下雪呢麼寶玉道天陰着還沒下呢賈母便命鴛鴦來把昨兒那一件孔雀毛的氅衣給他罷鴛鴦答應走去果取了一件來寶玉看時金翠輝煌碧彩閃灼又不似寶琴所披之鳧靨裘只聽賈母笑道這叫做雀金泥這是俄羅斯國拿孔雀毛拈了線織的前兒那件野鴨子的給了你小妹妹這件給你罷寶玉磕了一個頭便披在身上賈母笑道你先給你娘瞧瞧去再去寶玉答應了便出來只見鴛鴦站在地下揉眼睛因自那日鴛鴦發誓絕婚之後他總不合寶玉說話寶玉正自日夜不安此時見他又要迴避寶玉便上來笑道好姐姐你瞧瞧我穿着這個好不好鴛鴦一摔手便進賈母屋裡來了寶玉

只得到了王夫人屋裡給王夫人看了然後又回至園中給晴雯麝月看過來回覆賈母說太太看了只說可惜了的叫我仔細穿別遭塌了賈母道就剩了這一件你遭塌了也再沒了這會子特給你做這個也是沒有的事說着又囑咐不許多吃酒早些回來寶玉應了幾個是老嬷嬷跟至廳上只見寶玉的奶兄李貴王榮和張若錦趙亦華錢昇周瑞六個人帶着焙茗伴鶴鋤葯掃紅四個小厮背着衣包拿着坐褥籠着一匹雕鞍彩轡的白馬已伺候多時了老嬷嬷又囑咐他們些話六個人連應了幾個是忙捧鞍墜鐙寶玉慢慢的上了馬李貴王榮籠着嚼環錢昇周瑞二人在前引導張若錦趙亦華在兩邊緊貼寶

玉身後寶玉在馬上笑道周哥錢哥偺們打這角門走罷省了到老爺的書房門口又下來周瑞側身笑道老爺不在書房裡天天鎖着爺可以不用下來罷了寶玉笑道雖鎖着也要下來的錢昇李貴都笑道爺說的是就托懶不下來倘或遇見賴大爺林二爺雖不好說爺也要勸兩句所有的不是都派在我們身上又說我們不教給爺禮了周瑞錢昇便一直出角門來正說話時頂頭見賴大進來寶玉忙籠住馬意欲下來賴大忙上來抱住腿寶玉便在鐙上站起來笑著攜手說了幾句話接着又見個小廝帶着二三十人拿着掃箒簸箕進來見了寶玉都順墻垂手立住獨爲首的小廝打了個千兒說請爺安寶玉不

知名姓只微笑點點頭兒馬已過去那人方帶人去了于是出了角門外有李貴等六人的小厮並幾個馬夫早預備下十來匹馬專候一出角門李貴等各上馬前引一陣煙去了不在話下這裡晴雯吃了藥仍不見病退急的亂罵大夫說只會哄人的錢一劑好藥也不給人吃麝月笑勸他道你太性急了俗語說病來如山倒病去如抽絲又不是老君的仙丹那有這麼靈藥你只靜養幾天自然就好了你越急越着手晴雯又罵小丫頭子們那裡攢沙去了瞅著我病了都大膽子走了明兒我好了一個個的纔揭了你們的皮唬的小丫頭子定兒忙進來問姑娘做什麽晴雯道別人都死了就剩了你不成說着只見墜

兒也蹭進來了晴雯道你瞧瞧這小蹄子不問他還不求呢這
裡又放月錢了又散菓子了你該跑在頭裡了你往前些我是
老虎吃了你墜兒只得往前湊了幾步晴雯便冷不防欠身一
把將他的手抓住向枕邊拿起一丈青來向他手上亂戳又罵
道要這爪子做什麼拈不動針拿不動線只會偷嘴吃眼皮子
又淺爪子又輕打嘴現世的不如戳爛了墜兒疼的亂喊麝月
忙拉開按着晴雯躺下道你纔出了汗又作死等你好了要打
多少打不得這會子鬧什麼晴雯便命人叫宋嬤嬤進來說道
寶二爺纔告訴了我叫我告訴你們墜兒很懶寶二爺當面使
他他撥嘴兒不動連襲人使他他也背地裡罵今兒務必打發

他出去明兒寶二爺親自回太太就是了宋嬤嬤聽了心下便知鐲子事發因笑道雖如此說也等花姑娘回來知道了再打發他晴雯道寶二爺今兒千叮嚀萬囑咐的什麽花姑娘草姑娘的我們自然有道理你只依我的話快叫他家的人來領他出去麝月道這也罷了早也是去晚也是去早帶了去早清淨一日宋嬤嬤聽了只得出去喚了他母親來打點了他的東西又見了晴雯等說道姑娘們怎麽了你姪女兒不好你們教導他怎麽攆出去也倒底給我們留個臉兒晴雯道這話只等寶玉來問他與我們無干那媳婦冷笑道我有胆子問他去他那一件事不是聽姑娘們的調停他總依了姑娘們不依也未必

中用比如方纔說話雖背地裡姑娘就直叫他的名字在姑娘們就使得在我們就成了野人了晴雯聽說越發急紅了臉說道我叫了他的名字了你在老太太跟前告我去說我野也攆出我去麝月道嫂子你只管帶了人出去有話再說這個地方豈有你叫喊講禮的你見誰和我們講過禮別說嫂子你就是賴大奶奶林大娘也得擔待我們三分就是叫名字從小兒直到如今都是老太太吩咐過的你們也知道的恐怕難養活巴巴的寫了他的小名兒各處貼着叫萬人叫去為的是好養活連挑水挑糞花子都叫得何況我們連昨兒林大娘叫了一聲爺老太太還說呢此是一件二則我們這些人常回老太

太太太的話去可不叫着名回話難道也稱爺那一日不把寳玉兩字叫二百遍偏嫂子又來挑這個了過一天嫂子閑了在老太太太太跟前聽聽我們當着面兒叫他就知道了嫂子原也不得在老太太太太跟前當些體統差使成年家只在三門外頭混怪不得不知道我們裡頭的規矩這裡不是嫂子久站的再一會不用我們說話就有人來問你了有什麽分証的話且帶了他去你回了林大娘叫他來找二爺說話家裡上千的人他也跑來我也跑来我們認人問姓還認不清呢說着便叫小丫頭子拿了擦地的布来擦地那媳婦聽了無言可對亦不敢久站賭氣帶了墜兒就走宋嬤嬤忙道怪道你這嫂子不知

規矩你女兒在屋裡一場臨去時也給姑娘們磕個頭沒有別的謝禮他們也不希罕不過磕個頭盡心罷咧怎麼說走就走墜兒聽了只得番身進來給他兩個磕頭又找秋紋等他們也並不採他那媳婦嗐聲嘆氣口不敢言抱恨而去晴雯方纔又悶了風著了氣反覺更不好了番騰至掌燈剛安靜了些只見寶玉回來進門就嗐聲頓脚麝月忙問原故寶玉道今兒老太太喜喜歡歡的給了這件褂子誰知不防後襟子上燒了一塊幸而天晚了老太太太太都不理論一面脫下來麝月瞧時果然有指頂大的燒眼說這必定是手爐裡的火迸上了這不值什麼赶着叫人悄悄拿出去叫個能幹織補匠人織上就是了

說着就用包袱包了叫了一個嬷嬷送出去說趕天亮就有繳
好千萬別給老太太太太知道婆子去了半日仍舊拿回來說
不但織補匠能幹裁縫繡匠並做女工的問了都不認的這是
什麼都不敢攬麝月道這怎麼好呢明兒不穿也罷了寶玉道
明兒是正日子老太太太太說了還叫穿過這個去呢偏頭一
日就燒了豈不掃興晴雯聽了半日忍不住翻身說道拿來我
瞧瞧罷沒那福氣穿就罷了說著便遞給晴雯又移過燈來細
瞧了一瞧晴雯道這是孔雀金線的如今咱們也拿孔雀金線
就像界線似的界密了只怕還可混的過去麝月笑道孔雀線
現成的但這裡除你還有誰會界線晴雯道說不的我挣命罷

了寶玉忙道這如何使得纔好了些如何做得活晴雯道不用你蝎蝎螫螫的我自知道一面說一面坐起來挽了一挽頭髮披了衣裳只覺頭重身輕滿眼金星亂迸實實掌不住待不做又怕寶玉着急少不得狠命咬牙捱着便命麝月只幫着拈線晴雯先拿了一根比一比笑道這雖不狠像要補上也不狠顯寶玉道這就狠好那裡又找哦羅斯國的裁縫去晴雯先將裡子拆開用茶盃口大小一個竹弓釘綳在背面再將破口四邊用金刀刮的散鬆鬆的然後用針縫了兩條分出經緯亦如界線之法先界出地子來後依本紋囘來織補補兩針又看看織補不上三五針便伏在枕上歇一會寶玉在傍一時又問吃些

滚水不吃一時又命歇一歇一時又拿一件灰鼠斗篷替他披在背上一時又拿個枕頭給他靠著急的晴雯央道小祖宗你只管睡罷再熬上半夜明兒眼睛摳摟了那恰怎麼好寶玉見他着急只得胡亂睡下仍睡不着一時只聽自鳴鐘已敲了四下剛剛補完又用小牙刷慢慢的剔出毧毛來麝月道這就狠好要不留心再看不出的寶玉忙要了瞧瞧笑說真真一樣了晴雯已嗽了幾聲好容易補完了說了一聲補雖補了到底不像我也再不能了噯喲了一聲就身不由主睡下了要知端的且看下回分解

紅樓夢第五十二回終

紅樓夢第五十三回

寧國府除夕祭宗祠　榮國府元宵開夜宴

話說寶玉見晴雯將雀裘補完已使得力盡神危忙命小丫頭子來替他搥着彼此搥打了一會歇下沒一頓飯的工夫天已大亮且不出門只叫快請大夫一時王大夫來了胗了脉疑惑說道昨日已好了些今日如何反虛浮微縮起來敢是吃多了飲食不然就是勞了神思外感却倒輕了這汗後失調養非同小可一面說一面出去開了藥方進來寶玉看時已將疎散驅邪諸藥減去倒添了茯苓地黃當歸等益神養血之劑寶玉一面忙命人煎去一面嘆說這怎麽處倘或有個好歹都是我的

罪孽晴雯睡在枕上嗐道好二爺你幹你的去罷那裡就得了勞病了呢寶玉無奈只得去了至下半天說身上不好就回來了晴雯此症雖重幸虧他素昔是個使力不使心的人再者素昔飲食淸淡飢飽無傷的這賈宅中的秘法無論上下只畧有些傷風咳嗽總以淨餓爲主次則服藥調養故於前一日病時就餓了兩三天又謹愼服藥調養如今雖勞碌了些又加倍培養了幾日便漸漸的好了近日園中姐妹皆各在房中吃飯炊爨飲食甚便寶玉自能要湯要羹調停不必細說襲人送母殯後業已回來麝月便將墜兒一事並晴雯攆逐出去也曾回過寶玉等語一一的告訴襲人襲人也沒說別的只說太性急了

只因李紈亦因時氣感冒邢夫人正害火眼迎春岫烟皆過去朝夕侍藥李紈之病又接了李嬸娘李紋李綺家去住幾天寶玉又見襲人常常思母含悲晴雯又未大愈因此詩社一事皆未有人作興便空了幾社當下已是臘月離年日近王夫人和鳳姐兒治辦年事王子騰陞了九省都檢點賈雨村補授了大司馬協理軍機參贊朝政不題且說賈珍那邊開了宗祠着人打掃收什供器請神主又打掃上屋以備懸供遺真影像此時榮寧二府內外上下皆是忙忙碌碌這日寧府中尤氏正起來同賈蓉之妻打點送賈母這邊的針線禮物正值丫頭捧了一茶盤押歲錁子進來回說興兒回奶奶前兒那一包碎金子共

是一百五十三兩六錢七分裡頭成色不等總傾了二百二十個錁子說着遞上去尤氏看了一看只見也有梅花式的也有海棠式的也有筆定如意的也有八寶聯春的尤氏命收起來與兒將銀錁子快快叫交了進來丫環答應去了一時賈珍進來吃飯賈蓉之妻迴避了賈珍因問尤氏偺們春祭的恩賞可領了不曾尤氏道今兒我打發蓉兒關去了賈珍道偺們家雖不等這幾兩銀子使多少是皇上天恩早關了來給那邊老太太送過去置辦祖宗的供上領皇上的恩下則是托祖宗的福偺們那怕用一萬銀子供祖宗到底不如這個有體面又是沾恩錫福除偺們這麼一二家之外那些世襲窮官兒家要不

仗着這銀子拿什麼上供過年真正皇恩浩蕩想得週到尤氏道正是這話二人正說着只見人回哥兒來了賈珍便命叫他進來只見賈蓉捧了一個小黃布口袋進來賈珍道怎麼去了這一日賈蓉陪笑回說今兒不在禮部關領了又在光祿寺庫上因又到了光祿寺纔領下來了光祿寺老爺們都說問父親好多日不見都着實想念賈珍笑道他們那裡是想我這又到了年下了不是想我的東西就是想我的戲酒了一面說一面瞧那黃布口袋上有封條就是皇恩永錫四個大字那一邊又有禮部祠祭司的印記一行小字道是寧國公賈演榮國公賈法恩賜永遠春祭賞共二分淨折銀若干兩某年月日龍禁尉

候補侍衛賈蓉當堂領訖值年寺丞某人下面一個硃筆花押賈珍看了吃過飯盥漱畢換了靴帽命賈蓉捧著銀子跟了來回過賈母王夫人又至這邊回過賈赦邢夫人方回家去取出銀子命將口袋向宗祠大爐內焚了又命賈蓉道你去問問你那邊二嬸娘正月裡請吃年酒的日子擬了沒有若擬定了叫書房裡明白開了單子來咱們再請時就不能重複了舊年不留神重了幾家人家不說咱們不留心倒像兩家商議定了送虛情怕費事的一樣賈蓉忙答應去了一時拿了請人吃年酒的日期單子來了賈珍看了命交給賴昇去看了請人別重了這上頭的日子因在廳上看著小廝們抬圍屏擦抹几案金銀

供器只見小厮手裡拿著一個禀帖並一篇賬目回說黑山村烏庄頭來了賈珍道這個老砍頭的今兒纔來賈蓉接過禀帖和賬目忙展開捧着賈珍倒背著兩手向賈蓉手內看去那紅禀上寫着門下庄頭烏進孝叩請爺奶奶萬福金安並公子小姐金安新春大喜大福榮貴平安加官進祿萬事如意賈珍笑道庄家人有些意思賈蓉也忙笑道別看文法只取個吉利兒罷一面忙展開單子看時只見上面寫着大鹿三十隻獐子五十隻麅子五十隻暹猪二十個湯猪二十個龍猪二十個野猪二十個家臘猪二十個野羊二十個青羊二十個家湯羊二十個家風羊二十個鱘鰉魚一百個各色雜魚二百觔活鷄鴨鵝

各二百隻風鷄鴨鵝二百隻野鷄野猫各二百對熊掌二十對鹿筋二十觔海參五十觔鹿舌五十條牛舌五十條蟶乾二十觔榛松桃杏瓤各二口袋大對蝦五十對乾蝦二百觔銀霜炭上等選用一千觔中等二千觔柴炭三萬觔御田胭脂米二担碧糯五十斛白糯五十斛粉杭五十斛雜色粱穀各五十斛下用常米一千担各色乾菜一車外賣粱穀牲口各項折銀二千五百兩外門下孝敬哥兒頑意兒活鹿兩對白兎四對黒兎四對活錦鷄兩對西洋鴨兩對賈珍看完說帶進他來一時只見烏進孝進來只在院內磕頭請安賈珍命人拉起他來笑說你還硬朗烏進孝笑道不瞞爺說小的們走慣了不來也悶的慌

他們可都不是愿意來見見天子脚下世面他們到底年輕怕路上有閃失再過幾年就可以放心了賈珍道你走了幾日烏進孝道回爺的話今年雪大外頭都是四五尺深的雪前日忽然一暖一化路上竟難走的狠就擱了幾日雖走了一個月零兩日日子有限怕爺心焦可不趕著來了賈珍道我說呢怎麽今兒纔來我纔看那单子上今年你這老貨又來打擂臺來了烏進孝忙進前兩步回道回爺說今年年成實在不好從三月下雨接連着直到八月竟沒有一連晴過五六日九月一場碗大的雹子方近二三百里地方連人帶房並牲口粮食打傷了上千上萬的所以纔這樣小的並不敢說謊賈珍皺眉道我算

定你至少也有五千銀子來這彀做什麼的如今你們一共只剩了八九個庄子今年倒有兩處報了旱潦你們又打擂臺真真是叫別過年了烏進孝道爺的這地方還算好呢我兄弟離我那裡只一百多地竟又大差了他現管着那府八處庄地比爺這邊多着幾倍今年也是這些東西不過二三千兩銀子也是有饑荒打呢賈珍道正是呢我這邊倒可已沒什麼外項大事不過是一年的費用我受用些就費些我受些委曲就省些再者年例送人請人我把臉皮厚些也就完了比不得那府裡這幾年添了許多花錢的事一定不可免是要花的卻又不添些銀子產業這一二年裡賠了許多不和你們要找誰去烏進

孝笑道那府裡如今雖添了事有去有來娘娘和萬歲爺豈不賞呢賈珍聽了笑向賈蓉等道你們聽聽他說的可笑不可笑賈蓉等忙笑道你們山坳海沿子上的人那裡知道這道理娘娘難道把皇上的庫給我們不成他心裡總有這心他不能作主豈有不賞之禮按時按節不過是些彩緞古董頑意兒就是賞也不過一百兩金子纔值一千多兩銀子殼什麼這二年那一年不賠出幾千兩銀子來頭一年省親連蓋花園子我算算那一注花了多少就知道了再二年再省一回親只怕就精窮了賈珍笑道所以他們庄客老實人外明不知裡暗的事黃栢木作了磬搥子外頭體面裡頭苦賈蓉又說又笑向賈珍道果

真那府裡窮了前兒我聽見二嬸娘和鴛鴦悄悄商議要偷老太太的東西去當銀子呢賈珍笑道那又是鳳姑娘的鬼那裡就窮到如此他必定是見去路太了實在賠得狠了不知又要省那一項的錢先設出這法子來使人知道說窮到如此了我心裡却有個算盤還不至此田地說着便命人帶了烏進孝出去好生待他不在話下這裡賈珍吩咐將方纔各物留出供祖宗的來將各樣取了些命賈蓉送過榮府裡來然後自已留了家中所用的餘者派出等第一分一分的堆在月臺底下命人將族中子姪喚來分給他們接着榮國府也送了許多供祖之物及給賈珍之物賈珍看著收拾完備供器靸着鞋披著一件

猞猁猻大皮袄命人在廳柱下石堦上太陽中鋪了一個大狼皮褥子負暄閑看各子弟們來領取年物因見賈芹亦來領物賈珍叫他過來說道你做什麽也來了誰叫你來的賈芹垂手回說聽見大爺這裡叫我們領東西我沒等人去就來了賈珍道我這東西原是給你那些閒着無事沒進益的叔叔兄弟們的那二年你閑着我也給過你的你如今在那府裡管事家廟裡管和尚道士們一月又有你的分例外這些和尚的分例銀錢都從你手裡過你還來取這個來太也貪了你自已瞧瞧你穿的可像個手裡使錢辦事的先前的說沒進益如今又怎麽了比先倒不像了賈芹道我家裡原人口多費用大賈珍冷笑

道你又支吾我你在家廟裡幹的事打諒我不知道呢你到那裡自然是爺了沒人敢抗違你你手裡又有了錢離著我們又遠你就為王稱霸起來夜夜招聚匪類賭錢養老婆小子這會子花得這個形像你還敢領東西來領不成東西領一頓馱水棍去纔罷等過了年我必和你二叔說你回來賈芹紅了臉不敢答言人回北府王爺送了對聯荷包來了賈珍聽說忙命賈蓉出去款待只說我不在家賈蓉去了這裡賈珍攆走賈芹看着領完東西回房給尤氏吃畢晚飯一宿無話至次日更忙不必細說已到了臘月二十九日了各色齊供兩府中都換了門神聯對掛牌新油了桃符煥然一新寧國府從大門儀門大廳

煖閣內廳內三門內儀門並內垂門直到正堂一路正門大開兩邊堦下一色硃紅大高燭點的兩條金龍一般次日由賈母有封誥者皆按品級着朝服先坐八人大轎帶領衆人進宮朝賀行禮領宴畢回來便到寧府煖閣下轎諸子弟有未隨入朝者皆在寧府門前排班伺候然後引入宗祠且說寶琴是初次進賈祠觀看一面細細留神打諒這宗祠原來寧府西邊另一個院子黑油柵欄內五間大門上面懸一匾寫著是賈氏宗祠四個字傍書特晉爵太傅前翰林掌院事王希獻書兩邊有一副長聯寫道

肝腦塗地兆姓賴保育之恩

功名貫天百代仰蒸嘗之盛

也是王太傅所書進入院中白石甬路兩邊皆是蒼松翠栢月

臺上鼎設着古銅彝等器抱厦前面懸一塊九龍金匾寫道

星輝輔弼

乃先皇御筆兩邊一副對聯寫道是

勲業有光昭日月

功名無間及兒孫

也是御筆五間正殿前懸一塊鬧龍填青匾寫道是

愼終追遠

傍邊一副對聯寫道是

已後兒孫承福德
至今黎庶念寧榮

俱是御筆裡邊燈燭輝煌錦幔繡幙雖列著些神主却看不真只見賈府人分了昭穆排班立定賈敬主祭賈赦陪祭賈珍獻爵賈璉賈琮獻帛寶玉捧香賈菖賈菱展拜墊守焚池青衣樂奏三獻爵興拜畢焚帛奠酒禮畢樂止退出衆人圍隨賈母至正堂上影前錦帳高掛彩屏張護香燭輝煌上面正房中懸著榮寧二祖遺像皆是披蟒腰玉兩邊還有幾軸列祖遺像賈荇賈芷等從內儀門挨次站列直到正堂廊下檻外方是賈敬賈赦檻內是各女眷衆家人小廝皆在儀門之外每一道菜至傳

至儀門賈荇賈芷等便接了按次傳至堦下賈敬手中賈蓉係長房長孫獨他隨女眷在檻裡每賈敬捧菜至傳於賈蓉賈蓉便傳於他媳婦又傳於鳳姐尤氏諸人直傳至供桌前方傳與王夫人王夫人傳與賈母賈母方捧放在桌上邢夫人在供桌之西東向立同賈母供放直至將菜飯湯點酒茶傳完賈蓉方退出去歸入賈芹階位之首當時凡從文旁之名者賈敬為首下則從玉者賈珍為首再下從草頭者賈蓉為首左昭右穆男東女西俟賈母拈香下拜衆人方一齊跪下將五間大廳三間抱厦內外廊檐堦上堦下兩丹墀內花團錦簇塞的無一些空地鴉雀無聞只聽鏗鏘叮噹金鈴玉珮微微搖曳之聲並起跪

靴履颯沓之響一時禮畢賈敬賈赦等便忙退出至榮府専候
與賈母行禮尤氏上房地下鋪滿紅毡當地放着象鼻三足泥
鰍流金琺瑯大火盆正面炕上鋪着新猩紅毡子設着大紅彩
繡雲龍捧壽的靠背引枕坐褥外另有黒狐皮的袱子搭在上
面大白狐皮坐褥請賈母上去坐了兩邊又鋪皮褥請賈母一
輩的兩三位妯娌坐了這邊横頭排插之後小炕上也鋪了皮
褥讓邢夫人等坐下地下兩面相對十二張雕漆椅上都是一
色灰鼠椅搭小褥每一張椅下一個大銅脚爐讓寶琴等姐妹
坐尤氏用茶盤親捧茶與賈母賈蓉媳婦捧與衆老祖母然後
尤氏又捧與邢夫人等賈蓉媳婦又捧與衆姐妹鳳姐李紈等

只在地下伺候茶畢邢夫人等便先起身來侍賈母吃茶賈母與年老妯娌們閒話了兩三句便命看轎鳳姐兒忙上去攙起來尤氏笑回說已經預備下老太太的晚飯每年都不肯賞些體面用過晚飯再過去果然我們就不濟鳳丫頭了鳳姐兒攙着賈母笑道老祖宗走罷偺們家去吃去別理他賈母笑道你這裡供着祖宗忙得什麼兒是的那裡還擱的住我鬧况且我每年不吃你們也要送去的不如還送了來我吃不了留着明兒再吃豈不多吃些說的衆人都笑了又吩咐他好生派妥當人夜裡坐着看香火不是大意得的尤氏答應了一面走出來至煖閣前尤氏等閃過屏風小厮們纔領轎夫請了轎出大門

尤氏亦隨邢夫人等回至榮府這裡轎出大門這一條街上東一邊設立着寧國公的儀仗執事樂器來往行人皆屏退不從此過一時來至榮府也是大門正門一直開到裡頭如今便不在煖閣下轎了過了大廳轉灣向西至賈母這邊正廳上下轎衆人圍隨同至賈母正堂中間亦是錦裀綉屏煥然一新當地火盆內焚着松栢香百合草賈母歸了坐老嬤嬤來回老太太們來行禮賈母忙起身要迎只見兩三個老妯娌已進來了大家挽手笑了一回讓了一回吃茶去後賈母只送至內儀門就回來歸了正坐賈敬賈赦等領了諸子弟進來賈母笑道一年家難為你們不行禮罷一面男一起女一起一起一起俱行過

了禮左右設下交椅然後又按長幼挨次歸坐受禮兩府男女小廝丫鬟亦按差役上中下行禮畢然後散了押歲錢並荷包金銀錁等物擺上合歡宴來男東女西歸坐獻屠蘇酒合歡湯吉祥菓如意糕畢賈母起身進內間更衣衆人方各散出那晚各處佛堂灶王前焚香上供王夫人正房院內設着天地紙馬香供大觀園正門上挑着角燈兩傍高照各處皆有路燈上下人等打扮的花團錦簇一夜人聲雜沓語笑喧闐爆竹起火絡繹不絕至次日五鼓賈母等人按品上粧擺全副執事進宮朝賀兼祝元春千秋領宴回來又至寧府祭過列祖方回來受禮畢便換衣歇息所有賀節來的親友一槩不會只和薛姨媽李

嬸娘二人說話隨便或和寶玉寶釵等姐妹赶圍棋摸牌作戲王夫人和鳳姐天天忙着請人吃年酒那邊廳上和院內皆是戲酒親友絡繹不絕一連忙了七八天纔完了早又元宵將近寧榮二府皆張燈結彩十一日是賈赦請賈母等次日賈珍又請賈母王夫人和鳳姐兒也連日被人請去吃年酒不能勝記至十五這一晚上賈母便在大花廳上命擺幾席酒定一班小戲滿挂各色花燈帶領榮寧二府各子侄孫男孫媳等家宴賈敬素不飲酒茹葷因此不去請他十七日祀祖已完他就出城修養就是這幾天在家也只靜室默處一槩無聞不在話下賈赦領了賈母之賞告辭而去賈母知他在此不便也隨他去了

賈赦到家中和衆門客賞燈吃酒笙歌聒耳錦綉盈眸其取樂與這裡不同這裡賈母花廳上擺了十來席酒每席傍邊設一几几上設爐瓶三事焚香御賜百合宮香又有八寸來長四五寸寬二三寸高點綴着山石的小盆景俱是新鮮花卉又有小洋漆茶盤放着舊窰十錦小茶盃又有紫檀雕嵌的大紗透繡花草詩字的纓絡各色舊窰小瓶中那點綴着歲寒三友玉堂富貴等鮮花上面兩席是李嬸娘薛姨媽坐東邊單設一席乃是雕夔龍護屏矮足短榻靠背引枕皮褥俱全榻上設一個輕巧洋漆描金小几几上放着茶碗漱盂洋巾之類又有一個眼鏡匣子賈母歪在榻上和衆人說笑一回又取眼鏡向戲臺上

照一回又說恕我老了骨頭疼容我放肆些歪着相陪能又命琥珀坐在榻上拿着美人拳搥腿榻下並不擺席面只一張高几設着高架纓絡花瓶香爐等物外另設一小高桌擺着杯在傍邊一席命寶琴湘雲黛玉寶玉四人坐着每饌菓菜來先捧給賈母看喜則留在小桌上嚐嚐仍撤了放在席上只算他四人跟着賈母坐下面方是邢夫人王夫人之位下邊便是尤氏李紈鳳姐賈蓉的媳婦西邊便是寶釵李紋李綺岫烟迎春姐妹等兩邊大梁上掛著聯三聚五玻璃彩穗燈每席前豎着倒垂荷葉一柄柄上有彩燭插着這荷葉乃是洋鏨珐瑯活信可以扭轉向外將燈影逼住照着看戲分外真切窗槅門戶一齊

摘下全掛彩穗各種宮燈廊簷內外及兩邊遊廊罩棚將羊角玻璃戳紗料絲或繡或畫或絹或紙諸燈掛滿廊上幾席就是賈珍賈璉賈環賈琮賈蓉賈芹賈芸賈菖賈菱等賈母也曾差人去請眾族中男女奈他們有年老的懶于熱鬧有家內沒有人又有疾病淹留要來竟不能來有一等妒富愧貧不肯來的更有憎畏鳳姐之為人賭氣不來的更有羞手羞脚不慣見人不敢來的因此族中雖外女眷來者不過賈藍之母婁氏帶了賈藍來男人只有賈芹賈芸賈菖賈菱四個現在鳳姐麾下辦事的來了當下人雖不全在家庭小宴也算熱鬧的當下又有林之孝的媳婦帶了六個媳婦抬了三張炕桌每一張上搭着

一條紅氊放着選凈一般大新出局的銅錢大用紅繩串穿着每二人搭一張共三張林之孝家的叫將那兩張擺至薛姨媽李嬸娘的席下將一張送至賈母榻下賈母便說放在當地罷這媳婦素知規矩放下桌子一並將錢都打開將紅繩抽去堆在桌上此時唱的西樓會正是這齣將完于叔夜賭氣去了那文豹便發科渾道你賭氣去了恰好今日正月十五榮國府裡老祖宗家宴待我騎了這馬赶進去討些菓子吃是要緊的說畢引得賈母等都笑了薛姨媽等都說好個鬼頭孩子可憐見的鳳姐便說這孩子纔九歲了賈母笑說難為他說得巧說了一個賞字早有三個媳婦已經手下預備下小笸籮聽見一個

嘗字走上去將棹上散堆錢每人撮了一笸籮走出來向戲臺說老祖宗姨太太親家太太賞文豹買菓子吃的說畢向臺一撒只聽豁啷啷滿臺的錢响賈珍賈璉已命小厮們抬大笸籮的錢預備未知怎生賞去且聽下回分解

紅樓夢第五十三回終

紅樓夢第五十四回終

史太君破陳腐舊套　王熙鳳效戲彩斑衣

却說賈珍賈璉暗暗預備下大笸籮的錢聽見賈母說賞忙命小厮們快撒錢只聽滿臺錢响賈母大悅二人遂起身小厮們忙將一把新煖銀壺捧來遞與賈璉手內隨了賈珍趋至裡面賈珍先到李嬸娘席上躬身取下杯來回身賈璉忙斟了一盞然後便至薛姨媽席上也斟了二人忙起來笑說二位爺請坐着罷了何必多禮於是除邢王二夫人滿席都離了席也俱垂手傍站賈珍等至賈母榻前因榻矮二人便屈膝跪了賈珍在前捧盃賈璉在後捧壺雖祗二人捧酒那賈琮弟兄等却都是

一溜排班隨着他二人進來見他二人跪下都一溜跪下寶玉也忙跪下湘雲悄推他笑道你這會子又帮着跪下做什麼有這麼著的呢你也去斟一巡酒豈不好寶玉悄笑道再等一會再斟去說著等他二人斟完起來又給邢王夫人斟過了賈珍笑說妹妹們怎麼著呢賈母等都說道你們去罷他們倒便宜些呢賈珍等方退出當下天有二鼓戲演的是八義觀燈八齣正在熱鬧之際寶玉因下席往外走賈母問往那裡去外頭炮張利害留神天上吊下火紙來燒着寶玉笑回說不往遠去只出去就來賈母命婆子們好生跟着要是寶玉出來只有麝月秋紋幾個小丫頭隨著賈母因說襲人怎麼不見他如今也有

些拿大了单支使小女孩兒出來王夫人忙起身笑說道他媽
前日殁了因有熱孝不便前頭來賈母點頭又笑道跟主子却
講不起這孝與不孝要是他還跟我難道這會子也不在這裡
這些竟成了例了鳳姐兒忙過來笑回道今晚便没孝那園子
裡頭也須得看著燈燭花爆最是擔險的這裡一唱戲園子裡
的誰不來偷瞧瞧他還細心各處照看况且這一散後寶兄弟
囬去睡覺各色都是齊全的若他再來了衆人又不經心散了
囬去鋪蓋也是冷的茶水也不齊全便各色都不便宜自然我
叫他不用來老祖宗要叫他來他就叫他就是了賈母聽了這
話忙說你這話狠是你必想的週到快别叫他了但只他媽幾

時沒了我怎麼不知道鳳姐兒笑道前兒襲人去親自回老太太的怎麼倒忘了賈母想了想笑道想起來了我的記性竟平常了衆人都笑說老太太那裡記得這些事賈母因又嘆道我想著他從小兒伏侍我一塲又伏侍了雲兒末後給了個魔王給他魔了這好幾年他又不是偺們家根生土長的奴才沒受過偺們什麼大恩典他娘沒了我想着要給他幾兩銀子發送他娘也就忘了鳳姐兒道前兒太太賞了他四十兩銀子就是了賈母聽說點頭道這還罷了正好前兒鴛鴦的娘也死了我想他老子娘都在南邊我也沒叫他家去守孝如今他兩處全禮何不叫他二人一處作伴去又命婆子拿些果子菜饌點心

之類和他二人吃去琥珀笑道還等這會子他早就去了說着大家又吃酒看戲且說寶玉一逕來至園中衆婆子見他回房便不跟去只坐在園門裡茶房裡烤火和管茶的女人偷空飲酒鬭牌寶玉至院中雖是燈光燦爛却無人聲麝月道他們都睡了不成偺們悄悄進去唬他們一跳也是大家躡手躡脚潛踪進鏡壁去一看只見襲人和一個人對歪在地炕上那一頭有兩個老嬤嬤打盹寶玉只當他兩個睡着了纔要進去忽聽鴛鴦嘆了一聲說道天下事可知難定論理你單身在這裡父母在外頭每年他們東去西來没個定準想來你是再不能送終的了偏生今年就死在這裡你倒出去送了終襲人道正是

我也想不到能彀看着父母殯殮回了太太又賞了四十兩銀子這倒也算養我一塲我也不敢妄想了寶玉聽了忙轉身悄向麝月等道誰知他也來了我這一進去他又賭氣走了不如偺們回去罷讓他兩個清清淨淨的說話襲人正在那裡悶着幸他來的好說着仍悄悄出來寶玉便走過山石後去站着撩衣麝月秋紋皆站住背過臉去口內笑說蹲下再解小衣留神風吹了肚子後面兩個小丫頭那裡小解忙先出去茶房內預偹水去了這裡寶玉剛過來只見兩個媳婦迎面來了又問是誰秋紋道寶玉在這裡呢大呼小叫留神嚇着罷那媳婦們忙笑道我們不知大節下來惹禍了姑娘們可連日辛苦了說着

已到跟前麝月等問手裡拿著什麼媳婦道外頭唱的是八義
没唱混元盒那裡又跑出金花娘娘來了寶玉命揭起來我瞧
瞧秋紋麝秋忙上去將兩個盒子揭開兩個媳婦忙蹲下身子
寶玉看了兩個盒內都是席上所有的上等菓品茶點點了一
點頭就走麝月等忙胡亂擲了盒蓋跟上來寶玉笑道這兩個
女人倒和氣會說話他們天天乏了倒說你們連日辛苦倒不
是那矜功自伐的麝月道這兩個就好那不知理的是太太知
理寶玉道你們是明白人擔待他們是粗夯可憐的人就完了
一面說一面就走出了園門那幾個婆子雖吃酒鬬牌却不住
出來打探見寶玉出來也都跟上來到了花廳廊上只見那兩

個小丫頭一個捧著個小盆又一個搭著手巾又拿著漚子小壺兒在那裡久等秋紋先忙伸手向盆內試了試說道你越大越粗心了那裡弄得這冷水小小丫頭笑道姑娘瞧瞧這個天我怕水冷倒是滾水這還冷了正說着可巧見一個老婆子提著一壺滾水走來小丫頭就說好奶奶過來給我倒上些水那婆子道姐姐這是老太太沏茶的勸你去舀罷那裡就走大了腳呢秋紋道不管你是誰的你不給我管把老太太的茶吊子倒了洗手那婆子回頭見了秋紋忙提起壺來倒了些秋紋道夠了你這麼大年紀也沒見識誰不知是老太太的要不著的就敢要了婆子笑道我眼花了沒認出這姑娘來寶玉洗了手

那小丫頭子拿小壺兒倒了漚子在他手內寶玉洗了手秋紋麝月也趂熱水洗了一回跟進寶玉來寶玉便要了一壺煖酒也從李嬸娘斟起他二人也笑讓坐賈母便說他小人家兒讓他斟去大家到要乾過這盃說着便自已乾了邢王二夫人也忙乾了薛姨媽李嬸娘也只得乾了賈母又命寶玉道你連姐姐妹妹的一齊斟上不許亂斟都要叫他乾了寶玉聽說答應着一一按次斟上了至黛玉前偏他不飲拿起盃來放在寶玉唇邊寶玉一氣飲乾黛玉笑說多謝寶玉替他斟上一盃鳳姐兒便笑道寶玉別喝冷酒仔細手顫明兒寫不的字拉不的弓寶玉道沒有吃冷酒鳳姐兒笑道我知道沒有不過白囑咐你

然後寶玉將裡面斟完只除賈蓉之妻是命丫鬟們斟的復出至廊下又給賈珍等斟了坐了一回方進來仍歸舊坐一時上湯之後又接著獻元宵賈母便命將戲暫歇小孩子們可憐見的也給他們些滚湯熱菜的吃了再唱又命將各樣菓子元宵等物拿些給他們吃一時歇了戲便有婆子帶了兩個門下常走的女先兒進來放了兩張杌子在那一邊賈母命他們坐了將絃子琵琶遞過去賈母便問李薛二人聽什麼書他二人都回說不拘什麼都好賈母便問近來可又添些什麼新書兩個女先回說倒有一段新書是殘唐五代的故事賈母問是何名女先兒回說這叫做鳳求鸞賈母道這個名字倒好不知因什

麼起的先說大槩你若好再說女先兒道這書上乃是說殘唐之時那一位鄉紳本是金陵人氏名喚王忠曾做兩朝宰輔如今告老還家膝下只有一位公子名喚王熙鳳衆人聽了笑將起來賈母笑道這不衆了我們鳳丫頭了媳婦忙上去推他說是二奶奶的名字少混說賈母道你只管說罷女先兒忙笑着站起來說我們該死了不知是奶奶的諱鳳姐兒笑道怕什麼你說罷重名重姓的多着呢女先兒又說道那年王老爺打發了王公子上京赶考那日遇了大雨到了一個庄子上避雨誰知這庄上也有位鄉紳姓李與王老爺是世交便留下這公子住在書房裡這李鄉紳膝下無兒只有一位千金小姐這小姐

芳名叫做雛鸞琴棋書畫無所不通賈母忙道怪道叫做鳳求鸞不用說了我已經猜著了自然是王熙鳳要求這雛鸞小姐爲妻了女先兒笑道老祖宗原來聽過這回書衆人都道老太太什麽沒聽見過就是沒聽見也猜着了賈母笑道這些書就是一套子左不過是些佳人才子最沒趣兒把人家女兒說的這麽壞還說是佳人編的連影兒也沒有了開口都是鄉紳門第父親不是尚書就是宰相一個小姐必是愛如珍寶這小姐必是通文知禮無所不曉竟是絕代佳人只見了一個清俊男人不管是親是友想起他的終身大事來父母也忘了書也忘了鬼不成鬼賊不成賊那一點兒像個佳人就是滿腹文章做

出這樣事來也筭不得是佳人了比如一個男人家滿腹的文章去做賊難道那王法看他是個才子就不入賊情一案了不成可知那編書的是自已堵自已的嘴再者既說是世宦書香大家子的小姐又知禮讀書連夫人都知書識禮的就是告老還家自然奶媽子丫頭伏侍小姐的人也不少怎麽這些書上凡有這樣的事就只小姐和緊跟的一個丫頭知道你們想想那些人都是管做什麽的可是前言不答後語了不是衆人聽了都笑說老太太這一說是謊都批出來了賈母笑道有個原故編這樣書的人有一等妬人家富貴的或者有求不遂心所以編出來遭塌人家再有一等人他自已有了這些書看邪了

想着得一個佳人纔好所以編出來取樂兒他何常知道那世宦讀書人家兒的道理別說那書上那些大家子如今眼下拿着偺們這中等人家說起也没那樣的事別叫他謅掉了下巴胳子罷所以我們從不許說這些書連丫頭們也不懂這些話這幾年我老了他們姐兒們住的遠我偶然悶了說幾句聽聽他們一來就忙着止住了李薛二人都笑說這正是大家子的規矩連我們家也没有這些雜話叫孩子們聽見鳳姐兒走上來斟酒笑道罷罷酒冷了老祖宗喝一口潤潤嗓子再掰謊罷這一回就叫做掰謊記就出在本朝本地本年本月本日本時老祖宗一張口難說兩家話花開兩朶各表一枝是真是謊且

不表再整觀燈看戲的人老祖宗且讓這二位親戚吃盃酒看兩齣戲着再從逐朝話言掰起如何一面說一面斟酒一面笑未說完衆人俱已笑倒了兩個女先兒也笑個不住都說奶奶好剛口奶奶要一說書真連我們吃飯的地方都沒了薛姨媽笑道你少興頭些外頭有人比不得往常鳳姐兒笑道外頭只有一位珍大哥哥我們還是論哥哥妹妹從小兒一處淘氣淘了這麼大這幾年因做了親我如今立了多少規矩了便不是從小兒兄妹只論大伯子小嬸兒那二十四孝上斑衣戲彩他們不能來戲彩引老祖宗笑一笑我這裡好容易引的老祖宗笑一笑多吃了一點東西大家喜歡都該謝我纔是難道反笑

我不成賈母笑道可是這兩日我竟沒有痛痛的笑一場倒是虧他纔一路說笑的我這裡痛快了些我再吃鍾酒吃着酒又命寶玉來敬你姐姐一杯鳳姐兒笑道不用他敬我討老祖宗的壽能說着便將賈母的杯拿起來將半盃剩酒吃了將盃遞與丫鬟另將溫水浸的盃換一個上來於是各席上的都撤去另將溫酒浸着的代換斟了新酒上來然後歸坐女先兒回說老祖宗不聽這書或者彈一套曲子聽聽罷賈母道你們兩個對一套將軍令罷二人聽說忙合絃按調撥弄起來賈母因問天有幾更了衆婆子忙回三更了賈母道怪道寒浸浸的起來早有衆丫鬟拿了添換的衣裳送來王夫人起身陪笑說道老

太太不如挪進煖閣裡地炕上倒也罷了道二位親戚也不是外人我們陪著就是了賈母聽說笑道旣這樣說不如大家都挪進去豈不煖和王夫人道恐裡頭坐不下賈母道我有道理如今也不用這些棹子只用兩三張並起來大家坐在一處擠著又親熱又煖和衆人都道這纔有趣兒說着便起了席衆媳婦忙撤去殘席裡面直順並了三張大棹又添換了菓饌擺好賈母便說都別拘禮聽我分派你們就坐纔好說着便讓薛李正面上坐自巳西向坐了叫寳琴黛玉湘雲三人皆緊依左右坐下向寳玉說你挨着你太太于是邢夫人王夫人之中夾着寳玉寳釵等姐妹在西邊挨次下去便是婁氏帶着賈藍尤氏

李紈次着賈蘭下面橫頭是賈蓉媳婦胡氏賈母便說珍哥帶著你兄弟們去罷我也就睡了賈珍等忙答應又都進來聽吩咐賈母道快去罷不用進來纔坐好了又都起來你快歇著罷明兒還有大事呢賈珍忙答應了又笑道留下蓉兒斟酒纔是賈母笑道正是忘了他賈珍應了一個是便轉身帶領賈璉等出來二人自是歡喜便命人將賈琮賈璜各自送回家去便約了賈璉去追歡買笑不在話下這裏賈母笑道我正想着雖然這些人取樂必得重孫一對雙全的在席上纔好蓉兒這可全了蓉兒和你媳婦坐在一處倒也團圓了因有家人媳婦呈上戲單賈母笑道我們娘兒們正說得興頭又要吵起來況且那

孩子們熬夜怪冷的也罷且叫他們歇歇把咱們的女孩子們叫他來就在這台上唱兩齣罷也給他們瞧瞧媳婦子們瞧了答應出來忙的一面着人往大觀園去傳人一面二門口去傳小厮們伺候小厮們忙至戲房將班中所有大人一槩帶出只留下小孩子們一時梨香院的教習帶了文官等十二人從遊廊角門出來婆子們抱着幾個軟包因不及抬箱料着賈母愛聽的三五齣戲的彩衣包了來婆子們帶了文官等進去見過只垂手站着賈母笑道大正月裡你師父也不放你們出來逛逛你們如今唱什麽纔剛八齣八義鬧的我頭疼咱們清淡些好你瞧瞧薛姨太太這李親家太太都是有戲的人家不知聽

過多少好戲的這些姑娘們都比咱們家的姑娘見過好戲聽過好曲子如今這小戲子又是那有名頑戲的人家的班子雖是小孩子都比大班子還強咱們好歹別落了褒貶少不得弄個新樣兒的叫芳官唱一齣尋夢只用簫和笙笛餘者一槩不用文官笑道老祖宗說的是我們的戲自然不能入姨太太和親家太太姑娘們的眼不過聽我們一個發脫口齒再聽個喉嚨罷了賈母笑道正是這話了李嬸娘薛姨媽喜的笑道好個靈透孩子你也跟着老太太打趣我們賈母笑道我們這原是隨便的頑意兒又不出去做買賣所以竟不大合時說着又叫葵官唱一齣惠明下書也不用抹臉只用這兩齣叫他們二位

太太聽個助意兒罷了若省了一點兒力我可不依文官等聽了出來忙去扮演上臺先是尋夢次是下書衆人鴉雀無聞薛姨媽笑道實在戲也看過幾百班從沒見過只用簫管的賈母道也有只是像方纔西樓楚江晴一隻多有小生吹簫合的這合大套的實在少這也在人講究罷了這筭什麽出奇又指著湘雲道我像他這麽大的時候兒他爺爺有一班小戲偏有一個彈琴的湊了西廂記的聽琴玉簪記的琴挑續琵琶的胡笳十八拍竟成了真的了比這個更如何衆人都道那更難得了賈母於是叫過媳婦們來吩咐文官等叫他們吹彈一套燈月圓媳婦們領命而去當下賈蓉夫妻二人捧酒一廵鳳姐兒因

賈母十分高興便笑道趁着女先兒們在這裡不如偺們傳梅行一套春喜上眉梢的令如何賈赦笑道這是個好令啊正對時景兒忙命人取了黑漆銅釘花腔令鼓來給女先兒擊着席上取了一枝紅梅賈母笑道到了誰手裡住了鼓吃一杯也要說些什麼纔好鳳姐兒笑道依我說誰像老祖宗要什麼有什麼呢我們這不會的不沒意思嗎怎麼能雅俗共賞纔好不如誰住了誰說個笑話兒罷眾人聽了都知道他素日善說笑話兒肚內有無限的新鮮趣令今見如此說不但在席的諸人喜歡連地下伏侍的老小人等無不歡喜那小丫頭子們都忙去找姐姐叫妹妹的告訴他們快來聽二奶奶又說笑話兒了眾

丫頭子們便擠了一屋子于是戲完樂罷賈母將些湯細點菓給文官等吃去便命响鼓那女先兒們都是慣熟的或緊或慢或如殘漏之滴或如迸豆之急或如驚馬之馳或如疾電之光忽然暗其鼓聲那梅方遞至賈母手中鼓聲恰住大家哈哈大笑賈蓉忙上來斟了一杯衆人都笑道自然老太太先喜了我們纔托賴些喜賈母笑道這酒也罷了只是這笑話兒倒有些難說衆人都說老太太的比鳳姑娘說的還好賞一個我們也笑一笑賈母笑道並沒有新鮮招笑兒的少不得老臉皮厚的說一個罷因說道一家子養了十個兒子娶了十房媳婦兒惟有第十房媳婦兒聰明伶俐心巧嘴乖公婆最疼成日家說那

九個不孝順這九個媳婦兒委屈便商議說偺們九個心裡孝順只是不像那小蹄子兒嘴巧所以公公婆婆只說他好這委屈向誰訴去有主意的說道偺們明兒到閻王廟去燒香和閻王爺說去問他一問叫我們托生爲人怎麽单单給那小蹄子兒一張乖嘴我們都入了夯嘴裡頭那八個聽了都喜歡說這個主意不錯第二日便都往閻王廟裡來燒香九個都在供桌底下睡着了九個魂專等閻王駕到左等不來右等也不到正着急只見孫行者駕着觔斗雲來了看見九個魂便要拿金箍棒打來唬得九個魂忙跪下央求孫行者問起原故來九個人忙細細的告訴了他孫行者聽了把脚一跺歎了一口氣道這

原故幸虧遇見我等着閻王來了他也不得知道八個人聽了就求說大聖發個慈悲我們就好了孫行者笑道那也不難那日你們妯娌十個托生時可巧我到閻王那裡去因爲撒了一泡尿在地下你那個小嬸兒便吃了你們如今要伶俐嘴乖有的是尿再撒泡你們吃就是了說畢大家都笑起來鳳姐兒笑道好的呀幸而我們都是夯嘴夯腮的不然也就吃了猴兒尿了尤氏婁氏都笑向李紈道偺們這裡頭誰是吃過猴兒尿的別裝没事人兒薛姨媽笑道笑話兒在對景就發笑說着又擊起鼓來小丫頭子們只要聽鳳姐兒的笑話便悄悄的和女先兒說明以咳嗽爲記須臾傳至兩遍剛到了鳳姐兒手裡小丫

頭子們故意咳嗽女先兒便住了衆人齊笑道這可拿住他了快吃了酒說一個好的罷別太鬪人笑的腸子疼鳳姐兒想一想笑道一家子也是過正月節合家賞燈吃酒眞眞的熱鬧非常祖婆婆太婆婆媳婦孫子媳婦重孫子媳婦親孫子婦媳姪孫子重孫子灰孫子滴里搭拉的孫子孫女兒外孫女兒姨表孫女兒姑表孫女兒嗳喲喲眞好熱鬧衆人聽他說着已經笑了都說聽這數貧嘴的又不知要編派那一個呢尤氏笑道你要招我我可撕你的嘴鳳姐兒起身拍手笑道人家這裡費力你們緊著混我就不說了賈母笑道你說你的底下怎麽樣鳳姐兒想了一想笑道底下就團團的坐了一屋子吃了一夜酒

就散了眾人見他正言厲色的說了也都再無有別話怔怔的還等往下說只覺他冰冷無味的就住了湘雲看了他半日鳳姐兒笑道再說一個過正月節的幾個人拿著房子大的炮張往城外放去引了上萬的人跟着瞧去有一個性急的人等不得就偷着拿香點着了只見噗哧的一聲眾人鬨然一笑都散了這抬炮張的人抱怨賣炮張的捍的不結實沒等放就散了湘雲道難道本人沒聽見鳳姐兒道本人原是個聾子眾人聽說想了一回不覺失聲都大笑起來又想著先前那個沒完的問他道先那一個到底怎麼樣也該說完了鳳姐兒將棹子一拍道好囉唆到了第二日是十六日年也完了節也完了我看

人忙着收東西還鬧不清那裡還知道底下的事了衆人聽說復又笑起鳳姐兒笑道外頭已經四更多了依我說老祖宗也乏了僧們也該聾子放炮張散了罷尤氏等用絹子握着嘴笑的前仰後合指他說道這個東西真會數貧嘴賈母笑道真真這鳳丫頭越發鍊貧了一面說一面吩咐道他提起炮張來僧們也把烟火放了解解酒賈蓉聽了忙出去帶着小厮們就在院子內安下屏架將烟火設弔齊備這烟火俱係各處進貢之物雖不甚大却極精緻各色故事俱全夾着各色的花炮黛玉稟氣虛弱不禁劈拍之聲賈母便摟他在懷內薛姨媽便摟湘雲湘雲笑道我不怕寶釵笑道他專愛自巳放大炮張還怕這

個呢王夫人便將寶玉摟入懷內鳳姐笑道我們是沒人疼的尤氏笑道有我呢我摟著你你這會子又撒嬌兒了聽見放炮張就像吃了蜜蜂兒屎的今兒又輕狂了鳳姐兒笑道等散了偺們園子裡放去我比小廝們還放的好呢說話之間外面一色色的放了又放又有許多滿天星九龍入雲平地一聲雷飛天十响之類的零星小炮張放罷然後又命小戲子打了一回蓮花落撒得滿臺的錢那些孩子們滿臺的搶錢取樂上湯時賈母說夜長不覺得有些餓了鳳姐忙回說有預備的鴨子肉粥賈母道我吃些清淡的罷鳳姐兒忙道也有棗兒熬的粳米粥預備太太們吃齋的賈母道倒是這個還罷了說著已經撤

去殘席內外另設各種精緻小菜大家隨意吃了些用過嗽口茶方散十七日一早又過寧府行禮伺候掩了祠門收過影像方回來此日便是薛姨媽家請吃年酒賈母連日覺得身上乏了坐了半日回來了自十八日以後親友來請或來赴席的賈母一槩不會有邢夫人王夫人鳳姐三人料理連寶玉只除王子勝家去了餘者亦皆不去只說是賈母留下解悶當下元宵已過鳳姐忽然小產了合家驚慌要知端底下回分解

紅樓夢第五十四回終

紅樓夢第五十五回終

辱親女愚妾爭閒氣　欺幼主刁奴蓄險心

且說榮府中剛將年事忙過鳳姐兒因年內年外操勞太過一時不及檢點便小月了不能理事天天兩三個大夫用藥鳳姐兒自恃強壯雖不出門然籌畫計算想起什麼事來就叫平兒去回王夫人任人諫勸他只不聽王夫人便覺失了膀臂一人能有多少精神凡有了大事就自巳主張將家中瑣碎之事一應都暫令李紈協理李紈本是個尚德不尚才的未免逞縱了下人王夫人便命探春合同李紈裁處只說過了一月鳳姐將養好了仍交給他誰知鳳姐稟賦氣血不足兼年幼不知保養

平生爭強鬬智心力更虧故雖係小月竟著實虧虛下來一月之後又添了下紅之症他雖不肯說出來眾人看他面目黃瘦便知失於調養王夫人只令他好生服藥調養不令他操心他自已也怕成了大症遺笑于人便想偷空調養恨不得一時復舊如常誰知服藥調養直到三月間纔漸漸的起復過來下紅也漸漸止了此是後話如今且說目今王夫人見他如此探春和李紈暫難謝事園中人多又恐失於照管特請了寶釵來托他各處小心因囑咐他老婆子們不中用得空兒吃酒鬬牌白日裏睡覺夜裏鬬牌我都知道的鳳丫頭在外頭他們還有個怕懼如今他們又該取便了好孩子你還是個妥當人你兄弟

妹妹們又小我又沒工夫你替我辛苦兩天照應照應凡有想不到的事你來告訴我別等老太太問出來我沒話回那些人不好你只管說他們不聽你來回我別弄出大事來纔好寶釵聽說只得答應了時屆季春黛玉又反了咳嗽湘雲亦因時氣所感也病臥在蘅蕪苑一天醫藥不斷探春和李紈相住間壁二人近日同事不比往年往來回話人等亦甚不便故二人議定每日早晨皆到園門口南邊的三間小花廳上去會齊辦事吃過早飯於午錯方回這三間廳原係預備省親之時衆執事太監起坐之處故省親已後也用不著了每日只有婆子們上夜如今天已和煖不用十分修理只不過畧略的陳設些便可

他二人起坐這廳上也有一處匾題着補仁諭德四字家下俗語皆只叫議事廳兒如今他二人每日卯正至此午正方散凡一應執事的媳婦等來往回話的絡繹不絕衆人先聽見李紈獨辦各各心中暗喜因爲李紈素日是個厚道多恩無罰的人自然比鳳姐兒好搪塞些便添了一個探春都想着不過是個未出閨閣的年輕小姐且素日也最平和恬淡因此都不在意比鳳姐兒前便懈怠了許多只三四天後幾件事過手漸覺探春精細處不讓鳳姐只不過是言語安靜性情和順而已可巧連日有王公侯伯世襲官員十幾處皆係榮寧非親即世交之家或有陞遷或有黜降或有婚喪紅白等事王夫人賀弔迎送

應酬不暇前邊更無人照管他二人便一日皆在廳上起坐寶釵便一日在上房監察至王夫人回方散每於夜間針線暇時臨寢之先坐了轎帶領園中上夜人等各處巡察一次他三人如此一理更覺比鳳姐兒當權時倒更謹慎了些因而裡外下人都暗中抱怨說剛剛的倒了一個巡海夜叉又添了三個鎮山太歲越發連夜裡偷著吃酒頑的工夫都没了這日王夫人正是往錦鄉侯府去赴席李紈與探春早已梳洗伺候出門去後回至廳上坐了剛吃茶時只見吳新登的媳婦進來回說趙姨娘的兄弟趙國基昨兒出了事已回過老太太太太說知道了叫回姑娘來說畢便垂手傍侍再不言語彼時來回話者不

少都打聽他二人辦事如何若辦得妥當大家則安箇畏懼之心若少有嫌隙不當之處不但不畏服一出二門還說出許多笑話來取笑吳新登的媳婦心中已有主意若是鳳姐前他便早已獻勤說出許多主意又查出許多舊例來任鳳姐揀擇施行如今他藐視李紈老實探春是年輕的姑娘所以只說出這一句話來試他二人有何主見探春便問李紈李紈想了一想便道前日襲人的媽死了聽見說賞銀四十兩這也賞他四十兩罷了吳新登的媳婦聽了忙答應了個是接了對牌就走探春道你且回來吳新登家的只得回來探春道你且別支銀子我且問你那幾年老太太屋裡的幾位老姨奶奶也有家裡的

也有外頭的有兩個分別家裡的若死了人是賞多少外頭的死了人是賞多少你且說兩個我們聽聽一問吳新登家的便都忘了忙陪笑回說道這也不是什麽大事賞多賞少誰還敢爭不成探春笑道這話胡鬧依我說賞一百倒好若不按理別說你們笑話明兒也難見你二奶奶吳新登家的笑道既這麽說我查舊賬去此時却不記得探春笑道你辦事辦老了的還不記得倒來難我們你素日回你二奶奶也現查去若有這道理鳳姐姐還不算利害也就算是寬厚了還不快找了來我瞧再遲一日不說你們粗心倒像我們没主意了吳新登家的滿面通紅忙轉身出來衆媳婦們都伸舌頭這裡又回別的事一

時吳家的收了舊賬來探春看時兩個家裏的賞過皆二十四兩兩個外頭的皆賞過四十兩外還有兩個外頭的一個賞過一百兩一個賞過六十兩這兩筆底下皆有原故一箇是隔省還父母之柩外賞六十兩一個是現買葬地外賞二十兩探春便遞給李紈看了探春便說給他二十兩銀子把這賬留下我們細看吳新登家的去了忽見趙姨娘進來李紈探春忙讓坐趙姨娘開口便說道這屋裡的人都踹下我的頭去還罷了姑娘你也想一想該替我出氣纔是一面說一面便眼淚鼻涕哭起來探春忙道姨娘這話說誰我竟不懂誰踹姨娘的頭說出來我替姨娘出氣趙姨娘道姑娘現踹我我告訴誰去探春聽

說忙站起來說道我並不敢李紈也忙站起來勸趙姨娘道你
們請坐下聽我說我這屋裡熬油是的熬了這麼大年紀又有
你兄弟這會子連襲人都不如了我還有什麼臉連你也沒臉
面別說是我呀探春笑道原來為這個我說我並不敢犯法違
禮一面便坐了拿賬番給趙姨娘瞧又念給他聽又說道這是
祖宗手裡舊規矩人人都依着偏我改了不成這也不但襲人
將來環兒收了屋裡的自然也是和襲人一樣這原不是什麼
爭大爭小的事講不到有臉沒臉的話上他是太太的奴才我
是按着舊規矩辦說辦的好領祖宗的恩典太太的恩典若說
辦的不公那是他糊塗不知福也只好憑他抱怨去太太連房

子賞了人我有什麽有臉的地方兒一文不賞我也沒什麽沒臉的依我說太太不在家姨娘安靜些養神罷何苦只要操心太太滿心疼我因姨娘每每生事幾次寒心我但凡是個男人可以出得去我早走了立出一番事業來那時自有一番道理偏我是女孩兒家一句多話也沒我亂說的太太滿心裡都知道如今因看我重纔叫我管家務還沒有做一件好事姨娘倒先來作踐我倘或太太知道了怕我爲難不叫我管那纔正經沒臉呢連姨娘真也沒臉了一面說一面抽抽搭搭的哭起來趙姨娘沒話答對便說道太太疼你你該越發拉扯拉扯我們你只顧討太太的疼就把我們忘了探春道我怎麽忘了叫我

怎麽拉扯這也問他們各人那一個主子不疼出力得用的人那一個好人用人拉扯呢李紈在傍只管勸說姨娘別生氣也怨不得姑娘他滿心裡要拉扯口裡怎麽說的出來探春忙道這大嫂子也糊塗了我拉扯誰誰家姑娘們拉扯奴才了他們的好歹你們該知道與我什麽相干趙姨娘氣的問道誰叫你拉扯別人去了你不當家我也不來問你你如今現在說一是一說二是二如今你舅舅死了你多給了二三十兩銀子難道太太就不依你分明太太是好太太都是你們尖酸剋薄可惜太太有恩無處使姑娘放心這也使不着你的銀子明日等出了閣我還想你額外照看趙家呢如今没有長翎毛兒就忘了

根本只揀高枝兒飛去了探春沒聽完氣的臉白氣壹越發嗚嗚咽咽的哭起來因問道誰是我舅舅我舅舅早陞了九省的檢點了那裡又跑出一個舅舅來我倒素昔按禮尊敬怎麽敬出這些親戚來了旣這麽說每日環兒出去爲什麽趙國基又站起來又跟他上學爲什麽不拿出舅舅的款來何苦來誰不知道我是姨娘養的必要過兩三個月尋出由頭來徹底來翻騰一陣怕人不知道故意表白表白也不知道是誰給誰沒臉幸虧我還明白但凡糊塗不知禮的早急了李紈急得只管勸趙姨娘只管還嘮叨忽聽有人說二奶奶打發平姑娘說話來了趙姨娘聽說方把嘴止住只見平兒走來趙姨娘忙陪笑讓

坐又忙問你奶奶好些我正要瞧去就只沒得空兒李紈見平兒進來因問他來作什麼平兒笑道奶奶說趙姨奶奶的兄弟沒了恐怕奶奶和姑娘不知有舊例若照常例只得二十兩如今請姑娘裁度着再添些也使得探春早已拭去淚痕忙說道又好好的添什麼誰又是二十四個月養的不然也是出兵放馬背着主子逃出命來過的人不成你主子真個倒巧叫我開了例他做好人拿著太太不心疼的錢樂得做人情你告訴他我不敢添減混出主意他添他施恩等他好了出來愛怎麼添怎麼添平兒一來時已明白了對半今聽這話越發會意見探春有怨色便不敢以往日喜樂之時相待只一邊垂手默侍時

値寶釵也從上房中来探春等忙起身讓坐未及開言又有一個媳婦進來回事因探春纔哭了便有三四個小丫鬟捧了臉盆巾帕靶鏡等物來此時探春因盤膝坐在矮板榻上那捧盆丫鬟走至跟前便雙膝跪下高捧臉盆那兩個丫鬟也都在旁屈膝捧着巾帕並靶鏡脂粉之飾平兒見侍書不在這裡便忙上來與探春挽袖卸鐲又接過一条大手巾來將探春面前衣襟掩了探春方伸手向臉盆中盥沐媳婦便回道奶奶姑娘家學裡支環爺和蘭哥兒一年的公費平兒先道你忙什麽你睜着眼看見姑娘洗臉你不出去伺候着倒先說話來二奶奶跟前你也這樣沒眼色來着姑娘雖恩寛我去回了二奶奶只說

你們眼裡都沒姑娘你們都吃了虧可別怨我唬得那個媳婦忙陪笑說我粗心了一面說一面忙退出去探春一面勻臉一面向平兒冷笑道你遲了一步沒見還有可笑的連吳姐姐這麼個辦老了事的也不查清楚了就來混我們幸虧我們問他他竟有臉說忘了我說他回二奶奶事也忘了再找去我料著你主子未必有耐性兒等他去找平兒笑道他有這麼一次包管腿上的筋早折了兩根姑娘別信他們那是他們瞅着大奶奶是個菩薩姑娘又是腼腆小姐固然是託懶來混說著又向門外說道你們只管撒野等奶奶大安了咱們再說門外的衆媳婦都笑道姑娘你是個最明白的人俗語說一人作罪一人

當我們並不敢欺弊主子如今主子是嬌客若認真惹惱了死無葬身之地平兒冷笑道你們明白就好了又陪笑向探春道姑娘知道二奶奶本來事多那裡照看得這些保不住不忽畧俗語說傍觀者清這幾年姑娘冷眼看着或有該添該減的去處二奶奶沒行到姑娘竟一添減頭一件與太太有益第二件也不枉姑娘待我們奶奶的情義了話未說完寶釵李紈皆笑道好丫頭真怨不得鳳丫頭偏疼他本無來可添減之事如今聽你一說倒要找出兩件來斟酌斟酌不辜負你這話探春笑道我一肚子氣正要拿他奶奶出氣去偏他碰了來說了這些話叫我也沒了主意了一面說一面叫進方纔那媳婦來問環

爺和蘭哥家學裡這一年的銀子是做那一項用的那媳婦便回說一年學裡吃點心或者買紙筆每位有八兩銀子的使用探春道凡爺們的使用都是各屋裡月錢之內環哥的是姨娘領二兩寶玉的老太太屋裡襲人領二兩蘭哥兒是大奶奶屋裡領怎麽學裡每人多這八兩原來上學去的是爲這八兩銀子從今日起把這一項蠲了平兒回去告訴你奶奶說我的話把這一條務必免了平兒笑道早就該免舊年奶奶原說要免來着因年下忙就忘了那媳婦只得答應着去了就有大觀園中媳婦捧了飯盒子來侍書素雲早已抬過一張小飯桌來平兒也忙著上菜探春笑道你說完了話幹你的去罷在這裡又

忙什麽平兒笑道我原沒事二奶奶打發了我來一則說話二則怕這裡的人不方便叫我幇着妹妹們伏侍奶奶姑娘來了探春因問寳姑娘的怎麽不常來一處吃丫鬟們聽說忙出至簷外命媳婦們去說寳姑娘如今在廳上一處吃呢他們把飯送了這裡來探春聽說便高聲說道你別混支使人那都是辦大事的管家娘子們你們支使他要飯要茶的連個高低都不知道平兒這裡站着叫他叫去平兒忙答應了一聲出來那些媳婦們都悄悄的拉住笑道那裡用姑娘去叫我們已有人叫去了一面說一面用絹子撣臺堦的土說姑娘站了半天乏了這太陽地裡歇歇兒罷平兒便坐下又有茶房裡兩個婆子拿

丫個坐褥鋪下說石頭冷這是極干净的姑娘將就坐一坐兒罷平兒點頭笑道多謝一個又捧了一碗精緻新茶出來也悄悄笑說這不是我們常用的茶原是伺候姑娘們的姑娘且潤一潤罷平兒遂欠身接了因指衆媳婦悄悄說道你們太鬧的不像了他是個姑娘家不肯發威動怒這是他尊重你們就藐視欺負他果然招他動了大氣不過說他一個粗糙就完了你們就現吃不了的虧他撒個嬌兒太太也得讓他一二分二奶奶也不敢怎麼你們就這麼大胆子小看他可是雞蛋往石頭上碰衆人都忙道我們何嘗敢大膽了都是趙姨娘鬧的平兒也悄悄的道罷了好奶奶們墻倒衆人推那趙姨娘原有些顛

倒着三不着兩有了事就都賴他你們素日那眼裡沒人心術利害我這幾年難道還不知道二奶奶要是略差一點兒的早叫你們這些奶奶們治倒了饒這麼著得一點空兒還要難他一難好幾次沒落了你們的口聲衆人都說他利害你們都怕他惟我知道他心裡也就不算不怕的前兒我們還議論到這裡再不能依頭順尾必有兩場氣生那三姑娘雖是個姑娘你們都橫看了他二奶奶在這些大姑子小姑子裡頭也就只单怕他五分兒你們這會子倒不把他放在眼裡了正說着只見秋紋走來衆媳婦忙赶着問好又說姑娘也且歇歇裡頭擺飯呢等撤下棹子來再回話去罷秋紋笑道我比不得你們我那

裡等得說着便直要上廳去平兒忙叫快回來秋紋回頭見了平兒笑道你又在這裡充什麼外圍子的防護一面回身便坐在平兒褥上平兒悄問回什麼秋紋道問一問寶玉的月錢我們的月錢多早晚纔領平兒道這什麼大事你快回去告訴襲人說我的話憑有什麼事今日都別回若回一件管駁一件回一百件管駁一百件秋紋聽了忙問這是爲什麼平兒與衆媳婦等都忙告訴他原故又說正要找幾處利害事與有體面的人來開例作法子鎮壓與衆人作榜樣呢何苦你們先來碰在這釘子上你這一去說了他們若拿你們也作一二件榜樣又礙着老太太太太若不拿着你們做一二件人家又說偏一個

向一個仗着老太太太太威勢的就怕不敢惹只拿着軟的做鼻子頭兒你聽聽罷二奶奶的事他還要駁兩件纔壓得衆人口聲呢秋紋聽了伸了伸舌頭笑道幸而平姐姐在這裏沒得臊一鼻子灰趂早知會他們去說着便起身走了接着寶釵的飯至平兒忙進來伏侍那時趙姨娘已去三人在板床上吃飯寶釵面南探春面西李紈面東衆媳婦皆在廊下靜候裏頭只有他們緊跟常侍的丫鬟伺候別人一槩不敢擅入這些媳婦們都悄悄的議論說大家省事罷別安着沒良心的主意連吳大娘纔都討了沒意思偺們又是什麼有臉的都一邊悄議等飯完回事此時裏面惟聞微嗽之聲不聞碗箸之响一時只見一

個丫頭將簾櫳高揭又有兩個將桌抬出茶房內有三個丫鬟捧着三個沐盆兒見飯桌已出三人便進去了一回又捧出沐盆並漱盂來方有侍書素雲鶯兒三個人每人用茶盤捧了三盖碗茶進去一時等他三人出來侍書命小丫頭子好生伺候着我們吃飯來換你們可又別偷坐着去衆媳婦們方慢慢的安分回事不敢如先前輕慢踈忽了探春氣方漸平因向平兒道我有一件大事早要和你奶奶商議如今可巧想起來你吃了飯快來寶姑娘也在這裡偺們四個人商議了再細細的問你奶奶可行可止平兒答應回去鳳姐因問為何去這半日平兒便笑着將方纔的原故細細說與他聽了鳳姐兒笑道好好

好好個三姑娘我說不錯只可惜他命薄没托生在太太肚裡平兒笑道奶奶也說糊塗話了他就不是太太養的難道誰敢小看他不和别的一樣看待麽鳳姐嘆道你那裡知道雖然正出庶出是一樣但只女孩兒却比不得兒子將來作親時如今有一種輕狂人先要打聽姑娘是正出是庶出多有爲庶出不要的殊不知庶出只要人好比正出的强百倍呢將來不知那個没造化的爲挑正庶悮了事呢也不知那個有造化的不挑正庶的得了去說着又向平兒笑道你知道我這幾年生了多少省儉的法子一家子大約也没個背地裡不恨我的我如今也是騎上老虎了雖然看破些無奈一時也難寬放二則家裡

出去的多進來的少凡有大小事兒仍是照着老祖宗手裡的規矩却一年進的産業又不及先時多省儉了外人又笑話老太太太太也受委屈家下也抱怨尅薄若不趂早兒料理省儉之計再幾年就都賠盡了平兒道可不是這話將來還有三四位姑娘還有兩三個小爺們一位老太太這幾件大事未完呢鳳姐兒笑道我也慮到這裡倒也彀了寶玉和林妹妹他兩個一娶一嫁可以使不着官中錢老太太自有體巳拿出來二姑娘是大老爺那邊的也不筭剩了三四個滿破着每人花上七八千銀子環哥娶親有限花上三千銀子若不彀那裡省一抿子也就彀了老太太的事出來一應都是全了的不過零星雜

項使費些滿破三五千兩如今再儉省些陸續就彀了只怕如今平空再生出一兩件事來可就了不得了偺們且別慮後事你且吃了飯快聽他們商議什麽這正碰了我的機會我正愁沒個膀臂雖有個寶玉他又不是這裏頭的貨總收伏了他也不中用大奶奶是個佛爺也不中用二姑娘更不中用亦且不是這屋裏的人四姑娘小呢蘭小子和環兒更是個燎毛的小凍貓子只等有熱竈火坑讓他鑽去罷真真一個娘肚子裏跑出這樣天懸地隔的兩個人來我想到那裏就不服再者林丫頭和寶姑娘他兩個人倒好偏又都是親戚又不好管偺們家務事況且一個是美人燈兒風吹吹就壞了一個是拿定了主

意不干己事不張口一問搖頭三不知也難十分去問他倒只剩了三姑娘一個心裡嘴裡都也來得又是咱家的正人太太又疼他雖然臉上淡淡的皆因是趙姨娘那老東西鬧的心裡却是和寶玉一樣呢比不得環兒實在令人難疼要依我的性子早攆出去了如今他既有這主意正該和他協同大家做個膀臂我也不孤不獨了按正禮天理良心上論咱們有他這一個人幫着咱們也省些心與太太的事也有益若按私心藏好上論我也太行毒了也該抽回退步回頭看看再要窮追苦尅人恨極了他們笑裡藏刀咱們兩個纔四個眼睛兩個心一時不防倒弄壞了趁着緊溜之中他出頭一料理衆人就把往日

偺們的恨暫可解了還有一件我雖知你極明白恐怕你心裡挽不過來如今囑咐你你雖是姑娘家心裡却事事明白不過是言語謹慎他又比我知書識字更利害一層了如今俗語說擒賊必先擒王他如今要作法開端一定是先拿我開端倘或他要駁我的事你可別分辯你只越恭敬越說駁的是纔好千萬別想着怕我沒臉和他一强就不好了平兒不等說完便笑道你太把人看糊塗了我纔已經行在先了這會子纔囑咐我鳳姐兒笑道我是恐怕你心裡眼裡只有了我一槩沒有他人之故不得不囑咐旣已行在先更比我明白了這不是你又急了滿嘴裡你呀我的起來了平兒道偏說你你不依這不是嘴

把子再打一頓難道這臉上還沒嚐過的不成鳳姐兒笑道你這小蹄子兒要掂多少過兒纔罷你看我病的這個樣兒還来慪我呢過來坐下橫竪沒人來咱們一處吃飯是正經說着豐兒等三四個小丫頭子進來放小炕桌鳳姐只吃燕窩粥兩碟子精緻小菜每日分例菜已暫減去豐兒便將平兒的四樣分例菜端至桌上與平兒盛了飯來平兒屈一膝於炕沿之上半身猶立於炕下陪着鳳姐兒吃了飯伏侍漱口畢吩咐了豐兒些話方往探春處來只見院中寂靜人已散出要知後事何如且聽下回分解

紅樓夢第五十五回終

紅樓夢第五十六回

敏探春興利除宿弊　賢寶釵小惠全大體

話說平兒陪著鳳姐吃了飯伏侍盥漱畢方往探春處來只見院中寂靜只有丫鬟婆子一個個都站在窗外聽候平兒進入廳中他姐妹姑嫂三人正商議些家務說的便是年內賴大家請吃酒他家花園中事故見他來了探春便命他脚踏上坐了因說道我想的事不為別的只想着我們一月所用的頭油脂粉又是二兩的事我想偺們一月已有了二兩月銀了頭們又另有月錢可不是有同剛纔學裡的八兩一樣重重叠叠這事雖小錢有限看起來也不妥當你奶奶怎麽就没想到這個呢

平兒笑道這有個原故姑娘們所用的這些東西自然該有分例每月每處買辦買了令女人們交送我們收管不過預備姑娘們使用就罷了沒有個我們天天各人拿着錢找人買這些去的所以外頭買辦總領了去按月使女人按房交給我們至于姑娘們每月的這二兩原不是爲買這些的爲的是一時當家的奶奶太太或不在家或不得閑姑娘們偶然要個錢使省得找人去這不過是恐怕姑娘們受委屈意思如今我冷眼看着各屋裏我們的姐妹都是現拿錢買這些東西的竟有了一半子我就疑惑不是買辦脫了空就是買的不是正經貨探春李紈都笑道你也留心看出來了脫空是沒有的只是遲些日

子催急了不知那裡弄些來不過是個名兒其實使不得依然還得現買就用二兩銀子另叫別人的奶媽子的弟兄兒子買來方纔使得要使官中的人去依然是那一樣的不知他們是什麼法子平兒便笑道買辦買的是那東西別人買了好的來買辦的也不依他又說他使壞心要奪他的買辦所以他們寧可得罪了裡頭不肯得罪了外頭辦事的要是姑娘們使了奶媽子們他們也就不敢說閑話了探春道因此我心裡不自在饒費了兩起錢東西又白丟一半不如竟把買辦的這一項每月蠲了為是此是第一件事第二件年裡往頼大家去你也去的你看他那小園子比偺們這個如何平兒笑道還沒有偺們

這一年大樹木花草也少多著呢探春道我因和他們家的女孩兒說閒話兒他說這園子除他們帶的花兒吃的筍菜魚蝦一年還有人包了去年終足有二百兩銀子剩從那日我纔知道一個破荷葉一根枯草根子都是值錢的寶釵笑道眞眞膏粱紈袴之談你們雖是千金原不知道這些事但只你們也都念過書識過字的竟沒看見過朱夫子有一篇不自棄的文麼探春笑道雖也看過不過是勉人自勵虛比浮詞那裏眞是有的寶釵道朱子都行了虛比浮詞了那句句都是有的你纔辦了兩天事就利慾薰心把朱子都看虛浮了你再出去見了那些利弊大事越發連孔子也都看虛了呢探春笑道你這樣一

個通人竟沒看見姬子書當日姬子有云登利祿之場處運籌之界者窮堯舜之詞背孔孟之道寶釵笑道底下一句呢探春笑道如今斷章取意念出底下一句我自己罵我自己不成寶釵道天下沒有不可用的東西既可用便值錢難爲你是個聰明人這大節目正事竟沒經歷李紈笑道叫人家來了又不說正事你們且對講學問寶釵道學問中便是正事若不拿學問提着便都流入市俗去了三人取笑了一回便仍談正事探春又接說道偺們這個園子只算比他們的多一半加一倍算起來一年就有四百銀子的利息若此時也出脫生發銀子自然小器不是偺們這樣人家的事若派出兩個一定的人來既有

許多値錢的東西任人作踐了也似乎暴殄天物不如在園子裡所有的老媽媽中揀出幾個老成本分能知園圃的派他們收拾料理也不必要他們交租納稅只問他們一年可以孝敬些什麼一則園子有耑定之人修理花木自然一年好似一年了也不用臨時忙亂二則也不致作踐白辜負了東西三則老媽媽們也可借此小補不枉成年家在園中辛苦四則也可省了這些花兒匠山子匠並打掃人等的工費將此有餘以補不足未爲不可寶釵正在地下看壁上的字畫聽如此說便點頭笑道善哉三年之內無飢饉矣李紈道好主意果然這麼行太太必喜歡省錢事小園子有人打掃耑司其職又許他們去賣錢

使之以權動之以利再無不盡職的了平兒道這件事須得姑娘說出來我們奶奶雖有此心未必好出口此刻姑娘們在園裡住着不能多弄些頑意兒陪襯反叫人去監管修理圖省錢這話斷不好出口寶釵忙走過來摸着他的臉笑道你張開嘴我瞧瞧你的牙齒舌頭是什麽做的從早起來到這會子你說了這些話一套一個樣子也不奉承三姑娘也不說你們奶奶才短想不到三姑娘說一套話出來你就有一套話回奉總是三姑娘想得到的你們奶奶也想到了只是必有個不可辦的原故這會子又是因姑娘們住的園子不好因省錢令人去監督你們想想這話要果真交給人弄錢去的那人自然是一枝

花也不許掐一箇菓子也不許動了姑娘們分中自然是不敢講究天天和小姑娘們就吵不清他這遠愁近慮不抗不卑他們奶奶就不是和偺們好聽他這一番話也必要自愧的變好了探春笑道我早起一肚子氣聽他來了忽然想起他主子來素日當家使出來的好撒野的人我見了他更生氣了誰知他來了避猫鼠兒是的站了半日怪可憐的接着又說了那些話不說他主子待我好到說不枉姑娘待我們奶奶素日的情意了這一句話不但沒了氣我到愧了又傷起心來我細想我一個女孩兒家自已還鬧得沒人疼沒人顧的我那裡還有好處去待人口內說到這裡不免又流下淚來李紈等見他說得懇

切又想他素日趙姨娘每生誹謗在王夫人跟前亦爲趙姨娘所累也都不免流下淚來都忙勸他趁今日清淨大家商議兩件興利剔弊的事情也不枉太太委托一場又提這没要緊的事做什麽平兒忙道我已明白了姑娘説誰好竟一派人就完了探春道雖如此説也須得囘你奶奶一聲兒我們這裡搜剔小利已經不當皆因你奶奶是個明白人我纔這樣行若是糊塗多歪多妒的我也不肯倒像抓他的乖的是的豈可不商議了行呢平兒笑道這麽着我去告訴一聲兒説着去了半日方囘來笑道我説是白走一趟這樣好事奶奶豈有不依的探春聽了便和李紈命人將園中所有婆子的名單要來大家參度

大概定了幾個人又將他們一齊傳來李紈大概告訴給他們衆人聽了無不願意也有說那片竹子单交給我一年工夫明年又是一片除了家裡吃的笋一年還可交些錢糧這一個說那一片稻地交給我一年這些頑的大小雀鳥的糧食不必動官中錢糧我還可以交錢糧探春纔要說話人回大夫來了進園瞧史姑娘去衆婆子只得去領大夫平兒忙說单你們有一百也不成個體統難道沒有兩個管事的頭腦兒帶進大夫來回事的那人說有吳大娘和单大娘他兩個在西南角上聚錦門等着呢平兒聽說方罷了衆婆子去後探春問寶釵如何寶釵笑答道幸於始者怠於終善其辭者嗜其利探春聽了點頭

稱讚便向冊上指出幾個來與他三人看平兒忙去取筆硯來
他三人說道這一個老祝媽是個妥當的況他老頭子和他兒
子代代都是管打掃竹子如今竟把這所有的竹子交與他這
一個老田媽本是種庄家的稻香村一帶凡有菜蔬稻稗之類
雖是頑意兒不必認真大治大耕也須得他去再細細按時加
些植養豈不更好探春又笑道可惜衡蕪苑和怡紅院這兩處
大地方竟沒有出息之物李紈忙笑道蘅蕪苑裡更利害如今
香料舖並大市大廟賣的各處香料香草兒都不是這些東西
算起來比別的利息更大怡紅院別說別的單只說春夏兩季
的玫瑰花共下多少花朵兒還有一帶籬笆上的薔薇月季寶

相金銀花藤花這幾色草花乾了賣到茶葉鋪藥鋪去也值好些錢探春笑著點頭兒又道只是弄香草沒有在行的人平兒忙笑道跟寶姑娘的鶯兒他媽就是會弄這個的上回他還採了些曬乾了編成花籃葫蘆給我頑呢姑娘倒忘了麼寶釵笑道我纔讚你你倒來捉弄我了三人都詫異問道這是爲何寶釵道斷斷使不得你們這裡多少得用的人一個個閒著沒事辦這會子我又弄個人來叫那起人連我也看小了我倒替你們想出一個人來怡紅院有個老葉媽他就是焙茗的娘那是個誠實老人家他又合我們鶯兒媽極好不如把這事交與葉媽他有不知的不必偺們說給他就找鶯兒的娘去商量了那

怕葉媽全不管竟交與那一個這是他們私情兒有人說閒話也就怨不到偺們身上如此一行你們辦的又公道於事又妥當李紈平兒都道很是探春笑道雖如此只怕他們見利忘義呢平兒笑道不相干前日鶯兒還認了葉媽做乾娘請吃飯吃酒兩家和厚的很呢探春聽了方罷了又共斟酌出幾個人來俱是他四人素昔冷眼取中的用筆圈出一時婆子們來回大夫巳去將藥方送上去三人看了一面遣人送出外邊去取藥監派調服一面探春與李紈明示諸人某人管某處按四季除家中定例用多少外餘者任憑你們採取去取利年終筭賬探春笑道我又想起一件事若年終筭賬歸錢時自然歸到賬房

仍是上頭又添一層管主還在他們手心裡又剝一層皮這如今我們興出這件事派了你們已是跨過他們的頭去了心裡有氣只說不出來你們年終去歸賬他還不捉弄你們等什麼再者這一年間管什麼的主子有一全分他們就得半分這是每常的舊規人所共知的如今這園子是我的新創竟別入他們的手每年歸賬竟歸到裡頭來纔好寶釵笑道依我說裡頭也不用歸賬這個多了那個少了倒多了事不如問他們誰領這一分的他就攬一宗事去不過是園裡的人動用我替你們筭出來了有限的幾宗事不過是頭油胭粉香紙每一位姑娘幾個丫頭都是有定例的再者各處笤箒簸箕撣子並大小禽

鳥鹿兎吃的糧食不過這幾樣都是他們包了去不用賬房去領錢你算算就省下多少來平兒笑道這幾宗雖小一年通共算了也省的下四百多銀子寶釵笑道却又來一年四百二年八百兩打租的房子也能多買幾間薄沙地也可以添幾畝了雖然還有敷餘但他們既辛苦了一年也要叫他們剩些粘補自家雖是興利節用爲綱然也不可太過要再省上二三百銀子失了大體統也不像所以這麽一行外頭賬房裡一年少出四五百銀子也不覺的狠艱嗇了他們裡頭却也得些小補這些沒營生的媽媽們也寬裕了園子裡花木也可以每年滋長繁盛就是你們也得了可使之物這庶幾不失大體若一味要

省時那裡搜尋不出幾個錢來凡有些餘利的一概入了官中那時裡外怨聲載道豈不失了你們這樣人家的大體如今這園裡十幾個老媽媽們若只給了這個那剩的也必抱怨不公我纔說的他們只供給這箇幾樣也未免太寬裕了一年竟除這個之外他每人不論有餘無餘只叫他拿出若干吊錢來大家湊齊单散與這些園中的媽媽們他們雖不料理這些那日夜也都在園中照料當差之人關門閉戶起早睡晚大雨大雪姑娘們出入擡轎子撐船拉冰床一應粗重活計都是他們的差使一年在園裡辛苦到頭這園內既有出息也是分內該沾帶些的還有一句至小的話越發說破了你們只顧了自已寬

裕不分與他們些他們雖不敢明怨心裡却都不服只用假公濟私的多摘你們幾個菓子多掐幾枝花兒你們有冤還沒處訴呢他們也沾帶些利息你們有照顧不到的他們就替你們照顧了眾婆子聽了這箇議論又去了賬房受轄制又不與鳳姐兒去算賬一年不過多拿出若干吊錢來各各歡喜異常都齊聲說原意強如出去被他們揉搓着還得拿出錢來呢那不得管地的聽了每年終無故得錢更都喜歡起來口內說他們辛苦收拾是該剩些錢粘補的我們怎麼好穩吃三注呢寶釵笑道媽媽們也別推辭了這原是分內應當的你們只要日夜辛苦些別躲懶縱放人吃酒賭錢就是了不然我也不該管這

事你們也知道我姨娘親口囑托我三五回說大奶奶如今又不得閑別的姑娘又小托我照看照看我若不依分明是叫姨娘操心我們太太又多病家務也忙我原是個閑人就是街坊鄰舍也要幫個忙兒何況是姨娘托我講不起衆人嫌我倘或我只顧沽名吊譽的那時酒醉賭輸再生出事來我怎麽見姨娘你們那時後悔也遲了就連你們素昔的老臉也都丟了這些姑娘們這麽一所大花園子都是你們照管着皆因看的你們是三四代的老媽媽最是循規蹈矩原該大家齊心顧些體統你們反縱放別人任意吃酒賭博姨娘聽見了教訓一場猶可倘若被那幾個管家娘子聽見了他們也不用回姨娘竟教

導你們一塲你們這幾年老的反受了小的教訓雖是他們是管家管的着你們何如自已存些體面他們如何得來作踐呢所以我如今替你們想出這個額外的進益來也爲的是大家齊心把這園裡週全得謹謹愼愼的使那些有權執事的看見這般嚴肅謹愼且不用他們操心他們心裡豈不敬服也不枉替他們籌畫些進益了你們去細細想想這話衆人都歡喜說姑娘說的狠是從此姑娘奶奶只管放心姑娘奶奶這麽疼顧我們我們再要不體上情天地也不容了剛說著只見林之孝家的進來說江南甄府裡家眷昨日到京今日進宮朝賀此刻先遣人來送禮請安說著便將禮单送上去探春接了看道是上

用的粧緞蟒緞十二疋上用雜色緞十二疋上用各色紗十二疋上用宮綢十二疋宮䌷各色緞紗䌷綾二十四疋李紈探春看過說用上等封兒賞他因又命人去回了賈母賈母命人叫李紈探春寶釵等都過來將禮物看了李紈收過一邊吩咐內庫上人說等太太回来看了再收賈母因說這甄家又不與別家相同上等封兒賞男人只怕轉眼又打發女人來請安預備下尺頭一語未了果然人回甄府四個女人來請安賈母聽了忙命人帶進來那四個人都是四十往上年紀穿帶之物皆比主子不大差別請安問好畢賈母便命拿了四個脚踏來他四人謝了坐等着寶釵坐了方都坐下賈母便問多早晚進京的

四人忙起身回說昨兒進的京今兒太太帶了姑娘進宮請安去了所以叫女人們來請安問候姑娘們賈母笑問道這些年沒進京也不想到就來四人也都笑回道正是今年是奉旨與進京的賈母問道家眷都來了四人回說老太太和哥兒兩位小姐並別位太太都沒來就只太太帶了三姑娘來了賈母道有人家沒有四人道還沒有呢賈母笑道你們大姑娘和二姑娘這兩家都和我們家甚好四人笑道正是每年姑娘們有信回來說全虧府上照看賈母笑道什麼照看原是世交又是老親原應當的你們二姑娘更好不自尊大所以我們纔走的親密四人笑道這是老太太過謙了賈母又問你這哥兒也跟着

你們老太太四人同說也跟着老太太呢賈母道幾歲了又問上學不曾四人笑說今年十三歲因長的齊整老太太狠疼自幼淘氣異常天天逃學老爺太太也不便十分管教賈母笑道也不成了我們家的了你這哥兒叫什麼名字四人道因老太太當作寶貝一樣他又生的白老太太便叫作寶玉賈母笑向李紈道偏也叫作寶玉李紈等忙欠身笑道古從至今同時隔代重名的很多四人也笑道起了這小名兒之後我們上下都疑惑不知那位親友家也倒像曾有一個的只是這十來年沒進京來到記不真了賈母笑道那就是我的孫子人來眾媳婦丫頭答應了一聲走近幾步賈母笑道園裡把偺們的寶玉叫

了來給這四個管家娘子瞧瞧比他們的寶玉如何衆媳婦聽了忙去了半刻圍了寶玉進來四人一見忙起身笑道唬了我們一跳要是我們不進府來倘若別處遇見還只當我們的寶玉後赶着也進了京呢一面說一面都上來拉他的手問長問短寶玉也笑問個好賈母笑道比你們的長的如何李紈等笑道四位媽媽纔一說可知是模樣兒相仿了賈母笑道那有這樣巧事大家子孩子們再養的嬌嫩除了臉上有殘疾十分醜的大槩看去都是一樣齊整這也沒有什麼怪處四人笑道如今看來模樣是一樣據老太太說淘氣也一樣我們看來這位哥兒性情却比我們的好些賈母忙笑問怎麽四人笑道方纔

我們拉哥兒的手說話便知道了若是我們那一位只說我們糊塗慢說拉手他的東西我們略動一動也不依所使喚的人都是女孩子們四人未說完李紈姊妹等禁不住都失聲笑出來賈母也笑道我們這會子也打發人去見了你們寶玉若拉他的手他也自然勉强忍奈着不知你我這樣人家的孩子憑他們有什麼刁鑽古怪的毛病見了外人必是要還出正經禮數來的若他不還正經禮數也斷不容他刁鑽去了就是大人溺愛的也因為他一則生的得人意兒二則見人禮數竟比大人行出來的還周到使人見了可愛可憐背地裡所以纔縱他一點子若一味他只管沒裡沒外不給大人爭光憑他生的怎

樣也是該打死的四人聽了都笑道老太太這話正是雖然我們寶玉淘氣古怪有時見了客規矩禮數比大人還有趣所以無人見了不愛只說爲什麽還打他除不知他在家裡無法無天大人想不到的話偏會說想不到的事偏會行所以老爺太太恨的無法就是任性也是小孩子的常情胡亂花費也是公子哥兒的常情怕上學也是小孩子的常情都還治的過來第一天生下來這一種刁鑽古怪的脾氣如何使得一語未了人回太太回來了王夫人進來問過安他四人請了安大槩說了兩句賈母使命歇歇去罷王夫人親捧過茶方退出去四人告辭了賈母便往王夫人處來說了一會子家務打發他們回去

不必細說這裡賈母喜得逢人便告訴也有一個寶玉也都一般行景衆人都想着天下的世宦大家同名的這也很多祖母溺愛孫子也是常事不是什麼罕事皆不介意獨寶玉是個迂闊獃公子的心性自為是那四人承悅賈母之詞後至園中去看湘雲病去湘雲因說他你放心鬧罷先還單絲不成線獨樹不成林如今有了個對子了鬧利害了再打急了你好逃到南京找那個去寶玉道那裡的謊話你也信了偏又有個寶玉了湘雲道怎麼列國有個藺相如漢朝又有個司馬相如呢寶玉笑道這也罷了偏又模樣兒也一樣這也是有的事嗎湘雲道怎麼匡人看見孔子只當是陽貨呢寶玉笑道孔子陽貨雖同貌

却不同名藺與司馬雖同名而又不同貌偏我和他就兩樣俱同不成湘雲沒了話答對因笑道你只會胡攪我也不和你分証有也罷沒也罷與我無干說着便睡下了寶玉心中便又疑惑起來若說必無也似必有若說必有又並無目睹心中悶悶回至房中榻上默默盤算不覺昏昏睡去竟到一座花園之內寶玉咤異道除了我們大觀園竟又有這一個園子正疑惑間忽然那邊來了幾個女孩兒都是丫鬟寶玉又咤異道除了鴛鴦襲人平兒之外也竟還有這一千人只見那些丫鬟笑道寶玉怎麼跑到這裡來寶玉只當是說他忙來陪笑說道因我偶步到此不知是那位世交的花園姐姐們帶我逛逛眾丫鬟都

笑道原來不是偺們家的寶玉他生的也還干凈嘴兒也倒乖覺寶玉聽了忙道姐姐們這裡也竟還有個寶玉丫環們忙道寶玉二字我們家是奉老太太太太之命爲保佑他延年消災我們叫他他聽見喜歡你是那裡遠方來的小厮也亂叫起來仔細你的臭肉不打爛了你的又一個丫環笑道偺們快走罷別叫寶玉看見又說同這臭小子說了話把偺們熏臭了說着一逕去了寶玉納悶道從來沒有人如此塗毒我他們如何竟這樣的莫不真也有我這樣一個人不成一面想一面順步早到了一所院內寶玉詫異道除了怡紅院也竟還有這麼一個院落忽上了台堦進入屋內只見榻上有一個人卧着那邊有

幾個女兒做針線或有嬉笑頑耍的只見榻上那個少年嘆了一聲一個丫鬟笑問道寶玉你不睡又嘆什麼想必爲你妹妹病了你又胡愁亂恨呢寶玉聽說心下也便吃驚只見榻上少年說道我聽見老太太說長安都中也有個寶玉和我一樣的性情我只不信我纔做了一個夢竟夢中到了都中一個大花園子裡頭遇見幾個姐姐都叫我臭小厮不理我好容易找到他房裡偏他睡覺空有皮囊真性不知往那裡去了寶玉聽說忙說道我因找寶玉來到這裡原來你就是寶玉榻上的忙下來拉住笑道原來你就是寶玉這可不是夢裡了寶玉道這如何是夢真而又真的一語未了只見人來說老爺叫寶玉嚇得

二人皆慌了一個寶玉就走一個便忙叫寶玉快回來寶玉快回來襲人在傍聽他夢中自喚忙推醒他笑問道寶玉在那裡此時寶玉雖醒神意尚自恍惚因向門外指說纔去不遠襲人笑道那是你夢迷了你揉眼細瞧是鏡子裡照的你的影兒寶玉向前瞧了一瞧原是那嵌的大鏡對面相照自已也笑了早有丫鬟捧過漱盂茶滷來漱了口麝月道怪道老太太常囑咐說小人兒屋裡不可多有鏡子人小魂不全有鏡子照多了睡覺驚恐做胡夢如今倒在大鏡子那裡安了一張床有時放下鏡套還好往前去天熱困倦那裡想的到放他比如方纔就忘了自然先躺下照著影兒頑來著一時合上眼自然是胡夢顛

倒的不然如何叫起自巳的名字來呢不如明日挪進床來是正經一語未了只見王夫人遣人來叫寶玉不知有何話說且聽下回分解

紅樓夢第五十六回終

紅樓夢第五十七回

慧紫鵑情辭試莽玉　慈姨媽愛語慰痴顰

話說寶玉聽王夫人喚他忙至前邊來原來是王夫人要帶他拜甄夫人去寶玉自是歡喜忙去換衣服跟了王夫人到那裡見甄家的形景自與榮寧不甚差別或有一二稍盛的細問果有一寶玉甄夫人留席竟日方回寶玉不信因晚間回家來王夫人又吩咐預備上等的席面定名班大戲請過甄夫人母女後二日他母女便不作辭回任去了無話這日寶玉因見湘雲漸愈然後去看黛玉正值黛玉纔歇午覺寶玉不敢驚動因紫鵑正在迴廊上手裡做針線便上來問他昨日夜裡咳嗽的可

好些紫鵑道好些了寶玉笑道阿彌陀佛寧可好了罷紫鵑笑道你也念起佛來真是新聞寶玉笑道所謂病急亂投醫了一面說一面見他穿着彈墨綾薄綿襖外面只穿着青緞夾背心寶玉便伸手向他身上抹了一抹說道穿這樣單薄還在風口裡坐着時氣又不好你再病了越發難了紫鵑便說道從此偺們只可說話別動手動脚的一年大二年小的叫人看着不尊重打緊的那起混賬行子們背地裡說你你總不留心還自管和小時一般行爲如何使得姑娘常常吩咐我們不叫和你說笑你近來瞧他遠着你還恐遠不及呢說着便起身攜了針線進別的房裡去了寶玉見了這般景況心中像澆了一盆冷水

一般只瞅著竹子發了一回獃因祝媽正在那裡剔土種竹掃竹葉子頓覺一時魂魄失手隨便坐在一塊山石上出神不覺滴下淚來直獃了一頓飯的工夫千思萬想揔不知如何是可偶著雪雁從王夫人屋裡取了人參來從此經過忽扭頭看見桃花樹下石上一人手托着腮頰正出神呢不是別人却是寶玉雪雁疑惑道怪冷的他一個人在這裡做什麼春天凡有殘疾的人肯犯病敢是他也犯了獃病了一邊想一邊就走過來蹲著笑道你在這裡做什麼呢寶玉忽見了雪雁便說道你又做什麼來找我你難道不是女兒他既防嫌不許你們理我你又來尋我倘被人看見豈不又生口舌你快家去罷雪雁聽了

只當是他又受了黛玉的委屈只得回至屋裡黛玉未醒將人
參交給紫鵑紫鵑因問他太太做什麽呢雪雁道也睡中覺呢
所以等了這半天姐姐你聽笑話兒我因等太太的工夫和玉
釧兒姐姐坐在下屋裡說話兒誰知趙姨奶奶招手兒叫我我
只當有什麽話說原來他和太太告了假出去給他兄弟伴宿
坐夜明兒送殯去跟他的小丫頭子小吉祥兒沒衣裳要借我
的月白綾子襖兒我想他們一般也有兩件子的往這地方去
恐怕弄壞了自己的捨不得穿故此借別人的穿借我的弄壞
了也是小事只是我想他素日有什麽好處到偺們跟前所以
我說我的衣裳簪環都是姑娘叫紫鵑姐姐收著呢如今先得

去告訴他還得叫姑娘費多少事別悮了你老人家出門不如再轉借罷紫鵑笑道你這個小東西兒倒也巧你不借給他你往我和姑娘身上推叫人怨不着你他這會子就去呀還是等明日一早纔去呢雪雁道這會子就去只怕此時已去了紫鵑點頭雪雁道只怕姑娘還沒醒呢是誰給了寶玉氣受坐在那裡哭呢紫鵑聽了忙問在那裡雪雁道在沁芳亭後頭桃花底下呢紫鵑聽了忙放下針又囑咐雪雁好生聽叫要問我答應我就來說著便出了瀟湘館一逕來尋寶玉走至寶玉跟前含笑說道我不過說了那麼句話為的是大家好你就一氣跑了這風地裡來哭弄出病來還了得寶玉忙笑道誰賭氣了我因

爲聽你說的有理我想你們旣這樣說自然別人也是這樣說將來漸漸的都不理我了我所以想到這裏自已傷起心來了紫鵑也便挨他坐着寶玉笑道方纔對面說話你還走開這會子怎麼又來挨着我坐紫鵑道你都忘了几日前頭你們姐兒兩個正說話趙姨娘一頭走進來我纔聽見他不在家所以我來問你正是前日你和他纔說了一句燕窩就不說了總沒提起我正想着問你寶玉道也沒什麼要緊不過我想着寶姐姐也是客中旣吃燕窩又不可間斷若只管和他要也太托實雖不便和太太要我已經在老太太跟前略露了個風聲只怕老太太和鳳姐姐說了我告訴他的竟沒告訴完如今我聽見一

日給你們一兩燕窩這也就完了紫鵑道原來是你說了這又多謝你費心我們正疑惑老太太怎麼忽然想起來叫人每一日送一兩燕窩來呢這就是了寶玉笑道這要天天吃慣了吃上三二年就好了紫鵑道在這裡吃慣了明年家去那裡有這閑錢吃這個寶玉聽了吃了一驚忙問誰家去紫鵑道妹妹回蘇州去寶玉笑道你又說白話蘇州雖是原籍因沒了姑母無人照看纔接了來的明年回去找誰可見撒謊了紫鵑冷笑道你太看小了人你們賈家獨是大族人口多的除了你家別人只得一父一母房族中真個再無人了不成我們姑娘來時原是老太太心疼他年小雖有叔伯不如親父母故此接來住幾

年大了該出閣時自然要送還林家的終不成林家女兒在你賈家一世不成林家雖貧到沒飯吃也是世代書香人家斷不肯將他家的人丟給親戚落的恥笑所以早則明年春遲則秋天這裏縱不送去林家亦必有人來接的了前日夜裏姑娘和我說了叫他告訴你將從前小時頑的東西有他送你的叫你都打點出來還他他也將你送他的打點在那裏呢寶玉聽了便如頭頂上響了一個焦雷一般紫鵑看他怎麼回答等了半天見他只不作聲纔要再問只見晴雯找來說老太太叫你呢誰知在這裏紫鵑笑道他這裏問姑娘的病症我告訴了他半天他只不信你倒拉他去罷說着自己便走回房去了晴雯見

他歎歎的一頭熱汗滿臉紫脹忙拉他的手一直到怡紅院中襲人見了這般慌起來了只說時氣所感熱身被風撲了無奈寶玉發熱事猶小可更覺兩個眼珠兒直直的起來口角邊津液流出皆不知覺給他個枕頭他便睡下扶他起來他便坐着倒了茶來他便吃茶眾人見了這樣一時忙亂起來又不敢造次去回賈母先要差人去請李嬷嬷來一時李嬷嬷來了看了半天問他幾句話也無回答用手向他脉上摸了摸嘴唇人中上着力掐了兩下掐得指印如許來深竟也不覺疼李嬷嬷只說了一聲可了不得了呀的一聲便摟頭放身大哭起來急得襲人忙拉他說你老人家瞧瞧可怕不怕且告訴我們去回老

太太太太去你老人家怎麽先哭起来李嬷嬷搥床倒枕說這可不中用了我白操了一世的心了襲人因他年老多知所以請他來看如今見他這般一說都信以爲實也哭起來了晴雯便告訴襲人方纔如此這般襲人聽了便忙到瀟湘舘來見紫鵑正伏侍黛玉吃藥也顧不得什麽便走上來問紫鵑道你纔和我們寶玉說了些什麽話你瞧瞧他去你回老太太去我也不管了說着便坐在椅上黛玉忽見襲人滿面急怒又有淚痕舉止大變更不免也着了忙因問怎麽了襲人定了一回哭道不知紫鵑姑奶奶說了些什麽話那個獃子眼也直了手脚也冷了話也不說了李媽媽掐着也不疼了已死了大半個了連

媽媽都說不中用了那裡放聲大哭只怕這會子都死了黛玉聽此言李媽媽乃久經老嫗說不中用了可知必不中用哇的一聲將所服之藥一口嘔出抖腸搜肺炙胃扇肝的啞聲大嗽了几陣一時面紅髮亂目腫筋浮喘的抬不起頭來紫鵑忙上來搥背黛玉伏枕喘息了半晌推紫鵑道你不用搥你竟拿繩子來勒死我是正經紫鵑說道我並沒說什麼不過是說了几何頑話他就認真了襲人道你還不知道他那傻子每每頑話認了真黛玉道你說了什麼話趂早兒去解說他只怕就醒過來了紫鵑聽說忙下床同襲人到了怡紅院誰知賈母王夫人等已都在那裡了賈母一見了紫鵑便眼內出火罵道你這小

蹄子和他說了什麽紫鵑忙道並沒敢說什麽不過說几句頑話誰知寳玉見了紫鵑方噯呀了一聲哭出來了衆人一見都放下心來賈母便拉住紫鵑只當他得罪了寳玉所以拉紫鵑命你陪罪誰知寳玉一把拉着紫鵑死也不放說要去連我帶了去衆人不解細問起來方知紫鵑說要回蘇州去一句頑話引出來的賈母流淚道我當有什麽要緊大事原來是這句頑話又向紫鵑道你這孩子素日是個伶俐聰敏的你又知道他有個獃根子平白的哄他做什麽薛姨媽勸道寳玉本來心實可巧林姑娘又是從小兒來的他姊妹兩個一處長得這麽大比別的姊妹更不同這會子熱刺刺的說一個去別說他是個

實心的傻孩子便是冷心腸的大人也要傷心這並不是什麽大病老太太和姨太太只管萬安吃一兩劑藥就好了正說着人回林之孝家的賴大家的都來瞧哥兒來了賈母道難爲他們想着叫他們來瞧瞧寶玉聽了一個林字便滿床鬧起來說了不得了林家的人接他們來了快打出去罷賈母聽了也忙說打出去罷又忙安慰說那不是林家的人林家的人都死絕了再沒人來接他你只管放心罷寶玉道憑他是誰除了林妹妹都不許姓林了賈母道沒姓林的來凡姓林的都打出去了一面吩咐衆人已後别叫林之孝家的進園來你們也别說林字兒孩子們你們聽了我這句話罷衆人忙答應又不敢笑一

將賈玉又一眼看見了十錦槅子上陳設的一雙金西洋自行船便指着亂說那不是接他們來的船來了灣在那裡呢賈母忙命拿下來襲人忙拿下來寶玉伸手要襲人遞過去寶玉便掖在被中笑道這可去不成了一面說一面死拉着紫鵑不放一時人回大夫來了賈母忙命快進來王夫人薛姨媽寶釵等暫避入裡間賈母便端坐在寶玉身傍王太醫進來見許多的人忙上去請了賈母的安拿了寶玉的手胗了一回那紫鵑少不得低了頭王太醫也不解何意起身說道世兄這症乃是急痛迷心古人曾云痰迷有別有氣血虧柔飲食不能鎔化痰迷者有怒惱中痰急而迷者有急痛壅塞者此亦痰迷之症係急

痛所致不過一時壅蔽較別的似輕些賈母道你只說怕不怕誰和你背藥書呢王太醫忙躬身笑道不妨不妨賈母道果真不妨王太醫道實在不妨都在晚生身上賈母道既這麼著請外頭坐開了方兒吃好了呢我另外預備謝禮叫他親自捧了送去磕頭要耽悞了我打發人去拆了太醫院的大堂王太醫只管躬身陪笑說不敢不敢他原聽說另具上等謝禮命寶玉去磕頭故滿口說不敢竟未聽見賈母後來說拆太醫院之戲語猶說不敢賈母與衆人反倒笑了一時按方煎藥來服下果覺比先安靜無奈寶玉只不肯放紫鵑只說他去了就是要回蘇州去了賈母王夫人無法只得命紫鵑守著他另將琥珀

去侍黛玉黛玉不時遣雪雁來探消息這晚聞寶玉稍安賈母王夫人等方同去了一夜還遣人來問幾次信李奶媽帶宋媽等幾個年老人用心看守紫鵑襲人晴雯等日夜相伴有時寶玉睡去必從夢中驚醒不是哭了說黛玉已去便是說有人來接每一驚時必得紫鵑安慰一番方罷彼時賈母又命將祛邪守靈丹及開竅通神散各樣上方秘製諸藥按方飲服次日又服了王太醫藥漸次好起來寶玉心下明白因恐紫鵑回去倒故意作出佯狂之態紫鵑自那日也着實後悔如今日夜辛苦並沒有怨意襲人心安神定因向紫鵑笑道都是你鬧的還得你來治也沒見我們這位獃爺聽見風兒就是雨往後怎麼

好暫且按下且說此時湘雲之症已愈天天過來瞧看見寶玉明白了便將他病中狂態形容給他瞧引的寶玉自已伏枕而笑原來他起先那樣竟是不知的如今聽人說還不信無人時紫鵑在側寶玉又拉他的手問道你爲什麽唬我紫鵑道不過是哄你頑罷咧你就認起真來寶玉道你說的有情有理如何是頑話呢紫鵑笑道那些話都是我編的林家真沒了人了總有也是極遠的族中也都不在蘇州住各省流寓不定縱有人來接老太太也必不叫他去寶玉道便老太太放去我也不依紫鵑笑道果真的不依只怕是嘴裡的話你如今也大了連親也定下了過二三年再娶了親你眼睛裡還有誰了寶玉聽了

又驚問誰定了親定了誰紫鵑笑道年裡我就聽見老太太說要定了琴姑娘呢不然那麽疼他寶玉笑道人人只說我傻你比我更傻不過是何頑話他已經許給梅翰林家了果然定下了他我還是這個形景了先是我發誓賭咒砸這勞什子你都沒勸過嗎我疼的剛剛的這幾日纔好了你又來慪我一面說一面咬牙切齒的又說道我只願這會子立刻我死了把心迸出來你們瞧見了然後連皮帶骨一槩都化成一股灰再化成一股烟一陣大風吹的四面八方都登時散了這纔好一面說一面又滾下泪來紫鵑忙上來握他的嘴替他擦眼淚又忙笑解釋道你不用著急這原是我心裡着急纔來試你寶玉聽了

更又咤異問道你又著什麼急紫鵑笑道你知道我並不是林家的人我也和襲人鴛鴦是一夥的偏把我給了林姑娘使偏偏他又和我極好比他蘇州帶來的還好十倍一時一刻我們兩個離不開我如今心裡却愁他倘或要去了我必要跟了他去的我是合家在這裡我若不去辜負了我們素日的情長若去又棄了本家所以我疑惑故說出這謊話來問你誰知你就傻鬧起來寶玉笑道原來是你愁這個所以你是傻子從此後再別愁了我告訴你一句打躉兒的話活著咱們一處活着不活着咱們一處化灰化烟如何紫鵑聽了心下暗暗籌畫忽有人回環爺蘭哥兒問候寶玉道就說難為他們我纔睡了不必

進來婆子答應去了紫鵑笑道你也好了該放我回去瞧瞧我們那一個去了寶玉道正是這話我昨夜就要叫你去偏又忘了我已經大好了你就去罷紫鵑聽說方打叠鋪蓋粧奩之類寶玉笑道我看見你文具兒裏頭有兩三面鏡子你把那面小菱花的給我留下罷我擱在枕頭傍邊睡着好照明日出門帶着也輕巧紫鵑聽說只得與他留下先命人將東西送過去然後別了衆人自回瀟湘館來黛玉今日聞得寶玉如此形景未免又添些病症多哭幾場今見紫鵑來了問其原故已知大愈仍遣琥珀去伏侍賈母夜間人靜後紫鵑已寬衣卧下之時悄向黛玉笑道寶玉的心倒實聽見偺們去就這麼病起來黛玉

不答紫鵑停了半晌自言自語的説道一動不如一靜我們這裡就算好人家别的都容易最難得的是從小兒一處長大脾氣情性都彼此知道的了黛玉啐道你這幾天還不乏趣這會子不歇一歇還嚼什麼蛆紫鵑笑道倒不是白嚼蛆我倒是一片真心爲姑娘替你愁了這幾年了又没個父母兄弟誰是知疼着熱的趁早兒老太太還明白硬朗的時節作定了大事要緊俗語説老健春寒秋後熱倘或老太太一時有個好歹那時雖也完事只怕躭悞了時光還不得趁心如意呢公子王孫雖多那一個不是三房五妾今兒朝東明兒朝西娶一個天仙來也不過三夜五夜也就撂在脖子後頭了甚至於怜新棄舊反

目成仇的多着呢娘家有人有勢的還好要像姑娘這樣的有老太太一日好些一日沒了老太太也只是凴人去欺負罷了所以說拿主意要緊姑娘是個明白人沒聽見俗語說的萬兩黃金容易得知心一個也難求黛玉聽了便說道這丫頭今日可瘋了怎麽去了幾日忽然變了一個人我明日必回老太太退回你去我不敢要你了紫鵑笑道我說的是好話不過叫你心裡留神並沒叫你去爲非作歹何苦回老太太叫我吃了虧又有什麽好處說着竟自已睡了黛玉聽了這話口內雖如此說心內未嘗不傷感待他睡了便直哭了一夜至天明方打了一個盹兒次日勉強盥漱了吃了些燕窩粥便有賈母等親來

看視了又囑咐了許多話目今是薛姨媽的生日自賈母起諸人皆有祝賀之禮黛玉也只得備了兩色針線送去是日也定了一班小戲請賈母與王夫人等獨有寶玉與黛玉二人不曾去至晚散時賈母等順路又瞧了他二人一遍方回房去了次日薛姨媽家又命薛蝌陪諸夥計吃了一天酒連忙了三四天方纔完結因薛姨媽看見邢岫烟生得端雅穩重且家道貧寒是個釵荊裙布的女兒便欲說給薛蟠為妻因薛蟠素昔行止浮奢又恐遭塌了人家女兒正在躊躇之際忽想起薛蝌未娶看他二人恰是一對天生地設的夫妻因謀之於鳳姐兒鳳姐兒笑道姑媽素知我們太太有些左性的這事等我慢謀因賈

母去瞧鳳姐兒時鳳姐兒便和賈母說姑媽有一件事要求老祖宗只是不好啟齒賈母忙問何事鳳姐兒便將求親一事說了賈母笑道這有什麽不好啟齒的這是極好的好事等我和你婆婆說沒有不依的回到房來即刻就命人叫了邢夫人過來硬作保山邢夫人想了一想薛家根基不錯且現今大富薛蝌生得又好且賈母又作保山將計就計便應了賈母十分喜歡忙命人請了薛姨媽來二人見了自然有許多謙辭邢夫人即刻命人去告訴邢忠夫婦他夫婦原是此來投靠邢夫人的如何不依早極口的說妙極賈母笑道我最愛管閒事今日又管成了一件事不知得多少謝媒錢薛姨媽笑道這是自然的

總抬了整萬銀子來只怕不稀罕但只一件老太太既是作媒還得一位主親纔好賈母笑道別的沒有我們家折腿爛手的人還有兩個說着便命人去叫過尤氏婆媳二人來賈母告訴他原故彼此忙都道喜賈母吩咐道偺們家的規矩你是盡知的從沒有兩親家爭禮爭面的如今你算替我在當中料理不可太省也不可太費把他兩家的事週全了回我尤氏忙答應了薛姨媽喜之不盡回家命寫了請帖補送過寧府尤氏深知邢夫人情性本不欲管無奈賈母親自囑咐只得應了惟忖度邢夫人之意行事薛姨媽是個無可無不可的人倒還易說這且不在話下如今薛姨媽既定了邢岫烟為媳合宅皆知邢夫

人本欲接出岫烟去住賈母因說這又何妨兩個孩子又不能見面就是姨太太和他一個大姑子一個小姑子又何妨況且都是女孩兒正好親近些呢邢夫人方罷那薛蝌岫烟二人前次途中曾有一面知遇大約二人心中皆如意只是那岫烟未免比先時拘泥了些不好和寶釵姐妹共處閒談又兼湘雲是個愛取笑的更覺不好意思幸他是個知書達禮的雖是女兒還不是那種佯羞詐鬼一味輕薄造作之輩寶釵自那日見他起想他家業貧寒二則別人的父母皆是年高有德之人獨他的父母偏是酒糟透了的人於女兒分上平常邢夫人也不過是臉面之情亦非真心疼愛且岫烟爲人雅重迎春是個老實

人連他自已尚未照管齊全如何能管到他身上凡閨閣中家常一應需用之物或有虧乏無人照管他又不和人張口寶釵倒暗中每相體貼接濟也不敢叫邢夫人知道也恐怕是多心閒話之故如今却是眾人意料之外奇緣作成這門親事岫烟心中先取中寶釵有時仍與寶釵閒話寶釵仍以姊妹相呼這日寶釵因來瞧黛玉恰值岫烟也來瞧黛玉二人在半路相遇寶釵含笑喚他到跟前二人同走至一塊石壁後寶釵笑問他這天還冷的很你怎麽倒全換了裌的了岫烟見問低頭不答寶釵便知道又有了原故因又笑問道必定是這個月的月錢又沒得鳳姐姐如今也這樣沒心沒計了岫烟道他倒想著不

錯日子給的因姑媽打發人和我說道一個月用不了二兩銀子叫我省一兩給爹媽送出去要使什麼橫竪有二姐姐的東西能着些搭着就使了姐姐想二姐姐是個老實人也不大留心我使他的東西他雖不說什麼他那些丫頭媽媽那一個是省事的那一個是嘴裡不尖的我雖在那屋裡却不敢狠使喚他們過三天五天我倒得拿些錢出來給他們打酒買點心吃纔好因此一月二兩銀子還不彀使如今又去了一兩前日我悄悄的把綿衣服叫人當了幾吊錢盤纏寶釵聽了愁嘆道偏梅家又合家在任上後年纔進來若是在這裡琴兒過去了好再商議你的事離了這裡就完了如今不完了他妹妹的事也

斷不敢先娶親的如今倒是一件難事再遲兩年我又怕你熬煎出病來等我和媽媽再商議寶釵又指他裙上一個璧玉珮問道這是誰給你的岫烟道這是三姐姐給的寶釵點頭道他見人人皆有獨你一個没有怕人笑話故此送一個這是他聰明細緻之處岫烟又問姐姐此時那裡去寶釵道我到瀟湘舘去你且回去把那當票子叫丫頭送來我那裡悄悄的取出來晚上再悄悄的送給你去早晚好穿不然風閃着還了得但不知當在那裡了岫烟道叫做什麽恒舒是鼓樓西大街的寶釵笑道這鬧在一家去了夥計們倘或知道了好説人没過來衣裳先來了岫烟聽説便知是他家的本錢也不答言紅了臉一

笑走開寶釵也就往瀟湘館來恰正值他母親也來瞧黛玉正說閒話呢寶釵笑道媽媽多早晚來的我竟不知道薛姨媽道我這幾日忙總沒來瞧瞧寶玉和他所以今日瞧他兩人都也好了黛玉忙讓寶釵坐下因向寶釵道天下的事真是人想不到的拿着姨媽和大舅母說起怎麼又作一門親家薛姨媽道我的兒你們女孩兒家那裡知道自古道千里姻緣一線牽管姻緣的有一位月下老兒預先註定暗裡只用一根紅線把這兩個人的脚絆住憑你兩家那怕隔着海呢若有姻緣的終久有機會作成了夫婦這一件事都是出人意料之外憑父母本人都願意了或是年年在一處已爲是定了的親事若是月下

老人不用紅線拴的再不能到一處比如你姐妹兩個的婚姻此刻也不知在眼前也不知在山南海北呢寶釵道惟有媽媽說動話拉上我們一面說一面伏在母親懷裏笑說咱們走罷黛玉笑道你瞧瞧這麼大了離了姨媽他就是個最老道的見了姨媽他就撒嬌兒薛姨媽將手摩弄著寶釵向黛玉歎道你這姐姐就和鳳哥兒在老太太跟前一樣有了正經事就有話和他商量沒有了事幸虧他開我的心我見了他這樣有多少愁不散的黛玉聽說流淚歎道他偏在這裏這樣分明是氣我沒娘的人故意來形容我寶釵笑道媽媽你瞧他這輕狂樣兒倒說我撒嬌兒薛姨媽道也怨不得他傷心可憐沒父母到底

没個親人又摩挲著黛玉笑道好孩子别哭你見我疼你姐姐你傷心不知我心裡更疼你呢你姐姐雖没父親到底有我有親哥哥這就比你强了我常和你姐姐說心裡狠疼你只是外頭不好帶出來他們這裡人多嘴雜說好話的人少說歹話的人多不說你無依靠爲人做人配人疼只說我們看着太太疼你我們也洑上水去了黛玉笑道姨媽既這麽說我明日就認姨媽做娘姨媽若是棄嫌就是假意疼我薛姨媽道你不厭我就認了寶釵忙道認不得的黛玉道怎麽認不得寶釵笑道我且問你我哥哥還没定親事爲什麽反將邢妹妹先說給我兄弟了是什麽道理黛玉道他不在家或是屬相生日不對所以

先說與兄弟了寶釵笑道不是這樣我哥哥已經相準了只等來家纔放定也不必提出人來我說你認不得娘的細想去說着便和他母親擠眼兒發笑黛玉聽了便一頭伏在薛姨媽身上說道姨媽不打他我不依薛姨媽摟着他笑道你別信你姐姐的話他是和你頑呢寶釵笑道真個媽媽明日和老太太求了聘作媳婦豈不比外頭尋的好黛玉便攏上來要抓他口內笑說你越發瘋了薛姨媽忙笑勸用手分開方罷又向寶釵道連邢姑娘我還怕你哥哥遭塌了他所以給你兄弟說這孩子我也斷不肯給他前日老太太要把你妹妹說給寶玉偏生又有了人家不然倒是門子好親事前日我說定了邢姑娘老

太太還取笑說我原要說他的人誰知他的人沒到手倒被他說了我們一個去了誰是頑話細想來倒也有些意思我想寶琴雖有了人家我雖無人可給難道一句話也沒說我想你寶兄弟老太太那樣疼他他又生得那樣若要外頭說去老太太斷不中意不如把你林妹妹定給他豈不四角俱全黛玉先還怔怔的聽後來見說到自已身上便啐了寶釵一口紅了臉拉着寶釵笑道我只打你為什麼招出姨媽這些老沒正經的話來寶釵笑道這可奇了媽媽說你為什麼打我紫鵑忙跑來笑道姨太太既有這主意為什麼不和太太說去薛姨媽笑道這孩子急什麼想必催着姑娘出了閣你也要早些尋一個小女

婿子去了紫鵑飛紅了臉笑道姨太太真個倚老賣老的說着便轉身去了黛玉先罵又與你這蹄子什麽相干後來見了這樣也笑道阿彌陀佛該該該也臊了一鼻子灰去了薛姨媽母女及婆子丫環都笑起來一語未了忽見湘雲走來手裏拿着一張當票口內笑道這是什麽賬篇子黛玉瞧了不認得地下婆子都笑道這可是一件好東西這個乖不是白教的寶釵忙一把接了看時正是岫烟纔說的當票子忙着摺起來薛姨媽忙說那必是那個媽媽的當票子失落了回來急的他們找那裏得的湘雲道什麽是當票子衆婆子笑道真真是位獃姑娘連當票子也不知道薛姨媽嘆道怨不得他真真是侯門千金

而且又小那裡知道這個那裡去看這個就是家下人有這個他如何得見别笑他是獃子若給你們家的姑娘看了也都成了獃子呢衆婆子笑道林姑娘纔也不認得别說姑娘們就如寶玉倒是外頭常走出去的只怕也還沒見過呢薛姨媽忙將原故講明湘雲黛玉二人聽了方笑道這人也太會想錢了姨媽家當鋪也有這個麼衆人笑道這更奇了天下老鴰一般黑豈有兩様的薛姨媽因又問是那裡拾的湘雲方欲說時寶釵忙說是一張死了沒用的不知是那年勾了賬的香菱拿着哄他們頑的薛姨媽聽了此話是真也就不問了一時人來回那府裡大奶奶過來請姨太太說話呢薛姨媽起身去了這裡屋

內無人時寶釵方問湘雲何處拾的湘雲笑道我見你令弟媳的丫頭篆兒悄悄的遞給鶯兒鶯兒便隨手夾在書裡只當我沒看見我等他們出去了我偷著看竟不認得知道你們都在這裡所以拿來大家認認黛玉忙問怎麼他也當衣裳不成既當了怎麼又給你寶釵見問不好隱瞞他兩個便將方纔之事都告訴了他二人黛玉聽了兎死狐悲物傷其類不免也要感嘆起來了湘雲聽了却動了氣說道等我問着二姐姐去我罵那起老婆子丫頭一頓給你們出氣何如說着便要走出去寶釵忙一把拉住笑道你又發瘋了還不給我坐下呢黛玉笑道你要是個男人出去打一個抱不平兒你又充什麼荊軻聶政

真真好笑湘雲道既不叫問他去明日索性把他接到偺們院裡一處住去豈不是好寶釵笑道明日再商量說着人報三姑娘四姑娘來了三人聽說忙掩了口不提此事要知端詳且聽下回分解

紅樓夢第五十七回終

紅樓夢第五十八回

杏子陰假鳳泣虛凰　茜紗窗真情揆痴理

話說他三人因見探春等進來忙將此話掩住不題探春等問候過大家說笑了一回方散誰知上回所表的那位老太妃已薨凡誥命等皆入朝隨班按爵守制勅諭天下凡有爵之家一年內不得筵宴音樂庶民皆三月不得婚姻賈母婆媳祖孫等俱每日入朝隨祭至未正已後方回在大偏宮二十一日後方請靈入先陵地名孝慈縣這陵離都來往得十來日之功如今請靈至此還要停放數日方入地宮故得一月光景寧府賈珍夫妻二人也少不得是要去的兩府無人因此大家計議家中

無主便艱了尤氏産育將他騰挪出來協理寧栄兩處事件因託了薛姨媽在園內照管他姊妹丫鬟只得也挪進園來此時寶釵處有湘雲香菱李紈處目今李嬸母雖去然有時來往三五日不定賈母又將寶琴送與他去照管迎春處有岫烟探春因家務冗雜且不時有趙姨娘與賈環嘈聒甚不方便惜春處房屋狹小因此薛姨媽都難住況賈母又千叮嚀萬囑咐託他照管黛玉自已素性也最憐愛他今既巧遇這事便挪至瀟湘館和黛玉同房一應藥餌飲食十分經心黛玉感戴不盡已後便亦如寶釵之稱呼連寶釵前亦直以姐姐呼之寶琴前直以妹妹呼之儼似同胞共出較諸人更似親切賈母見如此也十

分喜悅放心薛姨媽只不過照管他姊妹禁約的丫嬛輩一應家中大小事務也不肯多口尤氏雖天天過來也不過應名點卯不肯亂作威福且他家内上下也只剩了他一人料理再者每日還要照管賈母王夫人的下處一應所需飲饌鋪設之物所以也甚操勞當下榮寧兩處主人既如此不暇並兩處執事人等或有跟隨着入朝的或有朝外照理下處事務的又有先跴踏下處的也都各各忙亂因此兩處下人無了正經頭緒也都偷安或乘隙結黨和權暫執事者竊弄威福榮府只留得賴大并幾個管家照管外務這賴大手下常用幾個人已去雖另委人都是些生的只覺不順手且他們無知或賺騙無節或呈

告無據或舉薦無因種種不善在在生事也難備述又見各官宦家凡養優伶男女者一槩蠲免遣發尤氏等便議定待王夫人回家回明也欲遣發十二個女孩子又說這些人原是買的如今雖不學唱儘可留着使喚只令其教習們自去也罷了王夫人因說這學戲的倒比不得使喚的他們也是好人家的女兒因無能賣了做這事粧醜弄鬼的幾年如今有這機會不如給他們幾兩銀子盤費各自去罷當日祖宗手裡都是有這例的咱們如今損陰壞德而且還小器如今雖有幾個老的還在那是他們各有原故不肯回去的所以纔留下使喚大了配了我們家裡小厮們了尤氏道如今我們也去問他十二個有願

意回去的就帶了信兒叫他父母來親自領出去給他們幾兩銀子盤纏方妥倘若不叫上他的親人來只怕有混賬人冒名領出去又轉賣了豈不辜負了這恩典若有不願意回去的就留下王夫人笑道這話妥當尤氏等遣人告訴了鳳姐兒一面說與總理房中每教習給銀八兩令其自便凡梨香院一應物件查清記册收明派人上夜將十二個女孩子叫來當面細問倒有一多半不願意回家的也有說父母雖有他只以賣我們姊妹為事這一去還被他賣了也有說父母已亡或被伯叔兄弟所賣的也有說無人可投的也有說戀恩不捨的所願去者止四五人王夫人聽了只得留下將去者四五人皆令其乾娘

領同家去单等他親父母來領將不願去者分散在園中使喚
賈母便留下文官自使將正旦芳官指給了寶玉小旦蕊官送
了寶釵小生藕官指給了黛玉大花面葵官送了湘雲小花面
荳官送了寶琴老外艾官指給了探春尤氏便討了老旦茄官
去當下各得其所就如那倦鳥出籠每日園中遊戲衆人皆知
他們不能針黹不慣使用皆不大責備其中或有一二個知事
的愁將來無應時之技亦將本技丟開便學起針黹紡績女工
諸務一日正是朝中大祭賈母等五更便去了下處用些點心
小食然後入朝早膳已畢方退至下處歇息用過早飯略歇片
刻復入朝侍中晚二祭方出至下處歇息用過晚飯方回家可

巧這下處乃是一個大官的家廟是比丘尼焚修房舍極多極
爭東西二院榮府便賃了東院北靜王府便賃了西院太妃少
妃每日晏息見賈母等在東院彼此同出同入都有照應外面
諸事不消細述且說大觀園內因賈母王夫人天天不在家內
又送靈去一月方回各丫鬟婆子皆有閒空多在園內遊玩更
又將梨香院內伏侍的衆婆子一槩撤回併散在園內聽使更
覺園內人多了幾十個因文官等一干人或心性高傲或倚勢
凌下或揀衣挑食或口角鋒芒大概不安分守已者多因此衆
婆子含怨只是口中不敢與他們分爭如今散了學大家趁了
願也有丟開手的也有心地狹窄猶懷舊怨的因將衆人皆分

在各房名下不敢來厮侵可巧這日乃是清明之日賈璉已備下年例祭祀帶領賈環賈琮賈蘭三人去往鐵檻寺祭柩燒紙寧府賈蓉也同族中人各處祭祀前往因寶玉病未大愈故不曾去得飯後發倦襲人因說天氣甚好你且出去逛逛省的撂下粥碗就睡存在心裡寶玉聽說只得拄了一支杖靸着鞋走出院來因近日將園中分與衆婆子料理各司各業皆在忙時也有脩竹的也有劚樹的也有栽花的也有種豆的池中間又有駕娘們行着船夾泥的種藕的湘雲香菱寶琴與些丫鬟等都坐在山石上瞧他們取樂寶玉也慢慢行來湘雲見了他來忙笑說快把這船打出去他們是接林妹妹的衆人都笑起來

寶玉紅了臉也笑道人家的病誰是好意的你也形容着取笑兒湘雲笑道病也比人家另一樣原招笑兒反說起人來說着寶玉便也坐下看着衆人忙亂了一回湘雲因說這裡有風石頭上又冷坐坐去罷寶玉也正要去瞧黛玉起身拄拐辭了他們從沁芳橋一帶堤上走來只見柳垂金線桃吐丹霞山石之後一株大杏樹花已全落葉稠陰翠上面已結了豆子大小的許多小杏寶玉因想道能病了幾天竟把杏花辜負了不覺到綠葉成陰子滿枝了因此仰望杏子不捨又想起邢岫烟已擇了夫婿一事雖說男女大事不可不行但未免又少了一個好女兒不過二年便也要綠葉成陰子滿枝了再過幾日這杏樹

子落枝空再幾年岫烟也不免烏髮如銀紅顏似槁因此不免傷心只管對杏嘆息正想嘆時忽有一個雀兒飛來落於枝上亂啼寶玉又發了獃性心下想道這雀兒必定是杏花正開時他曾來過今見無花空有葉故也亂啼這聲韻必是啼哭之聲可恨公冶長不在眼前不能問他但不知明年再發時這個雀兒可還記得飛到這裡來與杏花一會不能正自胡思間忽見一股火光從山石那邊發出將雀兒驚飛寶玉吃了一驚又聽外邊有人喊道藕官你要死怎麼弄些紙錢進來燒我回奶奶們去仔細你的肉寶玉聽了益發疑惑起來忙轉過山石看時只見藕官滿面淚痕蹲在那裡手內還拿著火守着些紙錢灰

作悲寶玉忙問道你給誰燒紙快別在這裡燒你或是爲父母兄弟你告訴我名姓兒外頭去叫小厮們打了包袱寫上名姓去燒藕官見了寶玉只不做一聲寶玉數問不答忽見一個婆子惡狠狠的走來拉藕官口內說道我已經回了奶奶們奶奶們氣的了不得藕官聽了終是孩氣怕去受辱沒臉便不肯去婆子道我說你們別太興頭過餘了如今還比得你們在外頭亂鬧呢這是尺寸地方兒指着寶玉道連我們的爺還守規矩呢你是什麼阿物兒跑了這裡來胡鬧怕也不中用跟我快走寶玉忙道他並沒燒紙原是林姑娘叫他燒那爛字紙你沒看真反錯告了他藕官正沒了主意見了寶玉更自添了畏懼

忽聽他反替遮掩心內轉憂成喜也便硬着口說道狠看真是紙錢子麽我燒的是林姑娘寫壞的字紙那婆子便灣腰向紙灰中揀出不曾化盡的遺紙在手內說道你還嘴硬有証又有憑只和你廳上講去說着拉了袖子拽着要走寶玉忙拉藕官又用拄杖隔開那婆子的手說道你只管拿了回去實告訴你我這夜做了個夢夢見杏花神和我要一挂白錢不可叫本房人燒另叫生人替燒我的病就好的快了所以我請了白錢巴巴的煩他來替我燒了我今日纔能起來偏你又看見了這會子又不好了都是你沖了還要告他去藕官你只管見他們去就依着這話說藕官聽了越得主意反拉着要走那婆子忙丟

下紙錢陪笑央告寶玉說道我原不知道若回太太我這人豈不完了寶玉道你也不許再回我便不說婆子道我已經回了原叫我帶他只好說他被林姑娘叫去了寶玉點頭應允婆子自去這裡寶玉細問藕官爲誰燒紙必非父母兄弟定有私自的情理藕官因方纔護庇之情心中感激知他是自己一流人物況再難隱瞞便含淚說道我這事除了你屋裡的芳官合寶姑娘的蕊官並沒第三個人知道今日忽然被你撞見這意思少不得也告訴了你只不許再對一人言講又哭道我也不便和你面說你只回去背人悄悄問芳官就知道了說畢怏怏而去寶玉聽了心下納悶只得踱到瀟湘館瞧黛玉越發瘦得可

憐問起來比往日大好了些黛玉見他也比先大瘦了想起往日之事不免流下淚來些微談了一談便催寶玉去歇息調養寶玉只得回來因惦記着要問芳官原委偏有湘雲香菱來了正和襲人芳官一處說笑不好叫他恐人又盤詰只得奈着一時芳官又跟了他乾娘去洗頭他乾娘偏又先叫他親女兒洗過纔叫芳官洗芳官見了這樣便說他偏心把你女兒的剩水給我洗我一個月的月錢都是你拿著沾我的光不算反倒給我剩東剩西的他乾娘羞惱變成怒便罵他不識抬舉的東西怪不得人人都說戲子沒一個好纏的憑你什麼好的人入了這一行都學壞了這一點子小崽子也挑么挑六鹹嘴淡舌咬羣

的騾子是的娘兒兩個吵起來襲人忙打發人去說少亂嚷瞅着老太太不在家一個個連句安靜話也都不說了晴雯因說這是芳官不省事不知狂的什麼也不過是會兩齣戲倒像殺了賊王擒過反叛來的襲人道一個巴掌拍不响老的也太不公些小的也太可惡些寶玉道怨不得芳官自古說物不平則鳴他失親少眷的在這裡沒人照看賺了他的錢又作踐他如何怪得又向襲人說他到底一月多少錢已後不如你收過來照管他豈不省事些襲人道我要照看他那裡不照看了又要他那幾個錢纔照看他沒的招人家罵去說着便起身到那屋裡取了一瓶花露油鷄蛋香皂頭繩之類叫了一個婆子來送

給芳官去叫他另要水自已洗罷別吵了他乾娘越發羞愧便說芳官沒良心只說我剋扣你的錢便向他身上拍了幾下芳官越發哭了寶玉便走出來襲人忙勸做什麼我去說他晴雯忙先過來指他乾娘說道你這麼大年紀太不懂事你不給他好好的洗我們纔給他東西你自已不臊還有臉打他他要是還在學裡學藝你也敢打他不成那婆子便說一日叫娘終身是母他排揎我我就打得襲人喚麝月道我不會和人拌嘴晴雯性太急你快過去震嚇他兩句麝月聽了忙過來說道你且別嚷我問問你別說我們這一處你看滿園子裡誰在主子屋裡教導過女兒的就是你的親女兒旣經分了房有了主子自

有主子打罵再者大些的姑娘姐姐們也可以打得罵得誰許你老子娘又半中間管起閑事來了都這樣管又要叫他們跟着我們學什麽越老越没了規矩你見前日墜兒的媽來吵你如今也跟着他學你們放心因連日這個病那個病再老太太又不得閑所以我也没有去回等兩日偺們去痛回一回大家把這威風煞一煞兒纔好呢况且寶玉纔好了些連我們也不敢說話你反打的人狼號鬼哭的上頭出了幾日門你們就無法無天的眼珠子裡就没了人了再兩天你們就該打我們了他也不要你這乾娘怕糞草埋了他不成寶玉恨的拿拄杖打着門檻子說道這些老婆子都是鐵心石腸是的真是大奇事

不能照看反倒挫磨他們地久天長如何是好晴雯道什麼如何是好都攆出去不要這些中看不中吃的就完了那婆子羞愧難當一言不發只見芳官穿着海棠紅的小綿襖底下綠紬洒花夾褲敞着褲腿一頭烏油油的頭髮披在腦後哭的淚人一般麝月笑道把個鶯鶯小姐弄成纔拷打的紅娘了這會子又不粧扮了還是這麼着晴雯因走過去拉着替他洗淨了髮用手巾擰的乾鬆鬆的挽了一個慵粧髻命他穿了衣裳過這邊來接着內厨房的婆子來問晚飯有了可送不送小丫頭聽了進來問襲人襲人笑道方纔胡吵了一陣也沒留心聽聽幾下鐘了晴雯道這勞什子又不知怎麼了又得去收拾說着拿

過來瞧了一瞧說道再略等半鍾茶的工夫就是了小丫頭去了麝月笑道提起淘氣來芳官也該打兩下兒昨日是他擺弄了那墜子半日就壞了說話之間便將食具打點現成一時小丫頭子捧了盒子進來站住晴雯麝月揭開看時還是這四樣小菜晴雯笑道已經好了還不給兩樣清淡菜吃這稀飯鹹菜鬧到多早晚一面擺好一面又看那盒中却有一碗火腿鮮筍湯忙端了放在寶玉跟前寶玉便就桌上喝了一口說道好湯衆人都笑道菩薩能幾日沒見葷腥兒就饞的這個樣兒一面說一面端起來輕輕用口吹着因見芳官在側便遞給芳官道你也學些伏侍別一味傻頑傻睡嘴兒輕着些別吹上唾沫

星兒芳官依言果吹了幾口甚妥他乾娘也端飯在門外伺候向裡忙跑進來笑道他不老成看打了碗等我吹罷一面說一面就接晴雯忙喊道快出去你等他砸了碗也輪不到你吹你什麼空兒跑到裡槅兒來了一面又罵小丫頭們瞎了眼的他不知道你們也該說給他小丫頭們都說我們攆他不出去說他又不信如今帶累我們受氣道是何苦呢你可信了我們到的地方兒有你到的一半兒那一半兒是你到不去的呢何况又跑到我們到不去的地方兒還不算又去伸手動嘴的了一面說一面推他出去堦下幾個等空盒傢伙的婆子見他出來都笑道嫂子也沒有拿鏡子照一照就進去了羞的那婆子又

恨又氣只得忍耐下去了芳官吹了幾口寶玉笑道你嘗嘗好了没有芳官當是頑話只是笑着看襲人等襲人道你就嘗一口何妨晴雯笑道你瞧我嘗說著便喝一口芳官見如此他便嘗了一口說好了遞給寶玉喝了半碗吃了幾片笋又吃了半碗粥就筭了衆人便收出去小丫頭捧沐盆漱盥畢襲人等去吃飯寶玉使個眼色給芳官芳官本來伶俐又學了幾年戲何事不知便粧肚子疼不吃飯了襲人道既不吃在屋裡做伴兒把粥留下你餓了再吃說着去了寶玉將方纔見藕官如何謊言護庇如何藕官叫我問你細細的告訴一遍又問他祭的到底是誰芳官聽了眼圈兒一紅又嘆一口氣道這事說來藕官

兒也是胡鬧寶玉忙問如何芳官道他祭的就是死了的葯官兒寶玉道他們兩個也算朋友也是應當的芳官道那裡又是什麽朋友哩那都是傻想頭他是小生葯官是小旦往常時他們扮作兩口兒每日唱戲的時候都妝着那麽親熱一來二去兩個人就糊塗了倒像真的一樣兒後來兩個竟是你疼我我愛你葯官兒一死他就哭的死去活來的到如今不忘所以每節燒紙後來補了蕊官我們見他也是那樣就問他爲什麽得了新的就把舊的忘了他說不是忘了比如人家男人死了女人也有再娶的只是不把死的丟過不提就是有情分了你說他是傻不是呢寶玉聽了這獃話獨合了他的獃性不覺又

喜又悲又稱奇道絕拉着芳官囑咐道既如此說我有一句話囑咐你須得你告訴他已後斷不可燒紙逢時按節只備一爐香一心虔誠就能感應了我那案上也只設着一個爐我有心事不論日期時常焚香隨便新水新茶就供一盞或有鮮花鮮菓甚至葷腥素菜都可只在敬心不在虛名已後快叫他不可再燒紙了芳官聽了便答應着一時吃過粥有人回說老太太回來了要知端底且看下回分解

紅樓夢第五十八回終

紅樓夢第五十九回

柳葉渚邊嗔鶯叱燕　絳芸軒裡召將飛符

話說寶玉聞聽賈母等回來隨多添了一件衣裳拄了杖前邊來都見過了賈母等因每日辛苦都要早些歇息一宿無話次日五鼓又往朝中去離送靈日不遠鴛鴦琥珀翡翠玻璃四人都忙著打點賈母之物玉釧彩雲彩霞皆打點王夫人之物當面查點與跟隨的管事媳婦們跟隨的一共大小六個丫鬟十個老婆媳婦子男人不算連日收拾馱轎器械鴛鴦和玉釧兒皆不隨去只看屋子一面先幾日預備帳幔鋪陳之物先有四五個媳婦並幾個男子領出來坐了幾輛車遶過去先至下處

鋪陳安插等候臨日賈母帶着賈蓉媳婦坐一乘馱轎王夫人在後亦坐一乘馱轎賈珍騎馬率領衆家丁圍護又有幾輛大車與婆子丫鬟等坐並放些隨換的衣包等件是日薛姨媽尤氏率領諸人直送至大門外方回賈璉恐路上不便一面打發他父母起身趕上了賈母王夫人馱轎自己也隨後帶領家丁押後跟來榮府內賴大添派人丁上夜將兩處廳院都關了一應出入人等皆走西邊小角門日落時便命關了儀門不放人出入園中前後東西角門亦皆關鎖只留王夫人大房之後常係他姐妹出入之門東邊通薛姨媽的角門這兩門因在裡院不必關鎖裡面鴛鴦和玉釧兒也將上房關了自領丫鬟婆子

下房去歇每日林之孝家的帶領上夜穿堂內又添了許多小厮打更已安插得十分妥當一日清曉寶釵春困已醒搴帷下榻微覺輕寒及啟戶視之見苑中土潤苔青原來五更時落了幾點微雨於是喚起湘雲等人來一面梳洗湘雲因說兩腮作癢恐又犯了桃花癬因問寶釵要些薔薇硝擦寶釵道前日剩的都給了琴妹妹了因說顰兒配了許多我正要要他些來因今年竟沒發癢就忘了因命鶯兒去取些來鶯兒應了纔去時蕊官便說我和你去順便瞧瞧藕官說著逕同鶯兒出了蘅蕪院二人你言我語一面行走一面說笑不覺到了柳葉渚順着柳堤走來因見葉纔點碧絲若垂金鶯兒便笑

道你會拿這柳條子編東西不會蕊官笑道編什麼東西鶯兒道什麼編不得頑的使的都可等我摘些下來帶著這葉子編一個花籃掐了各色花兒放在裡頭纔是好頑呢說着且不去取硝只伸手採了許多嫩條命蕊官拿著他却一行走一行編花籃隨路見花便採一二枝編出一箇玲瓏過梁的籃子枝上自有本來翠葉滿佈將花放上却也別致有趣喜得蕊官笑說好姐姐給了我罷鶯兒道這一箇送偺們林姑娘回來偺們再多採些編幾個大家頑說着來至瀟湘館中黛玉也正晨粧見了這籃子便笑說這個新鮮花籃是誰編的鶯兒說我編的送給姑娘頑的黛玉接了笑道怪道人人讚你的手巧這頑意兒

却也別致一面瞧了一面便叫紫鵑掛在那裡鶯兒又問候薛姨媽方和黛玉要硝黛玉忙命紫鵑去包了一包遞給鶯兒黛玉又說道我好了今日要出去逛逛你回去說給姐姐不用過來問候媽媽也不敢勞他過來我梳了頭和媽媽都往那裡去吃飯大家熱鬧些鶯兒答應了出來便到紫鵑房中找蕊官只見蕊官却與藕官二人正說得高興不能相捨鶯兒便笑說姑娘也去呢藕官先同去等着不好嗎紫鵑聽見如此說便也說道這話倒狠是他這淘氣的可厭一面說一面便將黛玉的匙筯用了一塊洋巾包了交給藕官道你先帶了這個去也算一趟差了藕官接了笑嘻嘻同他二人出來一徑順着柳堤走

來鶯兒便又採些柳條索性坐在山石上編起來又命蕊官先送了硝去再來他二人只顧愛看他編那裡捨得去鶯兒只管催說你們再不去我就不編了藕官便說同你去了再快回來二人方去了這裡鶯兒正編只見何媽的女兒春燕走來笑問姐姐編什麼呢正說着蕊官藕官也到了春燕便向藕官道前日你到底燒了什麼紙叫我姨媽看見了要告你沒告成倒被寶玉賴了他好些不是氣得他一五一十告訴我媽你們在外頭二三年了積了些什麼仇恨如今還不解開藕官冷笑道有什麼仇恨他們不知足反怨我們在外頭這兩年不知賺了我們多少東西你說說可有的沒的春燕也笑道他是我的姨媽

也不好向着外人反說他的怨不得寶玉說女孩兒未出嫁是顆無價寶珠出了嫁不知怎麼就變出許多不好的毛病兒來再老了更不是珠子竟是魚眼睛了分明一個人怎麼變出三樣來這話雖是混賬話想起來真不錯別人不知道只說我媽和姨媽他老姐兒兩個如今越老了越把錢看的真了先是老姐兒兩個在家抱怨沒個差使進益幸虧有了這園子把我挑進來可巧把我分到怡紅院家裡省了我一個人的費用不算外每月還有四五百錢的餘剩這也還說不彀後來老姐兒兩箇都派到梨香院去照着他們藕官認了我姨媽芳官認了我媽這幾年着實寬綽了如今挪進來也算撂開手了還只無厭

你說可笑不可笑接着我媽和芳官又吵了一塲又要給寶玉吹湯討個没趣兒幸虧園裡的人多没人記的清楚誰是誰的親故要有人記得我們一家子叫人家看着什麽意思呢你這會子又跑了來弄這個這一帶地方上的東西都是我姑媽管著他一得了這地每日起早睡晚自已辛苦了還不筭每日逼着我們來照看生怕有人遭塌我又怕悮了我的差使如今我們進來了老姑嫂兩個照看得謹謹愼愼一根草也不許人亂動你還掐這些好花兒又折的他嫩樹枝子他們即刻就來你看他們抱怨鶯兒道别人折掐使不得獨我使得自從分了地基之後各房裡每日皆有分例的不用算单筭花草頑意兒誰

管什麼每日誰就把各房裡姑娘丫頭帶的必要各色送些折枝去另有插瓶的惟有我們姑娘說了一槩不用送等要什麼再和你要究竟總沒要過一次我今便掐些他們也不好意思說的一言未了他姑媽果然拄了拐杖走來鶯兒春燕等忙讓坐那婆子見採了許多嫩柳又見藕官等採了許多鮮花心裡便不受用看着鶯兒編弄又不好說什麼便說春燕道我叫你來照看照看你就貪着頑不去了倘或叫起你來你又說我使你了拿我作隱身草兒你來樂春燕道你老人家又使我又怕這會子反說我難道把我劈八瓣子不成鶯兒笑道姑媽你別信小燕兒的話這都是他摘下來煩我給他編我攆他他不去

春燕笑道你可少頑兒你只顧頑他老人家就認真的那婆子本是愚夯之輩兼之年邁昏眊惟利是命一槩情面不管正心疼肝斷無計可施聽鶯兒如此說便倚老賣老拿起拄杖向春燕身上擊了幾下罵道小蹄子我說着你你還和我强嘴兒呢你媽恨的牙癢癢要撕你的肉吃呢你還和我梆子是的打得春燕又愧又急因哭道鶯兒姐姐頑話你就認真打我我媽爲什麽恨我又沒燒煳了洗臉水有什麽不是鶯兒本是頑話忽見婆子認真動了氣忙上前拉住笑道我纔是頑話你老人家打他這不是臊我了嗎那婆子道姑娘你別管我們的事難道爲姑娘這裡不許我們管孩子不成鶯兒聽這般蠢話便賭氣

紅了臉撒了手冷笑道你要管那一刻管不得偏我說了一句頑話就管他了我看你管去說着便坐下仍編柳籃子偏又春燕的娘出來找他喊道你不來舀水在那裡做什麽那婆子便接聲兒道你來瞧瞧你女孩兒連我也不服了在這裡排揎我呢那婆子一面走過來說姑奶奶又怎麽了我們丫頭眼裡沒娘罷了連姑媽也沒了不成鶯兒見他娘來了只得又說原故他姑娘那裡容人說話便將石上的花柳與他娘瞧道你瞧瞧你女孩兒這麽大孩子頑的他領着人遭塌我我怎麽說人他娘也正爲芳官之氣未平又恨春燕不遂他的心便走上來打了個耳刮子罵道小娼婦你能上了幾年臺盤你也跟着那起

輕薄浪小婦學怎麼就管不得你們了乾的我管不得你是我自已生出來的難道也不致管你不成既是你們這起蹄子到得去的地方我到不去你就死在那裡伺候又跑出來浪漢子一面又抓起那柳條子來直送到他臉上問道這叫做什麼這編的是你娘的什麼鶯兒忙道那是我編的你別指桑罵槐的那婆子深妬襲人晴雯一干人早知道凡房中大些的丫鬟都比他們有些體統權勢凡見了這一干人心中又畏又讓未免又氣又恨亦且遷怒于衆復又看見了藕官又是他姐姐的冤家四處湊成一股怨氣那春燕啼哭著往怡紅院去了他娘又恐問他爲何哭怕他又說出來又要受晴雯等的氣不免趕著

來喊道你回來我告訴你再去春燕那裡肯回來急的他娘跑了去要拉他春燕回頭看見便也往前飛跑他娘只顧赶他不防脚下被青苔滑倒招的鶯兒三個人反都笑了鶯兒賭氣將花柳皆擲於河中自回房去這裡把個婆子心疼的只念佛又罵促俠小蹄子遭塌了花兒雷也是要劈的自己且掐花與各房送去却說春燕一直跑入院中頂頭遇見襲人往黛玉處問安去春燕便一把抱住襲人說姑娘救我我媽又打我呢襲人見他娘來了不免生氣便說道三日兩頭兒打了乾的打親的還是賣弄你女孩兒多還是認真不知王法這婆子來了幾日見襲人不言不語是好性兒的便說道姑娘你不知道別管我

們的閑事都是你們縱的還管什麽說着便又赶着打襲人氣的轉身進來見麝月正在海棠下晾手巾聽如此喊鬧便說姐姐別管看他怎麽着一面使眼色給春燕春燕會意直奔了寳玉去衆人都笑說這可是從來沒有的事今兒都鬧出來了麝月向婆子道你再略煞一煞氣兒難道這些人的臉面和你討一個情還討不出來不成那婆子見他女兒奔到寳玉身邊去又見寳玉拉了春燕的手說你别怕有我呢春燕一行哭一行將方纔鶯兒等事都說出來寳玉越發急起來說你只在這裡鬧倒罷了怎麽把你媽也都得罪起來麝月又向婆子及衆人道怨不得這嫂子說我們管不着他們的事我們原無知錯管

了如今請出一個管得著的人來管一管嫂子就心服口服也知道規矩了便回頭命小丫頭子去把平兒給我叫來平兒不得閒就把林大娘叫了來那小丫頭子應了便走衆媳婦上來笑說嫂子快求姑娘們叫回那孩子來罷平姑娘來了可就不好了那婆子說道憑是那個姑娘來了也要評個理沒有見個娘管女孩兒大家管着娘的衆人笑道你當是那個平姑娘是二奶奶屋裡的平姑娘啊他有情麼你說兩句他一翻臉嫂子你吃不了兜着走說着只見那個小丫頭回來說平姑娘正有事呢問我做什麼我告訴了他他說叫先攆出他去告訴林大娘在角門子上打四十板子就是了那婆子聽見如此說了嚇

得泪流滿面央告襲人等說好容易我進來了况且我是寡婦家没有壞心一心在裡頭伏侍姑娘們我這一去不知苦到什麽田地襲人見他如此說又心軟了便說你既要在這裡又不守規矩又不聽話又亂打人那裡弄你這個不曉事的人來天天鬭口齒也叫人笑話晴雯道理他呢打發他去了正經那裡那麽大工夫和他對嘴對舌的那婆子又央衆人道我雖錯了姑娘們吩咐了已後改過姑娘們那不是行好積德一面又央告春燕原是爲打你起的饒没打成你我如今反受了罪好孩子你好歹替我求求寶玉見那此可憐便命留下不許再鬧再鬧一定打了攆出去那婆子一一謝過下去只見平兒走來

問係何事襲人等忙說已完了不必再提了平兒笑道得饒人處且饒人得將就的就省些事罷但只聽見各屋裡大小人等都作起反來了一處不了又一處叫我不知管那一處是襲人笑道我只說我們這裡反了原來還有幾處平兒笑道這算什麽事這三四日的工夫一共大小出了八九件呢比這裡的還大可氣可笑襲人等聽了咤異不知何事下回分解

紅樓夢第五十九回終

紅樓夢第六十回

茉莉粉替去薔薇硝　玫瑰露引出茯苓霜

話說襲人因問平兒何事這等忙亂平兒笑道都是世人想不到的說來也好笑等過幾日告訴你如今沒頭緒呢且也不得閑兒一語未了只見李紈的丫鬟來了說平姐姐可在這裡奶奶等你你怎麼不去了平兒忙轉身出來口內笑說來了來了襲人等笑道他奶奶病了他又成了香餑餑了都搶不到手平兒去了不提這裡寶玉便叫春燕你跟了你媽去到寶姑娘房裡把鶯兒安伏安伏也不可白得罪了他春燕一面答應了和他媽出去寶玉又隔牕說道不可當着寶姑娘說看叫鶯兒倒

受了教導娘兒兩個應了出來一面走著一面說閒話兒春燕因向他娘道我素日勸你老人家再不信何苦鬧出沒趣來纔罷他娘笑道小蹄子你走罷俗語說不經一事不長一智我如今知道了你又該來支問着我了春燕笑道媽你若好生安分守己在這屋裡長久了自有許多好處我且告訴你句話寶玉常說這屋裡的人無論家裡外頭的一應我們這些人他都要回太太全放出去與本人父母自便呢你只說這一件可好不好他娘聽說喜的忙問這話果真春燕道誰可撒謊做什麼婆子聽了便念佛不絕當下來至蘅蕪苑中正值寶釵黛玉薛姨媽等吃飯鶯兒自去泡茶春燕便和他媽一逕到鶯兒前陪笑

說方纔言語冐撞姑娘莫嗔莫怪特來陪罪鶯兒也笑了讓他坐又倒茶他娘兒兩個說有事便作辭回來忽見蕊官趕出叫媽媽姐姐略站一站一面走上遞了一箇紙包兒給他們說是薔薇硝帶給芳官去擦臉春燕笑道你們也太小氣了還怕那裡沒這個給他巴巴兒的又弄一包給他去蕊官道他是他的我送的是我送的姐姐千萬帶回去罷春燕只得接了娘兒兩個回來正值賈環賈琮二人來問候寶玉也纔進去春燕便向他娘說只我進去罷你老人家不用去他娘聽了自此百依百隨的不敢倔強了春燕進來寶玉知道回復了便先點頭春燕知意也不再說一語略站了一站便轉身出來使眼色給芳官

芳官出來春燕方悄悄的說給他蕊官之事並給了他硝寶玉並無和琮環可談之語因笑問芳官手裡是什麽芳官便忙遞給寶玉瞧又說是擦春癬的薔薇硝寶玉笑道難爲他想的到賈環聽了便伸着頭瞧了一瞧又聞得一股清香便灣腰向靴筩內掏出一張紙來托着笑道好哥哥給我一半兒寶玉只得要給他芳官心中因是蕊官之贈不肯給别人連忙攔住笑說道别動這個我另拿些來寶玉會意忙笑道且包上拿去芳官接了這個自去收好便從奩中去尋自已常使的啟奩看時盒內已空心中疑惑早起還剩了些如何就没了因問人時都說不知麝月便說這會子且忙着問這個不過是這屋裡人一時

短了使了你不管拿些什麼給他們那裡看的出來快打發他們去了偺們好吃飯芳官聽說便將些茉莉粉包了一包拿來賈環見了喜的就伸手來接芳官便忙向炕上一擲賈環見了也只得向炕上拾了揣在懷內方作辭而去原來賈政不在家且王夫人等又不在家賈環連日也便粧病逃學如今得了硝興興頭頭來找彩雲正值彩雲和趙姨娘閑談賈環笑嘻嘻向彩雲道我也得了一包好的送你擦臉你常說薔薇硝擦癬比外頭買的銀硝強你看看是這個不是彩雲打開一看嗤的一笑說道你是和誰要來的賈環便將方纔之事說了一遍彩雲笑道這是他們哄你這鄉老兒呢這不是硝這是茉莉粉賈環

看了一看果見比先的帶些紅色聞聞也是噴香因笑道這是好的硝粉一樣留着擦罷横豎比外頭買的高就好彩雲只得收了趙姨娘便說有好的給你誰叫你要去了怎麽怨他們要你依我拿了去照臉摔給他去趂着這會子撞喪的撞喪去了挺床的挺床吵一出子大家别心淨也算是報報仇莫不成兩個月之後還找出這個渣兒來問你不成就問你你也有話說寳玉是哥哥不敢冲撞他罷了難道他屋裡的猫兒狗兒也不敢去問問賈環聽了便低了頭彩雲忙説這又是何苦來不管怎麽忍耐些罷了趙姨娘道你也别管横竪與你無干趂着抓住了理罵那些浪娼婦們一頓也是好的又指賈環道呸你這

下流沒剛性的也只好受這些毛丫頭的氣平白我說你一句兒或無心中錯拿了一件東西給你你倒會扭頭暴筋瞪著眼撒摔我這會子被那起毛崽子耍弄倒就罷了你明日還想這些家裡人怕你呢你沒有什麽本事我也替你恨賈環聽了不免又愧又急又不敢去只摔手說道你這麽會說你又不敢去支使了我去鬧他們倘或往學裡告去我捱了打你敢自不疼遭遭兒調唆我去鬧出事來我捱了打罵你一般也低了頭這會子又調唆我和毛丫頭們去鬧你不怕三姐姐你敢去我就服你一句話戳了他娘的心便嚷道我腸子裡爬出來的我再怕了這屋裡越發有活頭兒了一面說一面拿了那包兒便飛

也似往園中去了彩雲死勸不住只得躲入別房賈環便也躲出儀門自去頑耍趙姨娘直進園子正是一頭火頂頭遇見藕官的乾娘夏婆子走來瞧見趙姨娘氣的眼紅面青的走來因問姨奶奶那裏去趙姨娘拍着手道你瞧瞧這屋裏連三日兩日進來唱戲的小粉頭們都三般兩樣掂人的分量放小菜兒了要是別的人我還不惱要叫這些小娼婦捉弄了還成了什麼了夏婆子聽了正中已懷忙問因什麼事趙姨娘遂將以粉作硝輕侮賈環之事說了一回夏婆子道我的奶奶你今日纔知道這算什麼事連昨日這箇地方他們私自燒紙錢寶玉還攔在頭裏人家還沒拿進個什麼兒來就說使不得不干不淨

的東西忌諱這燒紙倒不忌諱你想一想這屋裡除了太太誰還大似你你自己掌不起但凡掌的起來誰還不怕你老人家如今我想趁這幾個小粉頭兒都不是正經貨就得罪他們也有限的快把這兩件事抓着理扎個筏子我幫着你作證見你老人家把威風也抖一抖以後也好爭別的就是奶奶姑娘們也不好為那起小粉頭子說你老人家的不是趙姨娘聽了這話越發有理便說燒紙的事我不知道你細細告訴我夏婆子便將前事一一的說了又說你只管說去倘或鬧起來還有我們幫著你呢趙姨娘聽了越發得了意仗着膽子便一逕到了怡紅院中可巧寶玉往黛玉那裡去了芳官正和襲人等吃飯

見趙姨娘來了忙都起身讓姨奶奶吃飯什麼事情這麼忙趙姨娘也不答話走上來便將粉照芳官臉上摔來手指着芳官罵道小娼婦養的你是我們家銀子錢買了來學戲的不過娼婦粉頭之流我家裡下三等奴才也比你高貴些你都會看人下菜碟兒寶玉要給東西你攔在頭裡莫不是要了你的了拿這個哄他你只當他不認得呢好不好他們是手足都是一樣的主子那裡有你小看他的芳官那裡禁得住這話一行哭一行便說沒了硝我纔把這個給了他要說沒了又怕不信難道這不是好的我就學戲也沒在外頭唱去我一個女孩兒家知道什麼粉頭麵頭的姨奶奶犯不着來罵我我又不是姨奶奶

家買的梅香拜把子都是奴才罷咧這是何苦來呢襲人忙拉他說休胡說趙姨娘氣的發怔便上來打了兩個耳刮子襲人等忙上來拉勸說姨奶奶不必和他小孩子一般見識等我們說他芳官捱了兩下打你裡肯依便打滾撒潑的哭鬧起來口內便說你打的着我麽你照照你那模樣兒再動手我叫你打了去也不用活着了撞在他懷內叫他打衆人一面勸一面拉晴雯悄拉襲人說不用管他們讓他們鬧去看怎麽開交如今亂爲王了什麽你也來打我也來打都這樣起來還了得呢外面跟趙姨娘來的一干人聽見如此心中各各趁愿都念佛說也有今日又有那一干懷怨的老婆子見打了芳官也都趁愿

當下藕官蕊官等正在一處頑湘雲的大花面葵官寶琴的荳官兩個聽見此信忙找着他兩個說芳官被人欺負偺們也沒趣兒須得大家破着大鬧一塲方爭的過氣來四人終是小孩子心性只顧他們情分上義憤便不顧別的一齊跑入怡紅院中荳官先就照着趙姨娘撞了一頭幾乎不曾將趙姨娘撞了一跤那三個也便擁上來放聲大哭手撕頭撞把個趙姨娘裹住晴雯等一面笑一面假意去拉急的襲人拉起這個又跑了那個口內只說你們要死啊有委屈只管好說這樣沒道理還了得了趙姨娘反沒了主意只好亂罵蕊官藕官兩個一邊一個抱住左右手葵官荳官前後頭頂住只說你打死我們四個

纔筭芳官直挺挺躺在地下哭的死過去正沒開交誰知晴雯早遣春燕回了探春當下尤氏李紈探春三人帶着平兒與衆媳婦走來忙忙把四個喝住問起原故來趙姨娘氣的瞪著眼粗了筋一五一十說個不清尤李兩個不答言只喝禁他四人探春便嘆氣說道這是什麼大事姨娘太肯動氣了我正有一句話要請姨娘商議怪道丫頭們說不知在那裡原來在這裡生氣呢姨娘快同我來尤氏李紈都笑說請姨娘到廳上來偺們商量趙姨娘無法只得同他三人出來口內猶說長說短探春便說那些小丫頭子們原是頑意兒喜歡呢和他頑頑笑笑不喜歡可以不理他就是了他不好了如同猫兒狗兒抓咬了

紅樓夢　七

一下子可恕就恕不恕時也只該叫管家媳婦們說給他去責罰何苦自不尊重大吆小喝也失了體統你瞧周姨娘怎麽没人欺他他也不尋人去我勸姨娘且回房去煞煞氣兒别聽那諂瞎話的混賬人調唆惹人笑話自已獃白給人家做活心裡有二十分的氣也忍耐這幾天等太太回来自然料理一席話說得趙姨娘閉口無言只得回房去了這裡探春氣的和李紈尤氏說這麽大年紀行出来的事總不叫人敬服這是什麽意思也值的吵一吵並不留體統耳聡又軟心裡又没有筭計這又是那起没臉面的奴才們調唆的作弄出個獃人替他們出氣越想越氣因命人查是誰調唆的媳婦們只得答應着出來

相視而笑都說是大海裡那裡撈針去只得將趙姨娘的人並園中人喚來盤詰都說不知道衆人也無法只得回探春一時難查慢慢的訪凡有口舌不妥的一總來回了責罰探春氣漸漸平服方罷可巧艾官便悄悄的回探春說都是夏媽素日和這芳官不對每每的造出些事來前日賴藕官燒紙幸虧是寶二爺自已應了他纔沒話今日我給姑娘送絹子去看見他和姨奶奶在一處說了半天嘁嘁喳喳的見了我來纔走開了探春聽了雖知情弊亦料定他們皆一黨本皆淘氣異常便只答應也不肯據此爲証誰知夏婆的外孫女兒小蟬兒便是探春處當差的時常與房中丫鬟們買東西衆女孩兒都待他好這

日飯後探春正上廳理事翠墨在家看屋子因命小蟬出去叫小么兒買糕去小蟬便笑說我纔掃了個大院子腰腿生疼的你叫別的人去罷翠墨笑說我又叫誰去你趁早兒去我告訴你一句好話你到後門順路告訴你老娘防着些兒說着便將艾官告他老娘的話告訴了他小蟬聽說忙接了錢道這個小蹄子也要捉弄人等我告訴去說着便起身出來至後門邊只見廚房內此刻手閒之時都坐在臺堦上說閒話呢夏婆亦在其內小蟬便命一個婆子出去買糕他且一行罵一行說將方纔的話告訴了夏婆子夏婆子聽了又氣又怕便欲去找艾官問他又要往探春前去訴冤小蟬忙攔住說你老人家去怎麼

說呢這話怎麽知道的可又叨蹬不好了沒給你老人家防着就是了那裡忙在一時兒正說着忽見芳官走來扒着院門笑向厨房中柳家媳婦說道柳嬸子寶二爺說了晚飯的素菜要一樣凉凉的酸酸的東西只不要擱上香油弄膩了柳家的笑道知道今兒怎麽又打發你來告訴這麽句要緊的話呢你不嫌腌臢進來逛逛芳官纔進來忽有一個婆子手裡托了一碟子糕來芳官戲說誰買的熱糕我先嚐一塊兒小蟬一手接了道這是人家買的你們還希罕這個柳家的見了忙笑道芳姑娘你愛吃這個我這裡有纔買下給你姐姐吃的他没有吃還收在那裡乾乾淨淨没動的說着便拿了一碟子出來遞給芳

官又說你等我替你燉口好茶來一面進去現通開火燉茶芳官便拿着那糕舉到小蟬臉上說誰希罕吃你那糕這個不是糕不成我不過說著頑罷了你給我磕頭我還不吃呢說着便把手內的糕掰了一塊扔著逗雀兒頑口內笑說道柳嬸子你別心疼我回來買二觔給你小蟬氣的怔怔的瞅着說道雷公老爺也有眼睛怎麼不打這作孽的人衆人都說道姑娘們罷喲天天見了就咕唧有幾個伶透的見他們拌起嘴來了又怕生事都拿起脚來各自走開當下小蟬也不敢十分說話一面咕嘟着去了這裡柳家的見人散了忙出來和芳官說前日那話說了沒有芳官道說了等一兩天再提這事偏那趙不死的

又和我鬧了一場前日那玫瑰露姐姐吃了沒有他到底可好些柳家的道可不都吃了他愛的什麽兒是的又不好合你再要芳官道不值什麽等我再要些來給他就是了原來柳家的有個女孩兒今年十六歲雖是廚役之女却生得人物與平襲鴛紫相類因他排行第五便叫他五兒只是素有弱疾故沒得差使近因柳家的見寶玉房中丫鬟差輕人多且又聞寶玉將來都要放他們故如今要送到那裡去應名正無路頭可巧這柳家的是梨香院的差使他最小意殷勤伏侍的芳官一干人比別的乾娘還好芳官等待他也極好如今便和芳官說了央及芳官去和寶玉說寶玉雖是依允只是近日病着又有事尚

未得說前言少述且說當下芳官回至怡紅院中回復了寶玉這裡寶玉正爲趙姨娘吵鬧心中不悅說又不是不說又不是只等吵完了打聽着探春勸了他去後方又勸了芳官一陣因使他到厨房說話去今見他同来又說還要些玫瑰露給柳五兒吃去寶玉忙道有著呢我又不大吃你都給他吃去罷說着命襲人取由來見瓶中也不多了遂連瓶給了芳官芳官便自攜了瓶與他去正值柳家的帶進他女兒來散悶在那邊畸角子一帶地方逛了一回便回到厨房內正吃茶歇著呢見芳官拿了一個五寸来高的小玻璃瓶來迎亮照着裡面有半瓶胭脂一般的汁子還當是寶玉吃的西洋葡萄酒母女兩個忙說

快拿鏇子燙滾了水你且坐下芳官笑道就剩了這些連瓶子給你罷五兒聽說方知是玫瑰露忙接了又謝芳官因說道今日好些進來逛逛這後邊一帶沒有什麼意思不過是些大石頭大樹和房子後墻正經好景致也沒看見芳官道你爲什麼不往前去柳家的道我沒叫他往前去姑娘們也不認得他倘有不對眼的人看見了又是一番口舌明日托你攜帶他有了房頭兒怕沒人帶着逛呢只怕逛膩了的日子還有呢芳官聽了笑道怕什麼有我呢柳家的忙道噯喲喲我的姑娘我們的頭皮兒薄比不得你們說着又倒了茶來芳官那裡吃這茶只漱了一口便走了柳家的說我這裡占着手呢五丫頭送送五

見便送出來因見無人又拉着芳官說道我的話到底說了沒有芳官笑道難道哄你不成我聽見屋裡正經還少兩個人的窩兒並沒補上一個是小紅的璉二奶奶要了去還沒給人來一個是墜兒的也沒補如今要你一個也不算過分皆因平兒每每和襲人說凡有動人動錢的事得挨的且挨一日如今二姑娘正要拿人作筏子呢連他屋裡的事都駁了兩三件如今正要尋我們屋裡的事沒尋着何苦來往網裡碰去倘或說些話駁了那時候老了倒難再回轉且等冷一冷兒老太太太太心閒了憑是天大的事先和老的兒一說沒有不成的五兒道雖如此說我却性兒急等不得了趁如今挑上了頭宗給我媽

爭口也不枉養我一場二宗我添了月錢家裡又從容些三宗我開開心只怕這病就好了就是請大夫吃藥也省了家裡的錢芳官說你的話我都知道了你只管放心說畢芳官自去了單表五兒囬來和他娘深謝芳官之情他娘因說再不承望得了這些東西雖然是個尊貴物兒却是吃多了也動熱竟把這個倒些送個人去也是大情五兒問送誰他娘道送你舅哥哥一點兒他那熱病也想這些東西吃我倒半盞給他去五兒聽了半日沒言語隨他媽倒了半盞去將剩的連瓶便放在傢伙厨內五兒冷笑道依我說竟不給他也罷了倘或有人盤問起來倒又是一塲是非他娘道那裡怕起這些來還了得我們

辛辛苦苦的裡頭賺些東西也是應當的難道是作賊偷的不成說着不聽一逕去了直至外邊他哥哥家中他侄兒正躺着一見這個他哥哥嫂子侄兒無不歡喜現從井上取了凉水吃了一碗心中爽快頭目清凉剩的半盞用紙蓋着放在桌上可巧又有家中幾個小廝和他侄兒素日相好的住兒走來看他的病內中有一個叫做錢槐是趙姨娘之內親他父母現在庫上管賬他本身又派跟賈環上學因他手頭寬裕尚未娶親素日看上柳家的五兒標緻一心和父母說了娶他爲妻也曾央中保媒人再四求告柳家父母却也情願爭奈五兒執意不從雖未明言却已中止他父母未敢應允近日又想往園內去越

發將此事丢開只等三五年後放出時自向外邊擇婿了錢槐家中人見如此也就罷了爭奈錢槐不得五兒心中又氣又愧發恨定要弄取成配方了此愿今日也同人來看望柳氏的姪兒不期柳家的在內柳家的見一羣人來了內中有錢槐便推說不得閒起身走了他哥哥嫂子忙說姑媽怎麽不喝茶就走倒難爲姑媽記罣著柳家的因笑道只怕裡頭傳飯再閒了出來瞧姪兒罷他嫂子因向抽屜內取了一個紙包兒出來拿在手內送了柳家的出來至墻角邊遞與柳家的又笑道這是你哥哥昨日在門上該班兒誰知這五日的班兒一個外財沒發只有昨日有廣東的官兒來拜送了上頭兩小簍子茯苓霜餘

外給了門上人一隻作門禮你哥哥分了這些昨兒晚上我打開看了看怪俊雪白的說拿人奶和了每日早起吃一鍾最補人的沒人奶就用牛奶再不得就是滾白水也好我們想着正是外甥女兒吃得的上半天原打發小丫頭子送了家去他說鎖着門連外甥女兒也進去了本來我要瞧瞧他去給他帶了去的又想著主子們不在家各處嚴緊我又沒什麽差使跑什麽況且這兩日風聞着裡頭家反作亂的倘或沾帶了到值多了姑媽來的正好親自帶去罷柳氏道了生受作別回來剛走到角門前只見一個小么兒笑道你老人家那裡去了裡頭三次兩趟叫人傳呢叫我們三四個人各處都找到了你老人家

從那裡來了這条路又不是家去的路我倒要疑心起來了那柳家的笑道好小猴兒崽子你也和我胡說起來了叫來問你

要知端底下回分解

紅樓夢第六十回終